ANTOLOGIA DE COMÉDIA DE COSTUMES

Martins Pena.

ANTOLOGIA DE COMÉDIA DE COSTUMES

Edição preparada por
FLÁVIO AGUIAR

Martins Fontes
São Paulo 2003

*Copyright © 2003, Livraria Martins Fontes Editora Ltda.,
São Paulo, para a presente edição.*

1ª edição
maio de 2003

Acompanhamento editorial
Helena Guimarães Bittencourt
Revisão gráfica
*Ana Maria de Oliveira Mendes Barbosa
Lilian Jankino*
Produção gráfica
Geraldo Alves
Paginação
Moacir Katsumi Matsusaki

**Dados Internacionais de Catalogação na Publicação (CIP)
(Câmara Brasileira do Livro, SP, Brasil)**

Antologia de comédia de costumes / edição preparada por Flávio Aguiar. – São Paulo : Martins Fontes, 2003. – (Dramaturgos do Brasil)

Bibliografia.
ISBN 85-336-1756-9

1. Comédia brasileira – Coletâneas 2. Comédia brasileira – História e crítica I. Aguiar, Flávio. II. Série.

03-1873 CDD-869.92052308

Índices para catálogo sistemático:
1. Antologias : Comédias de costumes : Literatura brasileira   869.92052308
1. Comédias de costumes : Antologias : Literatura brasileira   869.92052308

Todos os direitos desta edição reservados à
Livraria Martins Fontes Editora Ltda.
*Rua Conselheiro Ramalho, 330/340 01325-000 São Paulo SP Brasil
Tel. (11) 3241.3677 Fax (11) 3105.6867
e-mail: info@martinsfontes.com.br http://www.martinsfontes.com.br*

COLEÇÃO "DRAMATURGOS DO BRASIL"

Vol. IV – Antologia de comédia de costumes

Esta coleção tem como finalidade colocar ao alcance do leitor a produção dramática dos principais escritores e dramaturgos brasileiros. Os volumes têm por base as edições reconhecidas como as melhores por especialistas no assunto e são organizados por professores e pesquisadores no campo da literatura e dramaturgia brasileiras.

Flávio Aguiar, que preparou o presente volume, é professor de Literatura Brasileira na Universidade de São Paulo, diretor do Centro Ángel Rama e autor de vários livros, entre eles *Os homens precários: inovação e convenção na dramaturgia de Qorpo-Santo* (Porto Alegre, IEL, 1975) e *A comédia nacional no teatro de José de Alencar* (São Paulo, Ática, 1984). Em 1998, para a Editora Senac, organizou as antologias *O teatro de inspiração romântica* e *A aventura realista e o teatro musicado*.

Coordenador da coleção: João Roberto Faria, Doutor em Letras e Livre-Docente pela Universidade de São Paulo, onde é professor de Literatura Brasileira.

ÍNDICE

Introdução: A máscara da melancolia...... IX
*Cronologia da comédia de costumes brasileira
no século XIX e começo do século XX*......... XXV
Nota sobre a presente edição XXXI

ANTOLOGIA DE
COMÉDIA DE COSTUMES

O judas em sábado de aleluia.............. 1
   Martins Pena

A torre em concurso..................... 63
   Joaquim Manuel de Macedo

As doutoras 207
   França Júnior

A Capital Federal....................... 349
   Artur Azevedo

INTRODUÇÃO

A MÁSCARA DA MELANCOLIA

Flávio Aguiar

De como abrir espaço num espaço fechado

Depois da independência do país os escritores brasileiros dedicaram-se à missão de criar uma literatura e um teatro nacionais. Um problema de monta para estes escritores era o de que o público que queriam cativar para seu ideal nacionalista já estava acostumado a freqüentar espetáculos; se não havia um teatro nacional ou brasileiro, já havia um teatro no Brasil, ainda que precário, amparado por sua prima rica, a ópera. Criar do nada seria árduo; mas criar dentro de um contexto teatral já definido era mais árduo, pois implicava introduzir novidades em ambiente de preferências já estabelecidas: a farsa portuguesa, como as "óperas" de Antonio José, as comédias de Scribe ou outras dos repertórios francês e italiano, e com certeza algumas reminiscências de Molière e suas comédias populares ou mais sofisticadas. Ao fundo pairava a sombra da comédia nova latina, formadora inicial de muitos tipos que se perenizaram, como o escravo ou servo, ou criado ladino, o *senex*, ou velho luxurioso e detestável, que disputa com alguém mais jovem o amor da heroína; ou ainda o *miles gloriosus*, ou soldado fanfarrão.

Havia outras preferências que complementavam o mundo teatral. Predominavam as peças portuguesas ou as traduções sobretudo do francês, embora as houvesse também do italiano e do espanhol. Não raro, como no caso de Shakespeare através de Ducis, peças de outras línguas e de outros padrões cênicos chegavam a nossos palcos por meio de adaptações e adaptadores franceses. O melodrama de origem neoclássica mas já em adaptações de cunho romântico predominava como a *pièce de résistence* do palco brasileiro, ao lado do drama, do dramalhão e mesmo de tragédias sobreviventes do mundo clássico e neoclássico. Estas peças, ditas sérias, eram no mais das vezes o centro, ou peça principal, de uma noite de espetáculo. Nos intervalos entre os atos apresentavam-se atos de variedades, ou então a própria comédia, em entremezes e entreatos rápidos e graciosos, gênero que faria a maior parte dos sucessos de Martins Pena.

O passo decisivo

Sem um suporte cênico definido, a missão não teria êxito. Este suporte veio com a fundação da

Companhia Teatral de João Caetano, que se tornaria reconhecido como o maior ator brasileiro do século passado. Embora ao longo de sua vida artística ele mesmo, João Caetano, fosse recalcitrante em representar peças nacionais, deu um impulso decisivo e de prestígio para o incipiente teatro brasileiro.

João Caetano estreou no palco em 1827, ao que parece no Rio Grande do Sul, onde fora servir nas guerras da Cisplatina, satisfazendo desejos do pai que lhe almejava a carreira militar. Já em 1833 organizava a própria companhia, depois de unir-se a Estela Sezefreda em 1832, que seria sua companheira de palco e lar por toda a vida. Como gostava de alardear, sua companhia era toda de "atores nacionais".

Em 1838 deu à cena, fazendo o papel principal, a tragédia de estilo neoclássico mas de inspiração romântica, *Antonio José ou o poeta e a Inquisição*, cujo autor, Gonçalves de Magalhães, lançara o romantismo brasileiro com o livro *Suspiros poéticos e saudades*, em 1836. Embora se passasse em Portugal, a peça de Magalhães foi saudada e depois consagrada por sua fortuna crítica como o marco de fundação do teatro nacional. Era a primeira vez que se representava peça de autor brasileiro com tema considerado brasileiro e por uma companhia de atores brasileiros.

Naquele mesmo ano de 1838 a Companhia de João Caetano levou à cena peça bem mais modesta que a ardente tragédia de Magalhães: era a comédia *O juiz de paz da roça*, de Martins Pena, cujo protagonista, o magistrado, tem a incômoda tarefa de enviar para o Rio de Janeiro um jovem recrutado (à força, naturalmente) para ir lutar contra os revolucionários rio-grandenses, alçados em república que desafiava o Império.

Espelhando a vida dos pequenos, dos homens comuns, do cotidiano, e os seres humanos "como eles são" (ou "piores do que são") e não "como deveriam ser", a comédia nacionalizou de fato e de imediato a cena brasileira. A peça de Pena não só foi bem acolhida; fez mais: pôs um alicerce e abriu um caminho. E o primeiro a trilhá-lo com segurança foi o próprio Pena. Logo e por ainda nove anos, até sua morte prematura, em 1847, ele desfiou uma série de comédias, na mais das vezes seguindo o molde da cena única do entreato. Uma exceção de sucesso é a peça *O noviço*, em três atos e ainda representada com alguma freqüência.

Em suas peças Pena preocupava-se em debuxar os costumes, os que achava bons e os que via como maus, da Corte brasileira, seus personagens característicos e seus arredores. E fê-lo com um frescor, com uma vivacidade e com uma ironia que só encontramos no *Memórias de um sargento de milícias*, de Manuel Antonio de Almeida. Martins Pena adaptou para o nosso cenário os personagens característicos da comédia: a namoradeira, a sonsa, a viúva despachada, o velho casamenteiro, o soldado fanfarrão, o enamorado, e assim por diante. Os entreatos da Corte logo viram-se cobertos por representações das festas juninas, dos hábitos de páscoa, e outros costumes; junto com eles, os personagens: pequenos funcionários públicos, soldados da Guarda Nacional, juízes, amantes do teatro e da ópera ao ponto de delírio, e também escravos, negreiros, pedestres (os caçadores de escravos fugidos) e também as mulheres, sempre com dificuldades para realizar seus sonhos e amores, tanto as sinceras como as fúteis. Também vieram à cena os males da corrupção, da venalidade, do descaso para com o bem público, da opressão, da repressão, da estreiteza dos espíritos, da falsa religiosidade, e assim por diante. Martins Pena não era um revolucionário; tampouco era um acomodado. Suas peças em geral seguem uma receita simples de olhar admoestador e bom senso compreensivo; mas vez por outra aguçam a crítica para além do senso comum.

Pois foi com tais ingredientes que se deu por fundada a comédia de costumes nacional.

Em cena o ideal burguês

A partir de 1838 as peças de Pena e de um ou outro seguidor, como Macedo, que sabia imitar todas as modas, baseadas nas reminiscências ainda muito luso-brasileiras do "tempo do Rei" (ou seja, da vinda da Corte) e do Primeiro Reinado, divertiram o público dos tempos conturbados da Regência e dos primeiros momentos do Segundo Reinado, logo após o chamado "Golpe da Maioridade", proclamada em 1840. Era um público predominantemente de alma simples, embora ávido de diversões prestigiosas, como eram o teatro e a cena lírica. Porém o Segundo Reinado trouxe, além da estabilidade política e de um relativo desenvolvimento econômico, ambições mais ousadas, tanto no campo político como no social, e também no cultural.

Os anos 50 viram o fim do tráfico de escravos no Atlântico, da África para a América. Este final, imposto pela política e pelas fragatas britânicas, poderia ter significado o fim da escravidão no Brasil, protelado desde a Independência graças à hegemonia dos grandes latifundiários na Corte. Mas não foi o que aconteceu: o salto para a modernidade foi mais uma vez adiado. A rápida expansão do plantio do café, além de outros produtos, demandava mão-de-obra disponível imediatamente. Ao tráfico externo sucedeu o tráfico interno, sobretudo das províncias mais empobrecidas, ao Norte, para a região de Minas Gerais, São Paulo e Rio de Janeiro, onde a economia cafeeira se expandia.

De qualquer modo a consolidação do Segundo Reinado e a conseqüente distribuição de novos títulos como recompensas por serviços prestados deu um ar mais brasileiro para a aristocracia da Corte. Nossos barões assinalados não descendiam mais apenas da velha nobiliarquia lusitana, sobretudo da que viera com D. João VI e literalmente pilhara casas e terras na colônia transformada em Corte. O Brasil continuou a ser um país fundamentalmente desorganizado, mas a aristocracia deu a si própria um espírito burguês e mais nacionalista, tornou-se ela mesma mais organizada e implantou ou permitiu uma maior urbanidade na Corte. Houve ampliação do comércio e dos serviços. Uma camada média da população deu o ar de sua graça, espremida entre os poderosos senhores de terra, os comerciantes e banqueiros nacionais ou estrangeiros, de um lado, e a escravidão e o pobrerio do outro. Era ainda tênue e frágil essa camada média, mas já tinha aquele ar de que viera para ficar.

Proliferaram jornais de circulação regular e ampla no lugar dos pasquins pessoais e virulentos de antanho. Criaram-se novas tipografias, a leitura de romances nacionais ou estrangeiros se ampliou. Houve até inflação! Em conseqüência disso, em 1858 eclodiu a primeira greve operária no Brasil, a dos tipógrafos do Rio de Janeiro, que reclamavam 1$000 (um mil réis) a mais na féria do dia. O resultado mais imediatamente palpável do movimento foi a demissão de muitos grevistas; em compensação, os demitidos fundaram o *Jornal dos Tipógrafos*, que teve três meses de vida e foi o primeiro jornal alternativo (ou nanico) operário do país.

Do que muda e do que fica

É claro que o teatro e a comédia em particular não passariam em branco sem espelhar esta nova paisagem. No teatro em geral afirmou-se uma nova geração de dramaturgos, de atores e de encenadores, com a liderança de José de Alencar na dramaturgia e do jovem e promissor Machado de Assis na crítica, decidida a reformar a cena, livrando-a do que julgava ser as velharias românticas. Eram em geral inspirados pelo teatro realista francês, de Dumas Filho, Émile Augier e outros, inaugurado pela representação d'*A dama das camélias*, de Dumas Filho. Encontraram abrigo no velho e pequeno teatro de São Francisco, que se opunha ao "gigantismo" popularesco do São Pedro, onde reinava João Caetano, apesar dos periódicos incêndios. O São Francisco foi reformado e mudou de nome: passou a se chamar Ginásio Dramático, seguindo também o modelo francês inaugurado pelos realistas na Paris dominada pela aliança entre o capitalismo financeiro, comercial e industrial e a velha aristocracia, quebrada mas dona de títulos, brasões, terras e prestígio, sob a batuta de Napoleão III e do conservadorismo triunfante.

Pois aquilo que era conservador na Europa tinha ares de reforma (e não só do palco, mas dos espíritos também) na cena brasileira. O realismo teatral dedicou-se a reformar a pauta (a agenda, diríamos nós hoje) do nosso teatro, colocando em cena, em lugar dos dramas, dramalhões e melodramas históricos do romantismo, os dramas modernos abrigados na casaca e nos salões aburguesados: a venalidade das relações humanas, da honra, a prostituição refinada que invadia as ruas, as casas, os salões. Na comédia desdenhou-se Martins Pena como menor e tosco, embora gracioso e bem intencionado; em seu lugar, projetou-se uma comédia renovada, mais sisuda, sentenciosa, de fato reformadora do país, destinada a uma elite do gosto e do pensamento. Desta escola, no entanto, a melhor realização cômica foi *O demônio familiar*, de Alencar, que seguia ainda alguns ditames da comédia de costumes.

A verdade, pois, é que o país e a Corte com ele não tinham, afinal, mudado tanto assim. A estrutura econômica continuava baseada na escravidão; os partidos políticos não se renovaram; os cambalachos de ocasião permaneciam a nota dominante nas políticas locais e nacionais; a corrupção, embora distante dos padrões avançados de hoje, permanecia a mesma; as províncias continuavam provincianas e a Corte, no fundo, também. Além disso, os realistas esbarraram no gosto predominante entre o público: este preferiu logo, às sentenciosas peças reformadoras, as alegres operetas, burletas e demais gêneros do teatro musicado, também trazido da França neonapoleônica, animado pelos cancãs exibicionistas do café-concerto. Quinze anos depois de inaugurado, por volta de 1870, o teatro realista no Brasil era história.

Mas deste torvelinho, em que muita coisa mudava mas pouco se transformava, emergiu e cresceu uma comédia de costumes renovada. Ganhou ela mais espaço e tempo nos palcos; de complemento, como ao tempo de Martins Pena, passou por vezes a ser a peça principal, desdobrando-se em atos. Mantendo as características seculares dos enredos herdados desde a Comédia Nova, ampliou as tramas, dando-lhes mais complexidade e peripécias; aumentou o número de personagens; adquiriu novos hábitos musicais, substituindo ou acrescentando às representações das festas populares números, coplas e duetos herdados da opereta ao estilo francês. Em suma, a comédia de costumes modernizou-se; mas, ao contrário do que previam os realistas, seguiu mantendo uma certa hegemonia de fundo na representação cômica brasileira. Isto porque seu desenho básico, o de uma sociedade à volta com suas próprias limitações, a pequenez de seus horizontes, o atraso de suas instituições, entravando ou moderando os anseios de modernização, permanecia espelhando com vivacidade e pertinência a realidade social. Embora por vezes aburguesada em termos de cenário e de personagens, e mesmo em termos de expedientes cômicos, preferindo o humor elegante à agulhada da farsa, a comédia prosseguiu a sua faina básica de devolver ao público a imagem em que este se via ligado a uma paisagem agradável, a costumes pitorescos e a uma vida oscilante entre a percepção da distância dos ideais e o mergulho na realidade do atraso.

A revista e o teatro musicado

O legado da comédia de costumes continuou vigente, portanto, nos palcos brasileiros. Dele se apossaram o facundo Macedo, cultor de todas as escolas e modas que adentraram o porto do Rio de Janeiro; também o perspicaz e conservador França Júnior, criador de uma comédia, mais para o fim do século XIX, voltada para o gosto renovado de um público mais exigente, que comparecia a teatros cujos palcos já exibiam as inovações de iluminação, de mutações à vista da platéia e a discussão de novos temas, como a valorização do trabalho (caso de *Caiu o ministério!*, de 1882, com o personagem Felipe Flexa) e as reivindicações feministas (caso de *As doutoras*, aqui apresentada).

Mas o grande transmissor para as gerações futuras da tradição cômica brasileira construída no século XIX foi o maranhense Artur Azevedo, que, a partir de 1876, quando adapta para a cena brasileira três óperas cômicas francesas, reinou nos palcos da Corte. Este reinado se deu em sucessivas parcerias, inclusive com o irmão Aluísio. A partir de 1877 Artur Azevedo, seguindo ainda seus modelos franceses, dedicou-se às revistas de ano, tornando-se o maior criador do gênero no Brasil até hoje.

Prova da continuidade que o teatro de revista deu a temas e motivos da comédia de costumes brasileira é a referência de Antonio Martins de Araújo[1]:

---

1. V. "Artur Azevedo: homo politicus", em BRANDÃO, Tânia (org.). *O teatro através da história*. Rio de Janeiro: Centro Cultural Banco do Brasil/Entourage Produções Artísticas, vol. II, 1994, p. 87.

As revistas de ano "do mais carioca dos escritores maranhenses" não perdoam as roubalheiras oficiais, a exploração estrangeira, a falsa moral, em suma, as mazelas de uma sociedade em processo de estruturação, mas também não regateiam aplausos aos amantes da justiça e da ética. A apoteose final da revista *Cocota* (1884) homenageia, ao som do hino nacional, nossas províncias pioneiras na libertação dos escravos: Ceará, Amazonas e Rio Grande do Sul.

Entre sua chegada à Corte, em 1875, com vinte anos de idade, pouco antes da morte de José de Alencar, e sua própria morte em 1908, no mesmo ano da de Machado de Assis, Artur Azevedo presenciou ou acompanhou a campanha abolicionista e republicana, a Abolição e a Proclamação da República, a crise republicana, o governo despótico do Marechal de Ferro (Floriano Peixoto), a Revolução Federalista no Rio Grande do Sul (1893-95) e a Revolta da Armada no Rio de Janeiro (1894), a junção das duas em Nossa Senhora do Desterro, capital de Santa Catarina, rebatizada como Florianópolis depois da repressão sangrenta comandada pelo Coronel Moreira César (1894), a Guerra de Canudos (1897), a Revolta da Vacina (1904). Estes e outros episódios relevantes tiveram presença em seu teatro e em suas revistas que, anualmente, rememoravam os acontecimentos relevantes do ano anterior. Artur Azevedo também protagonizou, como autor, o apogeu do gênero, e testemunhou também seu fim, quando em 1907 sua última revista nem sequer foi encenada, tendo sido apenas publicada. O teatro de revista continuaria, mas não com a forma que o maranhense consagrara. Esta morreria com ele.

À guisa de conclusão

Em seus julgamentos sobre o teatro brasileiro do século XIX, os críticos que lhe foram contemporâneos oscilaram entre o estímulo e o desespero. É conhecida a nota de Sílvio Romero sobre a precisão com que Pena retratou os costumes e a linguagem da primeira metade daquele século. Mas antes Alencar, ainda que elogiando Pena, lamentara que nosso teatro cômico tivesse por apanágio apenas as suas "pachuchadas". É verdade que o termo designava um tipo de peça; Artur Azevedo mesmo chamou sua comédia *Amor ao pelo*, de "pachuchada", paródia que era da peça *Pelo amor*, de Coelho Neto. Mas a palavra tinha um ressaibo de "coisa menor", sem tanta importância.

Machado de Assis, nosso melhor crítico de teatro do dezenove, traçou comedidos elogios aos autores que, como Alencar, quiseram reformar a cena nacional. Mas em 1873, na "Notícia da Literatura Brasileira", depois consagrada com o título "Instinto de Nacionalidade" como um dos balanços mais acurados da produção do tempo, exarou o veredicto severo de que o teatro nacional passara desta para melhor, exceto graças a um ou outro grupo amador ou a um ou outro teatro de província. Na Corte, tudo era aparato, malícia, imitação dos estrangeiros.

Em seus estudos, José Veríssimo retomou de modo mais equilibrado estes temas. Elogiou o concerto íntimo que houvera entre a comédia e a representação do meio; atribuía este concerto à boa influência de Pena, que fixara um bom padrão de base. Mas notava que ao contrário deste, e de poucos outros, talvez levados pela influência também fundante de João Caetano, nossos autores dramáticos atiraram-se à produção de peças "sérias", sendo aí pouco felizes. Para o crítico paraense os dramas brasileiros, procurando imitar os europeus, em geral os franceses, careciam de verossimilhança, apresentando cenas artificiais e estereotipadas. Via a causa deste desacerto na tacanhice do meio, cujas classes superiores e médias apresentavam "uma sociabilidade ainda incoerente e canhestra"[2] de todo inadequada para inspirar "os conflitos de interesse e as paixões que servem de tema ao drama moderno". Em suma, nossa sociedade brasileira era tosca, e a ela só poderia corresponder um teatro tosco, ainda que salvo – se bem que apenas em tom menor – pela comédia.

O próprio Artur Azevedo lamentava-se com alguma freqüência sobre ter de sobreviver escrevendo suas revistas e burletas – em que, diga-se de passagem, era soberbo – e por não poder desenvolver-se nos dramas e comédias mais de fundo – em que, diga-se também de passagem, era mediano e por vezes medíocre. Mas talvez ele mesmo possa nos ajudar na compreensão de por que tanto desacerto no concerto ou concerto no desacerto, se me permite o paciente leitor este qüiproquó, já que falamos de comédia.

No final da sua *A Capital Federal* Azevedo faz seu personagem Eusébio elogiar a vida rural, dizendo que lá é que se constrói a riqueza da pátria. Não deixa de ter completa razão. País sobremodo agroexpor-

---

2. V. "O teatro e a literatura dramática", em *História da literatura brasileira*. Rio de Janeiro: Francisco Alves, 1916. Capítulo 17.

tador, dominado por oligarquias cientes de seus privilégios de classe como se fossem senhoras de castas, país em que a indústria era quase nenhuma e a vida da maioria das camadas médias era de uma pobreza franciscana, enquanto a dos pobres seria da ordem dos trapistas ou dos carmelitas descalços, porque nem sapato havia para todo o mundo, o "drama" brasileiro, no sentido amplo, estava no desconcerto entre os anseios de país moderno (a que, inclusive, parte considerável de nossa intelectualidade almejava) e a realidade de nação calcada no escravismo, na visão patrimonial do Estado. Nosso "concerto" era um "desacerto", e para espelhar o "desacerto", o desencontro estrutural entre o ideal e a realidade, nada melhor do que o "concerto" da comédia, de sua visão moderadamente crítica levando a pequenos "consertos do cotidiano" que se destinavam a tornar a vida mais amena e suportável.

Das máscaras (a triste e a alegre) do teatro, é certo que vicejou melhor entre nós a da comédia; mas a outra, a amarga, não murchou nem desapareceu, como alguns críticos pretendiam. A própria floração do riso exalava o suspiro da melancolia.

Complemento: as peças desta antologia

Para representar este universo rico e complexo, o da comédia de costumes brasileira do século XIX, apresentamos quatro peças. A primeira é *O judas em sábado de aleluia*, de Martins Pena. Espelha esta comédia muito bem tanto os albores do gênero no Brasil quanto o próprio país em seus albores. Seu universo é da incipiente camada média da população e suas dificuldades para sobreviver numa economia estagnada: todos os expedientes são tidos como válidos. Não há um único personagem inteiramente íntegro na peça, mas todos acabam saindo-se mais ou menos bem: o país é que sai mal, e assim Pena atinge em cheio seu objetivo, que é o de observar, divertindo, nossos males sociais. A segunda peça é *A torre em concurso*, de Macedo, que espelha as mudanças por que passou a comédia com a reforma realista. É uma comédia mais sofisticada, de alcance maior, sendo ela própria texto para um espetáculo inteiro. Tem números musicais, inúmeros figurantes, e desta forma pretende dar retrato pitoresco e variado de pequena cidade do interior cujos males são os mesmos do país inteiro. Este é que continua saindo mal, à volta com políticos e partidos inconsistentes, espertalhões gananciosos e a população sempre pronta para se dividir em torno de bandeiras inconseqüentes. A terceira peça é *As doutoras*, de França Júnior, dada à cena já mais para o fim do século XIX. Nela, ainda que de modo conservador, França Júnior mostra sensibilidade para captar reivindicações feministas que sacudiam o marasmo do Rio de Janeiro. A solução absolutamente convencional que o autor dá a estas reivindicações não será do agrado do nosso espírito contemporâneo, simpático a elas. Mas fique a anotação de sua sensibilidade original para um tema de relevo. A última peça, que fecha a antologia e o século, é *A Capital Federal*, de Artur Azevedo, notável declaração de amor ao Rio de Janeiro. Com ela pode-se dizer que, sem que o autor perca de vista sua crítica, o país até que se sai bem. Continuam as enganações, a vida atribulada e as mesmas dificuldades de sempre; mas com tudo isso tal país e tal capital podem nos proporcionar umas poucas horas de agradável diversão, o que não é nada desprezível.

CRONOLOGIA DA COMÉDIA DE COSTUMES BRASILEIRA NO SÉCULO XIX E COMEÇO DO SÉCULO XX

1833. Estréia em Niterói a primeira companhia dramática brasileira, a de João Caetano, com o drama *O príncipe amante da liberdade ou a independência da Escócia*.

1838. Estréia no Rio de Janeiro, a 4 de outubro, a comédia em um ato *O juiz de paz da roça*, de Martins Pena. Levada à cena pela companhia dramática de João Caetano, esta estréia é tida pela crítica como o marco fundador da comédia de costumes brasileira.

1840. Estréia a 1º de setembro *A família e a festa na roça*, de Martins Pena.

1843. A 30 de abril o governo cria o Conservatório Dramático Brasileiro para aprimorar a vida teatral na Corte, mas o órgão logo descamba para funções censórias que o levarão a inúmeros conflitos com dramaturgos (inclusive os seus sócios) até sua extinção em 1864. Posteriormente (1871) será recriado, mas com curta duração.

1844. Estréia a 17 de setembro *O judas em sábado de aleluia*, de Martins Pena.

1845. Vão à cena nove novas comédias de Martins Pena, entre elas *O noviço*, em três atos.

1846. Vão à cena mais seis comédias de Martins Pena, entre elas *Os ciúmes de um pedestre* (ou *O terrível capitão do mato*). A peça tem problemas com o Conservatório Dramático. Entre outras mudanças, incluindo cortes, o Conservatório exige que o primeiro título seja trocado.

1857. Estréia a 5 de novembro no Teatro do Ginásio Dramático a comédia em quatro atos *O demônio familiar*, de José de Alencar. A peça, embora inspirada pelos preceitos do teatro realista francês, guarda várias características da comédia de costumes.

Estréia a 28 de outubro a comédia em dois atos *O Rio de Janeiro, verso e reverso*, do mesmo Alencar. Por valer-se de seu enredo amoroso, absolutamente convencional, para descrever com críticas e louvores a cidade do Rio de Janeiro, esta comédia já foi apontada como uma precursora da revista de ano.

1859. A 9 de janeiro estréia no Teatro do Ginásio Dramático a peça *As surpresas do Sr. José da Piedade*, de Justino de Figueiredo Novaes, que passa em revista os acontecimentos de 1858. A peça foi suspensa pela polícia depois de algumas apresentações.

A 17 de fevereiro é inaugurado o Alcazar Lyrique no Rio de Janeiro, teatro que vai consagrar os gêneros do café-concerto, que já tinham sido apresentados na cidade.

1860. A partir de 20 de março o jornal *A Marmota*, de Paula Brito, publica a comédia em um ato *Hoje avental, amanhã luva*, de Machado de Assis, apresentada como uma "imitação do francês".

Estréia a 23 de setembro, no Teatro do Ginásio Dramático, a comédia *Luxo e vaidade*, de Joaquim Manuel de Macedo, seguindo a inspiração da escola realista.

Estréia a 16 de dezembro a comédia *O novo Otelo*, do mesmo Macedo.

1861. Estréia a 7 de setembro, no Ginásio Dramático, *A torre em concurso*, de Macedo, apresentada como "comédia burlesca em três atos".

1863. Representa-se em casa particular a comédia *Quase ministro*, de Machado de Assis, em um ato.

1864. Joaquim da França Júnior escreve a comédia *Ingleses na costa*.

1870. Vai à cena, no Teatro Fênix Dramática, a 6 de setembro, a comédia *Amor com amor se paga*, de Joaquim da França Júnior.

Estréia a 25 de setembro no Teatro Fênix Dramática a comédia *O defeito de família*, de França Júnior, começando sua longa série de sucessos.

A 8 de outubro vai à cena, no mesmo teatro, a comédia *Direito por linhas tortas*, do mesmo autor, e com o mesmo sucesso.

1871. Estréia a 9 de fevereiro, no Teatro São Luís, a comédia *Cincinato Quebra-Louça*, grande sucesso de Macedo.

1872. Ano provável da primeira representação de *Amor por anexins*, comédia de Artur Azevedo, imitação da francesa *As pragas do coronel*. Deve ter sido escrita em 1870. A representação realizou-se em sua terra natal, São Luís do Maranhão. No Rio de Janeiro, estreou a 3 de março de 1879, no Teatro Fênix Dramática. Com a representação desta peça tem início a longa e copiosa carreira dramática do autor.

1876. Vai à cena, a 21 de março, no Rio de Janeiro, a peça lírica *A filha de Maria Angu*, adaptação por Artur Azevedo da ópera cômica francesa *La fille de Mme. Angot*. O autor faria muito sucesso com tal gênero de adaptação, em que trazia o enredo francês para o cenário nacional.

1878. Vai à cena, a 16 de fevereiro, no Teatro São Luís, *O Rio de Janeiro em 1877*, revista satírica e burlesca. Os autores são Artur Azevedo e Lino d'Assunção, com música do maestro Gomes Cardim. A representação marca a estréia de Artur Azevedo no gênero da revista de ano, de que se tornaria o maior criador no Brasil. A partir daí o autor escreveu, muitas vezes em parceria, inúmeras peças do tipo, assinaladas algumas aqui conforme o ano que passavam "em revista" (a representação, portanto, dava-se no ano seguinte): *O mandarim* (1883); *O bilontra* (1885); *Fritzmac* (1888); *República* (1889); *O tribofe* (1891); *O jagunço* (1897); *Gavroche* (1898); entre outras. Um de seus maiores parceiros nas revistas foi Moreira Sampaio.

1880. Estréia a 29 de janeiro, no Teatro Fênix Dramática, a burleta *Antonica da Silva*, de Macedo, outro de seus grandes sucessos.

1882. Vão à cena quatro comédias de França Júnior, entre elas *Caiu o ministério!* e *Como se fazia um deputado*, sátiras políticas que obtiveram sucesso imediato junto ao público.

Estréia a 28 de agosto, no Teatro Santana, a comédia em três atos *A casa de Orates*, parceria de Artur e Aluísio Azevedo.

1889. Estréia a 27 de junho, no Teatro Recreio Dramático, a comédia em quatro atos *As doutoras*, de França Júnior, que assinala, ainda que de modo satírico, a presença das reivindicações feministas no Brasil.

1897. Estréia a 9 de fevereiro no Teatro Recreio Dramático, a "comédia-opereta de costumes brasileiros" *A Capital Federal*, de Artur Azevedo, adaptada da revista de ano *O Tribofe*.

1898. Estréia a 15 de outubro, no Teatro São Pedro de Alcântara, a comédia em três atos *O badejo*, de Artur Azevedo.

1904. Vai à cena *O mambembe*, de Artur Azevedo, verdadeira apoteose à dedicação de artistas, escritores, empresários e demais trabalhadores do ramo à causa do teatro nacional.

1908. Sai a publicação da comédia em um ato *Lição de botânica*, de Machado de Assis, incluída no livro *Relíquias da casa velha*, da Casa Garnier. Neste mesmo ano morre o escritor, em setembro, e logo depois, em outubro, Artur Azevedo.

NOTA SOBRE A PRESENTE EDIÇÃO

As comédias incluídas neste volume já tiveram várias edições. Para o texto de *O judas em sábado de aleluia*, utilizou-se como referência a edição crítica das comédias de Martins Pena, feita por Darcy Damasceno, e publicada em 1956 pelo Instituto Nacional do Livro e Ministério da Educação e Cultura. Para os textos das outras três comédias, foram utilizadas como ponto de partida as edições dos antigos Serviço Nacional de Teatro e Instituto Nacional de Artes Cênicas: Joaquim Manuel de Macedo: *Teatro completo*, 2 (1979); *Teatro de França Júnior*, tomo II (1980); e *Teatro de Artur Azevedo*, tomo IV (1987). Sempre que necessário, foram feitas atualizações ortográficas e correções de erros de impressão, bem como cotejos com edições anteriores das comédias.

Martins Pena

O JUDAS EM SÁBADO DE ALELUIA

Comédia em um ato

PERSONAGENS

JOSÉ PIMENTA, *cabo-de-esquadra da Guarda Nacional*
CHIQUINHA } *suas filhas*
MARICOTA }
LULU (*10 anos*)
FAUSTINO, *empregado público*
AMBRÓSIO, *capitão da Guarda Nacional*
ANTÔNIO DOMINGOS, *velho, negociante*
MENINOS E MOLEQUES

A cena passa-se no Rio de Janeiro, no ano de 1844.

ATO ÚNICO

(*Sala em casa de* José Pimenta. *Porta no fundo, à direita, e à esquerda uma janela; além da porta da direita uma cômoda de jacarandá, sobre a qual estará uma manga de vidro e dous castiçais de casquinha. Cadeiras e mesa. Ao levantar do pano, a cena estará distribuída da seguinte maneira:* Chiquinha *sentada junto à mesa, cosendo;* Maricota *à janela; e no fundo da sala, à direita da porta, um grupo de quatro meninos e dous moleques acabam de aprontar um judas, o qual estará apoiado à parede. Serão os seus trajes casaca de corte, de veludo, colete idem, botas de montar, chapéu armado com penacho escarlate (tudo muito usado), longos bigodes, etc. Os meninos e moleques saltam de contentes ao redor do judas e fazem grande algazarra.*)

Cena I

Chiquinha, Maricota *e meninos*

CHIQUINHA
Meninos, não façam tanta bulha...

LULU
(*saindo do grupo*)
Mana, veja o judas como está bonito! Logo quando aparecer a Aleluia, havemos de puxá-lo para a rua.

CHIQUINHA
Está bom; vão para dentro e logo venham.

LULU
(*para os meninos e moleques*)
Vamos pra dentro; logo viremos, quando aparecer a Aleluia. (*vão todos para dentro em confusão*)

CHIQUINHA
(*para Maricota*)
Maricota, ainda te não cansou essa janela?

MARICOTA
(*voltando a cabeça*)
Não é de tua conta.

CHIQUINHA
Bem o sei. Mas, olha, o meu vestido está quase pronto; e o teu, não sei quando estará.

MARICOTA
Hei de aprontá-lo quando quiser e muito bem me parecer. Bastas de seca – cose, e deixa-me.

CHIQUINHA

Fazes bem. (*aqui Maricota faz uma mesura para [a] rua, como a pessoa que a cumprimenta, e continua depois a fazer acenos com o lenço*) Lá está ela no seu fadário! Que viva esta minha irmã só para namorar. É forte mania! A todos faz festa, a todos namora... E o pior é que a todos engana... até o dia em que também seja enganada.

MARICOTA
(*retirando-se da janela*)
O que estás tu a dizer, Chiquinha?

CHIQUINHA

Eu? Nada.

MARICOTA

Sim! Agarra-te bem à costura; vive sempre como vives que hás de morrer solteira.

CHIQUINHA

Paciência.

MARICOTA

Minha cara, nós não temos dote, e não é pregada à cadeira que acharemos noivo.

CHIQUINHA

Tu já o achaste pregada à janela?

MARICOTA

Até esperar não é tarde. Sabes tu quantos passaram hoje por esta rua, só para me verem?

CHIQUINHA
Não.

MARICOTA
O primeiro que vi, quando cheguei à janela, parado no canto, foi aquele tenente dos Permanentes, que tu bem sabes.

CHIQUINHA
Casa-te com ele.

MARICOTA
E por que não, se ele quiser? Os oficiais dos Permanentes têm bom soldo. Podes te rir.

CHIQUINHA
E depois do tenente, quem mais passou?

MARICOTA
O cavalo rabão.

CHIQUINHA
Ah!

MARICOTA
Já te não mostrei aquele moço que anda sempre muito à moda, montado em um cavalo rabão, e que todas as vezes que passa cumprimenta com ar risonho e esporeia o cavalo?

CHIQUINHA
Sei quem é – isto é, conheço-o de vista. Quem é ele?

MARICOTA

Sei tanto como tu.

CHIQUINHA

E o namoras sem o conheceres?

MARICOTA

Oh, que tola! Pois é preciso conhecer-se a pessoa a quem se namora?

CHIQUINHA

Penso que sim.

MARICOTA

Estás muito atrasada. Queres ver a carta que ele me mandou esta manhã pelo moleque? (*tira do seio uma cartinha*) Ouve: (*lendo*) "Minha adorada e crepitante estrela!" (*deixando de ler*) Hem? Então?...

CHIQUINHA

Continua.

MARICOTA
(*continuando a ler*)

"Os astros que brilham nas chamejantes esferas de teus sedutores olhos ofuscaram em tão subido ponto o meu discernimento, que me enlouqueceram. Sim, meu bem, um general quando vence uma batalha não é mais feliz do que eu sou! Se receberes os meus sinceros sofrimentos serei ditoso, e se não me corresponderes, serei infeliz, irei viver com as feras desumanas da Hircânia, do Japão e dos sertões de Minas – feras mais compassivas do que tu. Sim, meu bem, esta será a minha sorte, e lá morrerei... Adeus. Deste que jura ser teu, apesar da negra e fria morte. – O mesmo" (*acabando de ler*) Então, tem que dizer a isto? Que estilo! que paixão!...

CHIQUINHA
(*rindo-se*)
É pena que o menino vá viver por essas brenhas com as feras da Hircânia, com os tatus e tamanduás. E tu acreditas em todo este palanfrório?

MARICOTA
E por que não? Têm-se visto muitas paixões violentas. Ouve agora esta outra. (*tira outra carta do seio*)

CHIQUINHA
Do mesmo?

MARICOTA
Não, é daquele mocinho que está estudando latim no Seminário de S. José.

CHIQUINHA
Namoras também a um estudante de latim?! O que esperas deste menino?

MARICOTA
O que espero? Não tens ouvido dizer que as primeiras paixões são eternas? Pois bem, este menino pode ir para S. Paulo, voltar de lá formado e arranjar eu alguma cousa no caso de estar ainda solteira.

CHIQUINHA

Que cálculo! É pena teres de esperar tanto tempo...

MARICOTA

Os anos passam depressa, quando se namora. Ouve: (*lendo*) "Vi teu mimoso semblante e fiquei enleado e cego, cego a ponto de não poder estudar minha lição." (*deixando de ler*) Isto é de criança. (*continua a ler*) "Bem diz o poeta latino: *Mundus a Domino constitutus est.*" (*lê estas palavras com dificuldade e diz*) Isto eu não entendo; há de ser algum elogio... (*continua a ler*) "... *constitutus est*. Se Deus o criou, foi para fazer o paraíso dos amantes, que como eu têm a fortuna de gozar tanta beleza. A mocidade, meu bem, é um tesouro, porque *senectus est morbus*. Recebe, minha adorada, os meus protestos. Adeus, encanto. *Ego vocor – Tibúrcio José Maria.*" (*acabando de ler*) O que eu não gosto é escrever-me ele em latim. Hei de mandar-lhe dizer que me fale em português. Lá dentro ainda tenho um maço de cartas que te poderei mostrar; estas duas recebi hoje.

CHIQUINHA

Se todas são como essas, é rica a coleção. Quem mais passou? Vamos, dize...

MARICOTA

Passou aquele amanuense da Alfândega, que está à espera de ser segundo escriturário para casar-se comigo. Passou o inglês que anda montado no cavalo do curro. Passou o Ambrósio, capitão da Guarda Nacional. Passou aquele moço de bigodes e cabelos grandes, que veio da Europa, onde esteve empregado na diplomacia. Passou aquele sujeito que tem loja de fazendas. Passou...

CHIQUINHA
(*interrompendo*)
Meu Deus, quantos!... E a todos esses namoras?

MARICOTA
Pois então! E o melhor é que cada um de per se pensa ser o único da minha afeição.

CHIQUINHA
Tens habilidade! Mas dize-me, Maricota, que esperas tu com todas essas loucuras e namoros? Que planos são os teus? (*levanta-se*) Não vês que te podes desacreditar?

MARICOTA
Desacreditar-me por namorar! E não namoram todas as moças? A diferença está em que umas são mais espertas do que outras. As estouvadas, como tu dizes que eu sou, namoram francamente, enquanto as sonsas vão pela calada. Tu mesma, com este ar de santinha – anda, faze-te vermelha! – talvez namores, e muito; e se eu não posso assegurar, é porque tu não és sincera como eu sou. Desengana-te, não há moça que não namore. A dissimulação de muitas é que faz duvidar de suas estrepolias. Apontas-me porventura uma só, que não tenha hora escolhida para chegar à janela, ou que não atormente ao pai ou à mãe para ir a este ou àquele baile, a esta ou àquela festa? E pensas tu que é isto feito indiferente-

mente, ou por acaso? Enganas-te, minha cara, tudo é namoro, e muito namoro. Os pais, as mães e as simplórias como tu é que nada vêem e de nada desconfiam. Quantas conheço eu, que no meio de parentes e amigas, cercadas de olhos vigilantes, namoram tão subtilmente, que não se pressente! Para quem sabe namorar tudo é instrumento: uma criança que se tem ao colo e se beija, um papagaio com o qual se fala à janela, um mico que brinca sobre o ombro, um lenço que volteia na mão, uma flor que se desfolha – tudo, enfim. E até quantas vezes o namorado desprezado serve de instrumento para se namorar a outrem! Pobres tolos, que levam a culpa e vivem logrados, em proveito alheio! Se te quisesse eu explicar e patentear os ardis e espertezas de certas meninas que passam por sérias e que são refinadíssimas velhacas, não acabaria hoje. Vive na certeza, minha irmã, que as moças dividem-se em duas classes: sonsas e sinceras... Mas que todas namoram.

Chiquinha
Não questionarei contigo. Demos que assim seja, quero mesmo que o seja. Que outro futuro esperam as filhas-famílias, senão o casamento? É a nossa senatoria, como costumam dizer. Os homens não levam a mal que façamos da nossa parte todas as diligências para alcançarmos este fim; mas o meio que devemos empregar é tudo. Pode ele ser prudente e honesto, ou tresloucado como o teu.

Maricota
Não dizia eu que havia sonsas e sinceras? Tu és das sonsas.

CHIQUINHA
Pode ele nos desacreditar, como não duvido que o teu te desacreditará.

MARICOTA
E por quê?

CHIQUINHA
Namoras a muitos.

MARICOTA
Oh, essa é grande! Nisto justamente é que eu acho vantagem. Ora, dize-me, quem compra muitos bilhetes de loteria não tem mais probabilidade de tirar a sorte grande do que aquele que só compra um? Não pode do mesmo modo, nessa loteria do casamento, quem tem muitos amantes ter mais probabilidade de tirar um para marido?

CHIQUINHA
Não, não! A namoradeira é em breve tempo conhecida e ninguém a deseja por mulher. Julgas que os homens iludem-se com ela e que não sabem que valor devem dar aos seus protestos? Que mulher pode haver tão fina, que namore a muitos e que faça crer a cada um em particular que é o único amado? Aqui em nossa terra, grande parte dos moços são presunçosos, linguarudos e indiscretos; quando têm o mais insignificante namorico, não há amigos e conhecidos que não sejam confidentes. Que cautela podem resistir a essas indiscrições? E conhecida uma moça por namoradeira, quem se animará a pedi-la por esposa? Quem se quererá arriscar a casar-se com

uma mulher que continue depois de casada as cenas de sua vida de solteira? Os homens têm mais juízo do que pensas; com as namoradeiras divertem-se eles, mas não se casam.

MARICOTA

Eu to mostrarei.

CHIQUINHA

Veremos. Dá graças a Deus se por fim encontrares um velho para marido.

MARICOTA

Um velho! Antes quero morrer, ser freira... Não me fales nisso, que me arrepiam os cabelos! Mas para que me aflijo? É-me mais fácil... Aí vem meu pai! (*corre e assenta-se à costura, junto à mesa*)

Cena II

JOSÉ PIMENTA e MARICOTA
(*Entra José Pimenta com a farda de cabo-de-esquadra da Guarda Nacional, calças de pano azul e barretão – tudo muito usado.*)

PIMENTA

(*entrando*)

Chiquinha, vai ver minha roupa, já que estás vadia. (*Chiquinha sai*) Está bem bom! Está bem bom! (*esfrega as mãos de contente*)

MARICOTA
(*cosendo*)

Meu pai sai?

PIMENTA

Tenho que dar algumas voltas, a ver se cobro o dinheiro das guardas de ontem. Abençoada a hora em que eu deixei o ofício de sapateiro para ser cabo-de-esquadra da Guarda Nacional! O que ganhava eu pelo ofício? Uma tuta-e-meia. Desde pela manhã até alta noite sentado à tripeça, metendo sovela daqui, sovela dacolá, cerol pra uma banda, cerol pra outra; puxando couro com os dentes, batendo de martelo, estirando o tirapé – e no fim das contas chegava apenas o jornal para se comer, e mal. Torno a dizer, feliz a hora em que deixei o ofício para ser cabo-de-esquadra da Guarda Nacional! Das guardas, das rondas e das ordens de prisão faço o meu patrimônio. Cá as arranjo de modo que rendem, e não rendem pouco... Assim é que é o viver; e no mais, saúde, e viva a Guarda Nacional e o dinheirinho das guardas que vou cobrar, e que muito sinto ter de repartir com ganhadores. Se vier alguém procurar-me, dize que espere, que eu já volto. (*sai*)

Cena III

MARICOTA
(*só*)

Tem razão; são milagres! Quando meu pai trabalhava pelo ofício e tinha um jornal certo, não podia viver; agora que não tem ofício nem jornal, vive sem necessidades. Bem diz o Capitão Ambrósio que os ofícios sem nome são os mais lucrativos. Basta de coser. (*levanta-se*) Não hei de namorar o agulheiro, nem casar-me com a almofada. (*vai para a janela. Faustino aparece na porta ao fundo, donde espreita para a sala*)

Cena IV

FAUSTINO e MARICOTA

FAUSTINO

Posso entrar?

MARICOTA
(*voltando-se*)
Quem é? Ah, pode entrar.

FAUSTINO
(*entrando*)
Estava ali defronte na loja do barbeiro, esperando que teu pai saísse para poder ver-te, falar-te, amar-te, adorar-te, e...

MARICOTA

Deveras!

FAUSTINO
Ainda duvidas? Para quem vivo eu, senão para ti? Quem está sempre presente na minha imaginação? Por quem faço eu todos os sacrifícios?

Maricota
Fale mais baixo, que a mana pode ouvir.

Faustino
A mana! Oh, quem me dera ser a mana, para estar sempre contigo! Na mesma sala, na mesma mesa, no mesmo...

Maricota
(*rindo-se*)
Já você começa.

Faustino
E como hei de acabar sem começar? (*pegando-lhe na mão*) Decididamente, meu amor, não posso viver sem ti... E sem o meu ordenado.

Maricota
Não lhe creio: muitas vezes está sem me aparecer dous dias, sinal que pode viver sem mim; e julgo que pode também viver sem o seu ordenado, porque...

Faustino
Impossível!

Maricota
Porque o tenho visto passar muitas vezes por aqui de manhã às onze horas e ao meio-dia, o que prova que gazeia sofrivelmente, que leva ponto e lhe descontam o ordenado.

FAUSTINO
Gazear a repartição o modelo dos empregados? Enganaram-te. Quando lá não vou, é ou por doente, ou por ter mandado parte de doente...

MARICOTA
E hoje que é dia de trabalho, mandou parte?

FAUSTINO
Hoje? Ah, não me fales nisso, que me desespero e alucino! Por tua causa sou a vítima mais infeliz da Guarda Nacional!

MARICOTA
Por minha causa?!

FAUSTINO
Sim, sim, por tua causa! O capitão da minha companhia, o mais feroz capitão que tem aparecido no mundo, depois que se inventou a Guarda Nacional, persegue-me, acabrunha-me e assassina-me! Como sabe que eu te amo e que tu me correspondes, não há pirraças e afrontas que me não faça. Todos os meses são dous e três avisos para montar guarda; outros tantos para rondas, manejos, paradas... E desgraçado se lá não vou, ou não pago! Já o meu ordenado não chega. Roubam-me, roubam-me com as armas na mão! Eu te detesto, capitão infernal, és um tirano, um Gengis-Kan, um Tamerlan! Agora mesmo está um guarda à porta da repartição à minha espera para prender-me. Mas eu não vou lá, não quero. Tenho dito. Um cidadão é livre... enquanto não o prendem.

MARICOTA
Sr. Faustino, não grite, tranqüilize-se!

FAUSTINO
Tranqüilizar-me! Quando vejo um homem que abusa da autoridade que lhe confiaram para afastar-me de ti! Sim, sim, é para afastar-me de ti que ele manda-me sempre prender. Patife! Porém o que mais me mortifica e até faz-me chorar é ver teu pai, o mais honrado cabo-de-esquadra, prestar o seu apoio a essas tiranias constitucionais.

MARICOTA
Está bom, deixe-se disso, já é maçada. Não tem que se queixar de meu pai: ele é cabo e faz a sua obrigação.

FAUSTINO
Sua obrigação? E julgas que um homem faz a sua obrigação quando anda atrás de um cidadão brasileiro com uma ordem de prisão metida na patrona, na patrona? A liberdade, a honra, a vida de um homem, feito à imagem de Deus, metida na patrona! Sacrilégio!

MARICOTA
(*rindo-se*)
Com efeito, é uma ação digna...

FAUSTINO
(*interrompendo-a*)
... somente de um capitão da Guarda Nacional! Felizes dos turcos, dos chinas e dos negros de Guiné, porque não são guardas nacionais! Oh!

*Porque lá nos desertos africanos
Faustino não nasceu desconhecido!*

Maricota
Gentes!

Faustino
Mas, apesar de todas essas perseguições, eu lhe hei de mostrar para que presto. Tão depressa se reforme a minha repartição, casar-me-ei contigo, ainda que eu veja adiante de mim todos os chefes de legião, coronéis, majores, capitães, cornetas, sim, cornetas, e etc.

Maricota
Meu Deus, endoudeceu!

Faustino
Então podem chover sobre mim os avisos, como chovia o maná no deserto! Não te deixarei um só instante. Quando for às paradas, irás comigo para me veres manobrar.

Maricota
Oh!

Faustino
Quando montar guarda, acompanhar-me-ás...

Maricota
Quê! Eu também hei de montar guarda?

FAUSTINO
E o que tem isso? Mas não, não, correria seu risco...

MARICOTA
Que extravagâncias!

FAUSTINO
Quando rondar, rondarei a nossa porta, e quando houver rusgas, fechar-me-ei em casa contigo, e dê no que der, que... estou deitado. Mas, ah, infeliz...

MARICOTA
Acabou-se-lhe o furor?

FAUSTINO
De que me servem todos esses tormentos, se me não amas?

MARICOTA
Não o amo?!

FAUSTINO
Desgraçadamente, não! Eu tenho cá para mim que a tanto se não atreveria o capitão, se não lhe desses esperanças.

MARICOTA
Ingrato!

FAUSTINO
Maricota, minha vida, ouve a confissão dos tormentos que por ti sofro. (*declamando*) Uma idéia esmagadora, idéia abortada do negro abismo, como

o riso da desesperação, segue-me por toda a parte! Na rua, na cama, na repartição, nos bailes e mesmo no teatro não me deixa um só instante! Agarrada às minhas orelhas, como o náufrago à tábua de salvação, ouço-a sempre dizer: – Maricota não te ama! Sacudo a cabeça, arranco os cabelos (*faz o que diz*) e só consigo desarranjar os cabelos e amarrotar a gravata. (*isto dizendo, tira do bolso um pente, com o qual penteia-se enquanto fala*) Isto é o tormento da minha vida, companheiro da minha morte! Cosido na mortalha, pregado no caixão, enterrado na catacumba, fechado na caixinha dos ossos no dia de finados ouvirei ainda essa voz, mas então será furibunda, pavorosa e cadavérica, repetir – Maricota não te ama! (*engrossa a voz para dizer estas palavras*) E serei o defunto o mais desgraçado! Não te comovem estas pinturas? Não te arrepiam as carnes?

MARICOTA

Escute...

FAUSTINO

Oh, que não tenha eu eloqüência e poder para te arrepiar as carnes...

MARICOTA

Já lhe disse que escute. Ora diga-me: não lhe tenho eu dado todas as provas que lhe poderia dar para convencê-lo do meu amor? Não tenho respondido a todas as suas cartas? Não estou à janela sempre que passa de manhã para a repartição, e às duas horas quando volta, apesar do sol? Quando tenho alguma flor ao peito, que ma pede, não lha dou? Que mais quer? São poucas essas provas de verdadeiro amor? Assim é que paga-me tantas finezas? Eu é que me deveria queixar...

FAUSTINO
Tu?

MARICOTA
Eu, sim! Responda-me, por onde andou, que não passou por aqui ontem, e fez-me esperar toda [a] tarde à janela? Que fez do cravo que lhe dei o mês passado? Por que não foi ao teatro quando eu lá estive com D. Mariana? Desculpe-se, se pode. Assim é que corresponde a tanto amor? Já não há paixões verdadeiras. Estou desenganada. (*finge que chora*)

FAUSTINO
Maricota...

MARICOTA
Fui bem desgraçada em dar meu coração a um ingrato!

FAUSTINO
(*enternecido*)
Maricota!

MARICOTA
Se eu pudesse arrancar do peito esta paixão...

FAUSTINO
Maricota, eis-me a teus pés! (*ajoelha-se, e, enquanto fala, Maricota ri-se, sem que ele veja*) Necessito de toda a tua bondade para ser perdoado!

Maricota
Deixe-me.

Faustino
Queres que morra a teus pés? (*batem palmas na escada*)

Maricota
(*assustada*)
Quem será? (*Faustino conserva-se de joelhos*)

Capitão
(*na escada, dentro*)
Dá licença?

Maricota
(*assustada*)
É o Capitão Ambrósio! (*para Faustino*) Vá-se embora, vá-se embora! (*vai para dentro, correndo*)

Faustino
(*levanta-se e vai atrás dela*)
Então, o que é isso?... Deixou-me!... Foi-se!... E esta!... Que farei?... (*anda ao redor da sala como procurando aonde esconder-se*) Não sei onde esconder-me... (*vai espiar à porta, e daí corre para a janela*) Voltou, e está conversando à porta com um sujeito; mas decerto não deixa de entrar. Em boas estou metido, e daqui não... (*corre para o judas, despe-lhe a casaca e o colete, tira-lhe as botas e o chapéu e arranca-lhe os bigodes*) O que me pilhar tem talento, porque mais tenho eu. (*veste o colete e casaca sobre*

a sua própria roupa, calça as botas, põe o chapéu armado e arranja os bigodes. Feito isto, esconde o corpo do judas em uma das gavetas da cômoda, onde também esconde o próprio chapéu, e toma o lugar do judas) Agora pode vir... (*batem*) Ei-lo! (*batem*) Aí vem!

Cena V

CAPITÃO *e* FAUSTINO
(*no lugar do judas*)

CAPITÃO
(*entrando*)

Não há ninguém em casa? Ou estão todos surdos? Já bati palmas duas vezes, e nada de novo! (*tira a barretina e a põe sobre a mesa, e assenta-se na cadeira*) Esperarei. (*olha ao redor de si, dá com os olhos no judas; supõe à primeira vista ser um homem, e levanta-se rapidamente*) Quem é? (*reconhecendo que é um judas*) Ora, ora, ora! E não me enganei com o judas, pensando que era um homem? Oh, oh, está um figurão! E o mais é que está tão bem-feito que parece vivo. (*assenta-se*) Onde está esta gente? Preciso falar com o cabo José Pimenta e... ver a filha. Não seria mau que ele [não] estivesse em casa; desejo ter certas explicações com a Maricota. (*aqui aparece na porta da direita Maricota, que espreita, receosa. O Capitão a vê e levanta-se*) Ah!

Cena VI

MARICOTA *e os mesmos*

MARICOTA
(*entrando, sempre receosa e olhando para todos os lados*)
Sr. Capitão!

CAPITÃO
(*chegando-se para ela*)
Desejei ver-te, e a fortuna ajudou-me. (*pegando-lhe na mão*) Mas que tens? Estás receosa! Teu pai?

MARICOTA
(*receosa*)
Saiu.

CAPITÃO
Que temes então?

MARICOTA
(*adianta-se e como que procura um objeto com os olhos pelos cantos da sala*)
Eu? Nada. Estou procurando o gato...

CAPITÃO
(*largando-lhe a mão*)
O gato? E por causa do gato recebe-me com esta indiferença?

MARICOTA
(à parte)
Saiu. *(para o Capitão)* Ainda em cima zanga-se comigo! Por sua causa é que eu estou nestes sustos.

CAPITÃO
Por minha causa?

MARICOTA
Sim.

CAPITÃO
E é também por minha causa que procura o gato?

MARICOTA
É, sim!

CAPITÃO
Essa agora é melhor! Explique-se...

MARICOTA
(à parte)
Em que me fui eu meter! O que lhe hei de dizer?

CAPITÃO
Então?

MARICOTA
Lembra-se...

CAPITÃO
De quê?

MARICOTA

Da... da... daquela carta que escreveu-me anteontem, em que me aconselhava que fugisse da casa de meu pai para a sua?

CAPITÃO

E o que tem?

MARICOTA

Guardei-a na gavetinha do meu espelho, e como a deixasse aberta, o gato, brincando, sacou-me a carta; porque ele tem esse costume...

CAPITÃO

Oh, mas isso não é graça! Procuremos o gato. A carta estava assinada e pode comprometer-me. É a última vez que tal me acontece! (*puxa a espada e principia a procurar o gato*)

MARICOTA

(*à parte, enquanto o Capitão procura*)
Puxa a espada! Estou arrependida de ter dado a corda a este tolo. (*o Capitão procura o gato atrás de Faustino, que está imóvel; passa por diante e continua a procurá-lo. Logo que volta as costas a Faustino, este mia. O Capitão volta para trás repentinamente. Maricota surpreende-se*)

CAPITÃO

Miou!

MARICOTA

Miou?!

CAPITÃO
Está por aqui mesmo. (*procura*)

MARICOTA
(*à parte*)
É singular! Em casa não temos gato!

CAPITÃO
Aqui não está. Onde, diabo, se meteu?

MARICOTA
(*à parte*)
Sem dúvida é algum da vizinhança. (*para o Capitão*) Está bom, deixe; ele aparecerá.

CAPITÃO
Que o leve o demo! (*para Maricota*) Mas procure-o bem até que o ache, para arrancar-lhe a carta. Podem-na achar, e isso não me convém. (*esquece-se de embainhar a espada*) Sobre esta mesma carta desejava eu falar-te.

MARICOTA
Recebeu minha resposta?

CAPITÃO
Recebi, e a tenho aqui comigo. Mandaste-me dizer que estavas pronta a fugir para minha casa; mas que esperavas primeiro poder arranjar parte do dinheiro que teu pai está ajuntando, para te safares com ele. Isto não me convém. Não está nos meus princípios. Um moço pode roubar uma moça – é uma rapaziada; mas dinheiro... é uma ação infame!

MARICOTA
(à parte)

Tolo!

CAPITÃO

Espero que não penses mais nisso, e que farás somente o que eu te peço. Sim?

MARICOTA
(à parte)
Pateta, que não percebe que era um pretexto para lhe não dizer que não, e tê-lo sempre preso.

CAPITÃO

Não respondes?

MARICOTA

Pois sim. (à parte) Era preciso que eu fosse tola. Se eu fugir, ele não se casa.

CAPITÃO

Agora quero sempre dizer-te uma cousa. Eu supus que esta história de dinheiro era um pretexto para não fazeres o que te pedia.

MARICOTA

Ah, supôs? Tem penetração!

CAPITÃO

E se te valias desses pretextos é porque amavas a...

MARICÒTA

A quem? Diga!

CAPITÃO

A Faustino.

MARICOTA

A Faustino? (*ri às gargalhadas*) Eu? Amar aquele toleirão? Com olhos de enchova morta, e pernas de arco de pipa? Está mangando comigo. Tenho melhor gosto. (*olha com ternura para o Capitão*)

CAPITÃO

(*suspirando com prazer*)
Ah, que olhos matadores! (*durante este diálogo Faustino está inquieto no seu lugar*)

MARICOTA

O Faustino serve-me de divertimento, e se algumas vezes lhe dou atenção, é para melhor ocultar o amor que sinto por outro. (*olha com ternura para o Capitão. Aqui aparece na porta do fundo José Pimenta. Vendo o Capitão com a filha, pára e escuta*)

CAPITÃO

Eu te creio, porque teus olhos confirmam tuas palavras. (*gesticula com entusiasmo, brandindo a espada*) Terás sempre em mim um arrimo, e um defensor! Enquanto eu for capitão da Guarda Nacional e o Governo tiver confiança em mim, hei de sustentar-te como uma princesa. (*Pimenta desata a rir às gargalhadas. Os dous voltam-se surpreendidos. Pimenta caminha para a frente, rindo-se sempre. O Capitão fica enfiado e com a espada levantada. Maricota, turbada, não sabe como tomar a hilaridade do pai)*

Cena VII

Pimenta *e os mesmos*

Pimenta
(*rindo-se*)
O que é isto, Sr. Capitão? Ataca a rapariga... ou ensina-lhe a jogar à espada?

Capitão
(*turbado*)
Não é nada, Sr. Pimenta, não é nada... (*embainha a espada*) Foi um gato.

Pimenta
Um gato? Pois o Sr. Capitão tira a espada para um gato? Só se foi algum gato danado, que por aqui entrou.

Capitão
(*querendo mostrar tranqüilidade*)
Nada; foi o gato da casa que andou aqui pela sala fazendo estripulias.

Pimenta
O gato da casa? É bichinho que nunca tive, nem quero ter.

CAPITÃO
Pois o senhor não tem um gato?

PIMENTA
Não senhor.

CAPITÃO
(*alterando-se*)
E nunca os teve?

PIMENTA
Nunca!... Mas...

CAPITÃO
Nem suas filhas, nem seus escravos?

PIMENTA
Já disse que não... Mas...

CAPITÃO
(*voltando-se para Maricota*)
Com que nem seu pai, nem a sua irmã e nem seus escravos têm gato?

PIMENTA
Mas que diabo é isso?

CAPITÃO
E no entanto... Está bom, está bom (*à parte*) Aqui há maroteira!

PIMENTA
Mas que história é essa?

CAPITÃO
Não é nada, não faça caso; ao depois lhe direi. (*para Maricota*) Muito obrigado! (*voltando-se para Pimenta*) Temos que falar em objeto de serviço.

PIMENTA
(*para Maricota*)
Vai para dentro.

MARICOTA
(*à parte*)
Que capitão tão pedaço de asno! (*sai*)

Cena VIII

CAPITÃO e JOSÉ PIMENTA
(*Pimenta vai pôr sobre a mesa a barretina. O Capitão fica pensativo*)

CAPITÃO
(*à parte*)
Aqui anda o Faustino, mas ele me pagará!

PIMENTA
Às suas ordens, Sr. Capitão.

CAPITÃO
O guarda Faustino foi preso?

PIMENTA
Não, senhor. Desde quinta-feira que andam dous guardas atrás dele, e ainda não foi possível encontrá-

lo. Mandei-os que fossem escorar à porta da repartição e também lá não apareceu hoje. Creio que teve aviso.

Capitão

É preciso fazer diligência para se prender esse guarda, que está ficando muito remisso. Tenho ordens muito apertadas do comandante superior. Diga aos guardas encarregados de o prender que o levem para os Provisórios. Há de lá estar um mês. Isto assim não pode continuar. Não há gente para o serviço com estes maus exemplos. A impunidade desorganiza a Guarda Nacional. Assim que ele sair dos Provisórios, avisem-no logo para o serviço, e se faltar, Provisório no caso, até que se desengane. Eu lhe hei de mostrar. (*à parte*) Mariola!... Quer ser meu rival!

Pimenta

Sim senhor, Sr. Capitão.

Capitão

Guardas sobre guardas, rondas, manejos, paradas, diligências – atrapalhe-o. Entenda-se a esse respeito com o sargento.

Pimenta

Deixe estar, Sr. Capitão.

Capitão

Precisamos de gente pronta.

Pimenta

Assim é, Sr. Capitão. Os que não pagam para a música, devem sempre estar prontos. Alguns são muito remissos.

Capitão
Ameace-os com o serviço.

Pimenta
Já o tenho feito. Digo-lhes que se não pagarem prontamente, o senhor Capitão os chamará para o serviço. Faltam ainda oito que não pagaram este mês, e dous ou três que não pagam desde o princípio do ano.

Capitão
Avise a esses que recebeu ordem para os chamar de novo para o serviço impreterivelmente. Há falta de gente. Ou paguem ou trabalhem.

Pimenta
Assim é, Sr. Capitão, e mesmo é preciso. Já andam dizendo que, se a nossa companhia não tem gente, é porque mais de metade paga para a música.

Capitão
(*assustado*)
Dizem isso? Pois já sabem?

Pimenta
Que saibam, não creio; mas desconfiam.

Capitão
É o diabo! É preciso cautela. Vamos à casa do sargento, que lá temos que conversar. Uma demissão me faria desarranjo. Vamos.

PIMENTA
Sim senhor, Sr. Capitão. (*saem*)

Cena IX

FAUSTINO
(*só. Logo que os dous saem, Faustino os vai espreitar à porta por onde saíram, e adianta-se um pouco*)

FAUSTINO
Ah, com que o Sr. Capitão assusta-se, porque podem saber que mais de metade dos guardas da companhia pagam para a música... E quer mandar-me para os Provisórios! Com que escreve cartas, desinquietando a uma filha-família, e quer atrapalhar-me com serviço? Muito bem! Cá tomarei nota. E o que direi da menina? É de se tirar o barrete! Está doutorada! Anda a dous carrinhos! Obrigado! Acha que eu tenho pernas de enchova morta, e olhos de arco de pipa? Ah, quem soubera! Mas ainda é tempo; tu me pagarás, e... Ouço pisadas... A postos! (*toma o seu lugar*)

Cena X

CHIQUINHA *e* FAUSTINO

CHIQUINHA
(*entra e senta-se à costura*)
Deixe-me ver se posso acabar este vestido para vesti-lo amanhã, que é Domingo de Páscoa. (*cose*)

Eu é que sou a vadia, como meu pai disse. Tudo anda assim. Ai, ai! (*suspirando*) Há gente bem feliz; alcançam tudo quanto desejam e dizem tudo quanto pensam: só eu nada alcanço e nada digo. Em quem estará ele pensando! Na mana, sem dúvida. Ah, Faustino, Faustino, se tu soubesses!...

FAUSTINO
(*à parte*)
Fala em mim! (*aproxima-se de Chiquinha pé ante pé*)

CHIQUINHA
A mana, que não sente por ti o que eu sinto, tem coragem para te falar e enganar, enquanto eu, que tanto te amo, não ouso levantar os olhos para ti. Assim vai o mundo! Nunca terei valor para fazer-lhe a confissão deste amor, que me faz tão desgraçada; nunca, que morreria de vergonha! Ele nem em mim pensa. Casar-me com ele seria a maior das felicidades. (*Faustino, que durante o tempo que Chiquinha fala vem aproximando-se e ouvindo com prazer quanto ela diz, cai a seus pés*)

FAUSTINO
Anjo do céu! (*Chiquinha dá um grito, assustada, levanta-se rapidamente para fugir e Faustino a retém pelo vestido*) Espera!

CHIQUINHA
(*gritando*)
Ai, quem me acode?

FAUSTINO
Não te assustes, é o teu amante, o teu noivo... o ditoso Faustino!

CHIQUINHA
(*forcejando para fugir*)
Deixe-me!

FAUSTINO
(*tirando o chapéu*)
Não me conheces? É o teu Faustino!

CHIQUINHA
(*reconhecendo-o*)
Sr. Faustino!

FAUSTINO
(*sempre de joelho*)
Ele mesmo, encantadora criatura! Ele mesmo, que tudo ouviu.

CHIQUINHA
(*escondendo o rosto nas mãos*)
Meu Deus!

FAUSTINO
Não te envergonhes. (*levanta-se*) E não te admires de ver-me tão ridiculamente vestido para um amante adorado.

CHIQUINHA
Deixe-me ir para dentro.

Faustino

Oh, não! Ouvir-me-ás primeiro. Por causa de tua irmã eu estava escondido nestes trajos; mas prouve a Deus que eles me servissem para descobrir a sua perfídia e ouvir a tua ingênua confissão, tanto mais preciosa quanto inesperada. Eu te amo, eu te amo!

Chiquinha

A mana pode ouvi-lo!

Faustino

A mana! Que venha ouvir-me! Quero dizer-lhe nas bochechas o que penso. Se eu tivesse adivinhado em ti tanta candura e amor, não teria passado por tantos dissabores e desgostos, e não teria visto com meus próprios olhos a maior das patifarias! Tua mana é... Enfim, eu cá sei o que ela é, e basta. Deixemo-la, falemos só no nosso amor! Não olhes para minhas botas... Tuas palavras acenderam em meu peito uma paixão vulcânico-piramidal e delirante. Há um momento que nasceu, mas já está grande como o universo. Conquistaste-me! Terás o pago de tanto amor! Não duvides; amanhã virei pedir-te a teu pai.

Chiquinha
(involuntariamente)
Será possível?

Faustino
Mais que possível, possibilíssimo!

Chiquinha
Oh! está me enganando... E o seu amor por Maricota?

FAUSTINO
(*declamando*)

Maricota trouxe o inferno para minha alma, se é que não levou minha alma para o inferno! O meu amor por ela foi-se, voou, extinguiu-se como um foguete de lágrimas!

CHIQUINHA

Seria crueldade se zombasse de mim! De mim... que ocultava a todos o meu segredo.

FAUSTINO

Zombar de ti! Seria mais fácil zombar do meu ministro! Mas, silêncio, que parece-me que sobem as escadas.

CHIQUINHA
(*assustada*)

Será meu pai?

FAUSTINO

Nada digas do que ouviste; é preciso que ninguém saiba que eu estou aqui incógnito. Do segredo depende a nossa dita.

PIMENTA
(*dentro*)
Diga-lhe que não pode ser.

FAUSTINO

É teu pai!

CHIQUINHA

É meu pai!

AMBOS

Adeus! (*Chiquinha entra correndo e Faustino põe o chapéu na cabeça, e toma o seu lugar*)

Cena XI

PIMENTA *e depois* ANTÔNIO DOMINGOS

PIMENTA

É boa! Querem todos ser dispensados das paradas! Agora é que o sargento anda passeando. Lá ficou o Capitão à espera. Ficou espantado com o que eu lhe disse a respeito da música. Tem razão, que, se souberem, podem-lhe dar com a demissão pelas ventas. (*aqui batem palmas dentro*) Quem é?

ANTÔNIO
(*dentro*)
Um seu criado. Dá licença?

PIMENTA

Entre quem é. (*entra Antônio Domingos*) Ah, é o Sr. Antônio Domingos! Seja bem aparecido; como vai isso?

ANTÔNIO

A seu dispor.

PIMENTA

Dê cá o seu chapéu. (*toma o chapéu e o põe sobre a mesa*) Então, o que ordena?

ANTÔNIO
(*com mistério*)
Trata-se do negócio...

PIMENTA

Ah, espere! (*vai fechar a porta do fundo, espiando primeiro se alguém os poderá ouvir*) É preciso cautela. (*cerra a porta que dá para o interior*)

ANTÔNIO

Toda é pouca. (*vendo o judas*) Aquilo é um judas?

PIMENTA

É dos pequenos. Então?

ANTÔNIO

Chegou nova remessa do Porto. Os sócios continuam a trabalhar com ardor. Aqui estão dous contos (*tira da algibeira dous maços de papéis*), um em cada maço; é dos azuis. Desta vez vieram mais bem-feitos. (*mostra uma nota de cinco mil-réis que tira do bolso do colete*) Veja; está perfeitíssima.

PIMENTA
(*examinando-a*)
Assim é.

Antônio
Mandei aos sócios fabricantes o relatório do exame que fizeram na Caixa da Amortização, sobre as da penúltima remessa, e eles emendaram a mão. Aposto que ninguém as diferençará das verdadeiras.

Pimenta
Quando chegaram?

Antônio
Ontem, no navio que chegou do Porto.

Pimenta
E como vieram?

Antônio
Dentro de um barril de paios.

Pimenta
O lucro que deixa não é mau; mas arrisca-se a pele...

Antônio
O que receia?

Pimenta
O que receio? Se nos dão na malhada, adeus minhas encomendas! Tenho filhos...

Antônio
Deixe-se de sustos. Já tivemos duas remessas, e o senhor só por sua parte passou dous contos e quinhentos mil-réis, e nada lhe aconteceu.

PIMENTA

Bem perto estivemos de ser descobertos – houve denúncia, e o Tesouro substituiu os azuis pelos brancos.

ANTÔNIO

Dos bilhetes aos falsificadores vai longe; aqueles andam pelas mãos de todos, e estes fecham-se quando falam, e acautelam-se. Demais, quem nada arrisca, nada tem. Deus há de ser conosco.

PIMENTA

Se não for o Chefe de Polícia...

ANTÔNIO

Esse é que pode botar tudo a perder; mas pior é o medo. Vá guardá-los. (*Pimenta vai guardar os maços dos bilhetes em uma das gavetas da cômoda e a fecha à chave. Antônio, enquanto Pimenta guarda os bilhetes*) Cinqüenta contos da primeira remessa, cem da segunda e cinqüenta desta fazem duzentos contos; quando muito, vinte de despesa, e aí temos cento e oitenta de lucro. Não conheço negócio melhor. (*para Pimenta*) Não os vá trocar sempre à mesma casa: ora aqui, ora ali... Tem cinco por cento dos que passar.

PIMENTA

Já estou arrependido de ter-me metido neste negócio...

ANTÔNIO

E por quê?

PIMENTA

Além de perigosíssimo, tem conseqüências que eu não previa quando meti-me nele. O senhor dizia que o povo não sofria com isso.

ANTÔNIO

E ainda digo. Há na circulação um horror de milhares de contos em papel; mais duzentos, não querem dizer nada.

PIMENTA

Assim pensei eu, ou me fizeram pensar; mas já abriram-me os olhos, e... Enfim, passarei ainda esta vez, e será a última. Tenho filhos. Meti-me nisto sem saber bem o que fazia. E do senhor queixo-me, porque da primeira vez abusou da minha posição; eu estava sem vintém. É a última!

ANTÔNIO

Como quiser; o senhor é quem perde. (*batem na porta*)

PIMENTA

Batem!

ANTÔNIO

Será o Chefe de Polícia?

PIMENTA

O Chefe de Polícia! Eis, aí está no que o senhor me meteu!

ANTÔNIO

Prudência! Se for a polícia, queimam-se os bilhetes.

PIMENTA

Qual queimam-se, nem meio queimam-se; já não há tempo senão de sermos enforcados!

ANTÔNIO

Não desanime. (*batem de novo*)

FAUSTINO
(*disfarçando a voz*)
Da parte da polícia!

PIMENTA
(*caindo de joelhos*)
Misericórdia!

ANTÔNIO

Fujamos pelo quintal!

PIMENTA

A casa não tem quintal. Minhas filhas!...

ANTÔNIO

Estamos perdidos! (*corre para a porta a fim de espiar pela fechadura. Pimenta fica de joelhos e treme convulsivamente*) Só vejo um oficial da Guarda Nacional. (*batem; espia de novo*) Não há dúvida. (*para Pimenta*) Psiu... psiu... venha cá.

CAPITÃO

(*dentro*)

Ah, Sr. Pimenta, Sr. Pimenta? (*Pimenta, ao ouvir o seu nome, levanta a cabeça e escuta. Antônio caminha para ele*)

ANTÔNIO

Há só um oficial que o chama.

PIMENTA

Os mais estão escondidos.

CAPITÃO

(*dentro*)

Há ou não gente em casa?

PIMENTA

(*levanta-se*)

Aquela voz... (*vai para a porta e espia*) Não me enganei! É o Capitão! (*espia*) Ah, Sr. Capitão?

CAPITÃO

(*dentro*)

Abra!

PIMENTA

Vossa Senhoria está só?

CAPITÃO

(*dentro*)

Estou, sim; abra.

Pimenta
Palavra de honra?

Capitão
(*dentro*)
Abra, ou vou-me embora!

Pimenta
(*para Antônio*)
Não há que temer. (*abre a porta; entra o Capitão. Antônio sai fora da porta e observa se há alguém oculto no corredor*)

Cena XII

Capitão [e] *os mesmos*

Capitão
(*entrando*)
Com o demo! O senhor a estas horas com a porta fechada!

Pimenta
Queira perdoar, Sr. Capitão.

Antônio
(*entrando*)
Ninguém!

Capitão
Faz-me esperar tanto! Hoje é a segunda vez.

Pimenta
Por quem é, Sr. Capitão!

Capitão
Tão calados!... Parece que estavam fazendo moeda falsa! (*Antônio estremece; Pimenta assusta-se*)

Pimenta
Que diz, Sr. Capitão? Vossa Senhoria tem graças que ofendem! Isto não são brinquedos. Assim escandaliza-me. Estava, com o meu amigo Antônio Domingos falando nos seus negócios, que eu cá por mim não os tenho.

Capitão
Oh, o senhor escandaliza-se e assusta-se por uma graça dita sem intenção de ofender!

Pimenta
Mas há graças que não têm graça!

Capitão
O senhor tem alguma cousa? Eu o estou desconhecendo!

Antônio
(à parte)
Este diabo bota tudo a perder! (*para o Capitão*) É a bílis que ainda o trabalha. Estava enfurecido comigo por certos negócios. Isto passa-lhe. (*para Pimenta*) Tudo se há de arranjar. (*para o Capitão*) Vossa Senhoria está hoje de serviço?

CAPITÃO
Estou de dia. (*para Pimenta*) Já lhe posso falar?

PIMENTA
Tenha a bondade de desculpar-me. Este maldito homem ia-me fazendo perder a cabeça. (*passa a mão pelo pescoço, como quem quer dar mais inteligência ao que diz*) E Vossa Senhoria também não contribuiu pouco para eu assustar-me!

ANTÔNIO
(*forcejando para rir*)
Foi uma boa caçoada!

CAPITÃO
(*admirado*)
Caçoada! Eu?

PIMENTA
Por mais honrado que seja um homem, quando se lhe bate à porta e se diz: "Da parte da polícia", sempre se assusta.

CAPITÃO
E quem lhe disse isto?

PIMENTA
Vossa Senhoria mesmo.

CAPITÃO
Ora, o senhor, ou está sonhando, ou quer se divertir comigo.

PIMENTA
Não foi Vossa Senhoria?

ANTÔNIO
Não foi Vossa Senhoria?

CAPITÃO
Pior é essa! Sua casa hoje anda misteriosa. Há pouco era sua filha com o gato; agora é o senhor com a polícia... (*à parte*) Aqui anda tramóia!

ANTÔNIO
(*à parte*)
Quem seria?

PIMENTA
(*assustado*)
Isto não vai bem. (*para Antônio*) Não sai daqui antes de eu lhe entregar uns papéis. Espere! (*faz semblante de querer ir buscar os bilhetes; Antônio o retém*)

ANTÔNIO
(*para Pimenta*)
Olhe que se perde!

CAPITÃO
E então? Ainda não me deixaram dizer ao que vinha. (*ouve-se repique de sinos, foguetes, algazarra, ruídos diversos como acontece quando aparece a Aleluia*) O que é isto?

PIMENTA
Estamos descobertos!

ANTÔNIO
(*gritando*)
É a Aleluia que apareceu. (*entram na sala, de tropel, Maricota, Chiquinha, os quatro meninos e os dous moleques*)

MENINOS
Apareceu a Aleluia! Vamos ao judas!... (*Faustino, vendo os meninos junto de si, deita a correr pela sala. Espanto geral. Os meninos gritam e fogem de Faustino, o qual dá duas voltas ao redor da sala, levando adiante de si todos os que estão em cena, os quais atropelam-se correndo e gritam aterrorizados. Chiquinha fica em pé junto à porta por onde entrou. Faustino, na segunda volta, sai para a rua, e os mais, desembaraçados dele, ficam como assombrados. Os meninos e moleques, chorando, escondem-se debaixo da mesa e cadeiras; o Capitão, na primeira volta que dá fugindo de Faustino, sobe para cima da cômoda; Antônio Domingos agarra-se a Pimenta, e rolam juntos pelo chão, quando Faustino sai; e Maricota cai desmaiada na cadeira onde cosia*)

PIMENTA
(*rolando pelo chão, agarrado com Antônio*)
É o demônio!...

ANTÔNIO
Vade retro, Satanás! (*estreitam-se nos braços um do outro e escondem a cara*)

CHIQUINHA
(*chega-se para Maricota*)
Mana, que tens? Não fala; está desmaiada! Mana?

Meu Deus! Sr. Capitão, faça o favor de dar-me um copo com água.

Capitão
(*de cima da cômoda*)
Não posso lá ir!

Chiquinha
(*à parte*)
Poltrão! (*para Pimenta*) Meu pai, acuda-me! (*chega-se para ele e o chama, tocando-lhe no ombro*)

Pimenta
(*gritando*)
Ai, ai, ai! (*Antônio, ouvindo Pimenta gritar, grita também*)

Chiquinha
E esta! Não está galante? O pior é estar a mana desmaiada! Sou eu, meu pai, sou Chiquinha; não se assuste. (*Pimenta e Antônio levantam-se cautelosos*)

Antônio
Não o vejo!

Chiquinha
(*para o Capitão*)
Desça; que vergonha! Não tenha medo. (*o Capitão principia a descer*) Ande, meu pai, acudamos a mana. (*ouve-se dentro o grito de* Leva! leva! *como costumam os moleques, quando arrastam os judas pelas ruas*)

Pimenta

Aí vem ele... (*ficam todos imóveis na posição em que os surpreendeu o grito, isto é, Pimenta e Antônio ainda não de todo levantados; o Capitão com uma perna no chão e a outra na borda de uma das gavetas da cômoda, que está meio aberta; Chiquinha esfregando as mãos de Maricota para reanimá-la, e os meninos nos lugares que ocupavam. Conservam-se todos silenciosos, até que se ouve o grito exterior --* Morra! *-- em distância*)

Chiquinha

(*enquanto os mais estão silenciosos*)

Meu Deus, que gente tão medrosa! E ela neste estado! O que hei de fazer? Meu pai? Sr. Capitão? Não se movem! Já tem as mãos frias... (*aparece repentinamente à porta Faustino, ainda com os mesmos trajos; salta no meio da sala e vai cair sentado na cadeira que está junto à mesa. Uma turba de garotos e moleques armados de paus entram após ele, gritando:* -- Pega no judas, pega no judas! -- *Pimenta e Antônio erguem-se rapidamente e atiram-se para a extremidade esquerda do teatro, junto aos candeeiros da rampa; o Capitão sobe de novo para cima da cômoda; Maricota, vendo Faustino na cadeira, separado dela somente pela mesa, dá um grito e foge para a extremidade direita do teatro; e os meninos saem aos gritos de debaixo da mesa, e espalham-se pela sala. Os garotos param no fundo junto à porta e, vendo-se em uma casa particular, cessam de gritar*)

FAUSTINO
(*caindo sentado*)

Ai, que corrida! Já não posso! Oh, parece-me que por cá ainda dura o medo. O meu não foi menor vendo esta canalha. Safa, canalha! (*os garotos riem-se e fazem assuada*) Ah, o caso é esse? (*levanta-se*) Sr. Pimenta? (*Pimenta, ouvindo Faustino chamá-lo, encolhe-se e treme*) Treme? Ponha-me esta corja no olho da rua... Não ouve?

PIMENTA
(*titubeando*)

Eu, senhor?

FAUSTINO

Ah, não obedece? Vamos, que lhe mando – *da parte da polícia...* (*disfarçando a voz como da vez primeira*)

ANTÔNIO

Da parte da polícia!... (*para Pimenta*) Vá, vá!

FAUSTINO

Avie-se! (*Pimenta caminha receoso para o grupo que está no fundo e com bons modos o faz sair. Faustino, enquanto Pimenta faz evacuar a sala, continua a falar. Para Maricota*) Não olhe assim para mim com os olhos tão arregalados, que lhe podem saltar fora da cara. De que serão esses olhos? (*para o Capitão*) Olá, valente Capitão! Está de poleiro? Desça. Está com medo do papão? Hu! hu! Bote fora a espada, que lhe está atrapalhando as pernas. És um belo boneco de louça! (*tira o chapéu e os bigo-*

des, e os atira no chão) Agora ainda terão medo? Não me conhecem?

Todos
(*exceto Chiquinha*)
Faustino!

Faustino
Ah, já! Cobraram a fala! Temos que conversar. (*põe uma das cadeiras no meio da sala e senta-se. O Capitão, Pimenta e Antônio dirigem-se para ele enfurecidos; o primeiro coloca-se à sua direita, o segundo à esquerda e o terceiro atrás, falando todos os três ao mesmo tempo. Faustino tapa os ouvidos com as mãos*)

Pimenta
Ocultar-se em casa de um homem de bem, de um pai de família, é ação criminosa: não se deve praticar! As leis são bem claras; a casa do cidadão é inviolável! As autoridades hão de ouvir-me; serei desafrontado!

Antônio
Surpreender um segredo é infâmia! E só a vida paga certas infâmias, entende? O senhor é um mariola! Tudo quanto fiz e disse foi para experimentá-lo. Eu sabia que estava ali oculto. Se diz uma palavra, mando-lhe dar uma arrochada.

Capitão
Aos insultos respondem-se com as armas na mão! Tenho uma patente de capitão que deu-me o

governo, hei de fazer honra a ela! O senhor é um cobarde! Digo-lhe isto na cara; não me mete medo! Há de ir preso! Ninguém me insulta impunemtente! (*os três, à proporção que falam, vão reforçando a voz e acabam bramando*)

FAUSTINO
Ai! ai! ai! ai! que fico sem ouvidos.

CAPITÃO
Petulância inqualificável... Petulância!

PIMENTA
Desaforo sem nome... Desaforo!

ANTÔNIO
Patifaria, patifaria, patifaria! (*Faustino levanta-se rapidamente, batendo com os pés*)

FAUSTINO
(*gritando*)
Silêncio! (*os três emudecem e recuam*) que o deus da linha quer falar! (*assenta-se*) Puxe-me aqui estas botas. (*para Pimenta*) Não quer? Olhe que o mando da parte da... (*Pimenta chega-se para ele*)

PIMENTA
(*colérico*)
Dê cá!

FAUSTINO
Já! (*dá-lhe as botas a puxar*) Devagar! Assim... E digam lá que a polícia não faz milagres... (*para An-*

tônio) Ah, senhor meu, tire-me esta casaca. Creio que não será preciso dizer da parte de quem... (*Antônio tira-lhe a casaca com muito mau modo*) Cuidado; não rasgue o traste, que é de valor. Agora o colete. (*tira-lho*) Bom.

Capitão

Até quando abusará da nossa paciência?

Faustino
(*voltando-se para ele*)

Ainda que mal lhe pergunte, o senhor aprendeu latim?

Capitão
(*à parte*)

Hei de fazer cumprir a ordem de prisão. (*para Pimenta*) Chame dous guardas.

Faustino

Que é lá isso? Espere lá! Já não tem medo de mim? Então há pouco quando se empoleirou era com medo das botas? Ora, não seja criança, e escute... (*para Maricota*) Chegue-se para cá. (*para Pimenta*) Ao Sr. José Pimenta do Amaral, cabo-de-esquadra da Guarda Nacional, tenho a distinta de pedir-lhe a mão de sua filha a Sra. D. Maricota... ali para o Sr. Antônio Domingos.

Maricota

Ah!

PIMENTA

Senhor!

ANTÔNIO

E esta!

FAUSTINO

Ah, não querem? Torcem o focinho? Então escutem a história de um barril de paios, em que...

ANTÔNIO
(*turbado*)

Senhor!

FAUSTINO
(*continuando*)
... em que vinham escondidos...

ANTÔNIO
(*aproxima-se de Faustino e diz-lhe à parte*)
Não me perca! Que exige de mim?

FAUSTINO
(*à parte*)
Que se case, e quanto antes, com a noiva que lhe dou. Só por este preço guardarei silêncio.

ANTÔNIO
(*para Pimenta*)
Sr. Pimenta, o senhor ouviu o pedido que lhe foi feito; agora o faço eu também. Concede-me a mão de sua filha?

PIMENTA

Certamente... é uma fortuna... não esperava... e...

FAUSTINO

Bravo!

MARICOTA

Isto não é possível! Eu não amo ao senhor!

FAUSTINO

Amará.

MARICOTA

Não se dispõe assim de uma moça! Isto é zombaria do senhor Faustino!

FAUSTINO

Não sou capaz!

MARICOTA

Não quero! Não me caso com um velho!

FAUSTINO

Pois então não se casará nunca; porque vou já daqui gritando (*gritando*) que a filha do cabo Pimenta namora como uma danada; que quis roubar... (*para Maricota*) Então, quer que continue, ou quer casar-se?

MARICOTA

(*à parte*)

Estou conhecida! Posso morrer solteira... Um

marido é sempre um marido... (*para Pimenta*) Meu pai, farei a sua vontade.

FAUSTINO

Bravíssimo! Ditoso par! Amorosos pombinhos! (*levanta-se, toma Maricota pela mão e a conduz para junto de Antônio, e fala com os dous à parte*) Menina, aqui tem o noivo que eu lhe destino: é velho, baboso, rabugento e usurário – nada lhe falta para sua felicidade. É este o fim de todas as namoradeiras: ou casam com um gebas como este, ou morrem solteiras! (*para o público*) Queira Deus que aproveite o exemplo! (*para Antônio*) Os falsários já não morrem enforcados; lá se foi esse bom tempo! Se eu o denunciasse, ia o senhor para a cadeia e de lá fugiria, como acontece a muitos da sua laia. Este castigo seria muito suave... Eis aqui o que lhe destino. (*apresentando-lhe Maricota*) É moça, bonita, ardilosa e namoradeira; nada lhe falta para seu tormento. Esta pena não vem no Código; mas não admira, porque lá faltam outras muitas cousas. Abracem-se, em sinal de guerra! (*impele um para o outro*) Agora nós, Sr. Capitão! Venha cá. Hoje mesmo quero uma dispensa de todo o serviço da Guarda Nacional! Arranje isso como puder; quando não, mando tocar a música... Não sei se me entende?...

CAPITÃO

Será servido. (*à parte*) Que remédio; pode perder-me!

FAUSTINO

E se de novo bulir comigo, cuidado! Quem me avisa... Sabe o resto! Ora, meus senhores e senhoras, já que castiguei, quero também recompensar. (*toma Chiquinha pela mão e coloca-se com ela em frente de Pimenta, dando as mãos como em ato de se casarem*) Sua bênção, querido pai Pimenta, e seu consentimento!

Pimenta
O que lhe hei de eu fazer, senão consentir!

Faustino
Ótimo! (*abraça a Pimenta e dá-lhe um beijo. Volta-se para Chiquinha*) Se não houvesse aqui tanta gente a olhar para nós, fazia-te o mesmo... (*dirigindo-se ao público*) Mas não o perde, que fica guardado para melhor ocasião.

FIM

Joaquim Manuel de Macedo

A TORRE EM CONCURSO

Comédia burlesca em três atos

PERSONAGENS

João Fernandes, *juiz de paz*
Atanásio, *subdelegado*
Manuel Gonçalves, *influência do lugar*
Bonifácio, *escrivão*
Batista
Diniz
Henrique
Germano
Pantaleão
Guilherme, *oficial do corpo policial*
Crespim
Pascoal
Um Votante
O Sineiro (*não fala*)
Ana, *irmã de J. Fernandes*
Faustina, *filha de J. Fernandes*

Felícia, *sobrinha de J. Fernandes*
Senhoras, povo e policiais

A cena é passada em um curato de uma
das províncias.
Época: a atualidade.

ATO PRIMEIRO

(*Praça de uma acanhada povoação do interior: casas térreas e de rótulas aos lados: à direita um sobrado com janelas de peitoril, e em frente um jardim com grades baixas de pau, estendendo-se até um terço da cena, e parecendo prolongar-se para dentro: uma rua à esquerda: duas ao fundo e no meio destas uma igreja de triste aparência, vista de lado: por falta de torre está o sino preso em quatro estacas a um lado da igreja.*)

Cena I

BONIFÁCIO (*tendo na mão um grande papel*), JOÃO FERNANDES, MANUEL GONÇALVES, ATANÁSIO, DINIZ, BATISTA, HENRIQUE, GERMANO, ANA, FAUSTINA *e* FELÍCIA (*às janelas do sobrado; outras senhoras às janelas das diversas casas, povo na praça destacando-se em dois grupos*)

JOÃO FERNANDES

Silêncio! pouca bulha! vai ser lido o edital: senhor escrivão, ande, leia em voz alta e bem espevitada.

VOZES

A heróica Junta encarregada pelo povo deste curato da obra da torre da igreja, tendo concluído a subscrição patriótica para o fim declarado, em sessão solene hoje celebrada, decretou e manda que se cumpra tão inteiramente como nela se contém a seguinte lei: "Art. 1º Fica criada uma torre para a igreja deste curato, porquanto é uma vergonha que o sino esteja metido em uma gaiola de pau. – Art. 2º Abre-se um concurso, para o lugar de engenheiro da torre, debaixo das seguintes condições: – Parágrafo 1º A obra começará antes do dia da cerração da velha e ficará pronta para a aleluia do ano que vem. – Parágrafo 2º O engenheiro há de ser inglês de nação e ter vindo para o Brasil já barbado. – Parágrafo 3º Não havendo no curato quem saiba a língua inglesa, exige-se que o engenheiro se faça entender ainda que seja em português estrangeirado. – Parágrafo 4º Serão juízes do concurso o juiz de paz em exercício, o subdelegado, os inspetores de quarteirão e os membros da Junta. – Art. 3º São revogadas todas as leis em contrário. E para que chegue ao conhecimento de todos serão este edital e cópias dele afixados na porta da igreja, e nas paredes dos pousos das estradas mais concorridas. Curato da Serra das Batatas, 4 de janeiro de 1852. Assinados os heróicos senhores capitão de ordenanças João Fernandes, juiz de paz e presidente da Junta na falta do Rmº Vigário que está com maleitas, e do padre coadjutor que caiu do cavalo a semana passada: Atanásio Mendes, subdelegado; Manuel Gonçalves, Diniz Antônio Luís, e Batista Fagundes, membros da Junta. E eu abaixo assinado que escrevi, Bonifácio Maria Pinto, escrivão do juízo de paz e da subdelegacia; agente do correio do curato; alferes da guarda nacional; curador de muitos menores; procurador perpétuo de cinco irmandades; com casa de hotel, e de secos e molhados, ferragens, e botica homeopática, etc., etc., Bonifácio Maria Pinto. – Está conforme. (*desce do banco no meio de aplausos*)

Vozes
Viva a heróica Junta!... viva!... viva!...

Germano
(*vindo à frente*)
Peço a palavra!

João Fernandes
Aí vem este maldito procurador meter embargos! a tal gente da chicana é capaz de se levantar até contra o padre-nosso!...

Manuel Gonçalves
Homem, ela há de ter* sempre o seu respeito pelo menos ao *venha a nós*.

Germano
Nessa coisa a que os senhores chamam lei, exige-se que o engenheiro seja inglês: tal disposição

---

* No texto-base está "ser".

me parece um insulto aos arquitetos nacionais, e uma injustiça aos das outras nações.

Atanásio

E que temos nós com arquitetos?... não precisamos de arquitetos para a nossa torre: queremos um engenheiro, um engenheiro, ouviu?!...

Vozes

Apoiado! apoiado!

Batista
(a Atanásio)

Veja... veja... a gente do Manuel Gonçalves, e do malvado Diniz não deu apoiados a V. Sa.*!!!

Atanásio
(a Batista)

São uns brejeiros, compadre: não se lembra da guerra que nos fizeram na última eleição?...

Germano
(rindo)

Tem razão; tem razão; fora com os arquitetos, mas por que não querem os senhores um engenheiro nacional?...

Manuel Gonçalves

É boa!... porque todos eles juntos não valem o dedo mindinho de um engenheiro inglês; porque... sim, porque também um sino de Braga é por força

---

* "V. S." no texto-base.

melhor do que todas as campainhas rachadas que possam fundir na Ponta da Areia, na província do Rio de Janeiro... e tenho dito!... (*olhando desapontado*) e tenho dito!... (*a Diniz*) Olhe, Senhor Diniz, não me deram nem um apoiado!...

Diniz
Apoiadíssimo!... (*a Manuel Gonçalves*) São as cabalas do tratante do Batista...

Germano
Também tem razão!... não temos na pátria coisa alguma que preste; mas que predileção é essa pelos ingleses?... pois se um francês...

Atanásio
Francês! o ano passado um ourives francês empurrou-me uma corrente de papagaio, jurando que era um cordão de ouro da Califórnia!...

Germano
Portanto, nada de engenheiro francês; mas se um italiano...

João Fernandes
Abrenúncio!... nunca me há de esquecer que um mascate italiano vendeu à minha mana um corte de alpaca avariada por seda do grande tom. (*para o sobrado*) Não foi assim, sinhá Aninha?...

Ana
Tal e qual: o mascate era falso como Judas Iscariotes.

João Fernandes
Está na lei, há de se cumprir. Queremos um engenheiro inglês para fazer a torre, e também para consertar o alambique da minha engenhoca, que se desarranjou o ano passado. Senhor escrivão, ande...

Henrique
Um momento: perderei palavras, mas cumprirei o meu dever. Estais fazendo loucuras! eu já vos disse que o presidente da província vai contemplar-me no número dos engenheiros dela, e encarregar-me da direção das obras da nossa igreja, e em tal caso...

Manuel Gonçalves
Homem, você é eleitor influente de alguma freguesia?...

Henrique
Não; e que tem isso?...

Manuel Gonçalves
Pois, se não é influência eleitoral, como diabo quer que o presidente faça caso de você?...

Atanásio
Olhem quem quer fazer a torre! está doido!... fora!...

Vozes
Fora! fora!... ah! ah! ah!

Henrique
Quero, sim! nasci neste lugar; deve, portanto, ser-me grato prestar-lhe os meus serviços como en-

genheiro que sou. Em uma palavra, senhores, a obra que com razão desejais, há de ser executada e se-lo-á por mim a despeito da vossa anglomania.

FAUSTINA
(*a Ana*)
Titia, como o senhor Henrique fala bem, e com tanta graça!...

ANA
Desde pequenino foi sempre assim cheio de fósforos.

JOÃO FERNANDES
Tem paciência, meu Henrique, nós não podemos resistir aos ímpetos do nosso patriotismo. Senhor Bonifácio, cumpra a lei e viva a torre!... (*Bonifácio vai pregar o edital: entusiasmo geral*)

TODOS
Viva! viva!... (*João Fernandes canta: segue o coro, e ao som dele retiram-se todos*)

JOÃO FERNANDES
A nossa torre famosa
Há de tão alta subir
Como o foguete que vai
Entre as nuvens se sumir.

Há de ser tal maravilha,
Que para glória mais certa,
O sino de Candelária
Ficará de boca aberta.

TODOS
Que glória p'ra nossa terra,
Que glória p'ra nós também,
Quando os sinos repicarem
Pela aleluia que vem!...

(*Vão-se todos.*)

Cena II

FAUSTINA *no jardim*; FELÍCIA *à janela, observando e ocultando-se*

FELÍCIA
Esta minha prima vive regando flores todo o santo dia; desconfio muito que ela quer colher um cravo... mas não é do seu jardim. (*oculta-se*)

FAUSTINA
Agora é um milagre quando me acho só. Tenho de um lado minha tia com olhos de velha que ainda quer casar, e do outro minha prima com olhos de moça que já foi casada... mas... (*observando*) Creio que vejo uma sombrazinha ali naquela janela... isto é um tormento! (*rega, e examina as flores, e observa a janela*) Desta vez enganei-me... esqueceram-se felizmente de mim: estou só; mas de que me serve estar só e regando flores, se o senhor Henrique parece que prefere as suas questões de torre à minha companhia! se ele ouvisse a minha voz talvez viesse... eu sei que uma moça chamar um homem é feio; mas também cantar não é chamar. Experimentemos.

FELÍCIA
Olhem que esta roceirazinha é esperta como um frade velho!

> FAUSTINA
> Sou namorada
> Das minhas flores;
> Não tenho inveja
> De outros amores.
>
>> Lá lá lá lá lá
>> Lá lá lá lá lá
>
> Doce favônio
> Mimo das flores,
> Vem dar alento
> Aos meus amores,
>
>> Lá lá lá lá lá
>> Lá lá lá lá lá
>
> FELÍCIA
> Olha que inocência!
> Que amor de flores!
> Mas eu não creio
> Nestes amores.
>
>> Lá lé li ló lu
>> Lá lé li ló lu
>
> No tal favônio
> Mimo das flores
> 'Stá o segredo
> Destes amores.

Lá lé li ló lu
Lá lé li ló lu

Cena III

FAUSTINA (*regando flores*), FELÍCIA (*observando*), HENRIQUE

FAUSTINA
Lá vem ele... como é bonito! mas eu não chamei pessoa alguma.

FELÍCIA
Entra em cena o ilustríssimo senhor Favônio. (*oculta-se*)

HENRIQUE
Minha bela Faustina, ouvi o teu canto e corri...

FAUSTINA
(*fingindo que se retira*)
Ah! se eu soubesse, não tinha cantado...

HENRIQUE
Oh! como você é má! porém, que é isso?... quer se ir embora?...

FAUSTINA
Pois então?... se eu ficasse, podiam pensar que eu estava aqui de propósito esperando pelo senhor, e isso me faria morrer de vergonha...

Henrique
Por quem é, Dona Faustina, escute duas palavras somente... não seja cruel, escute...

Faustina
Está bem; mas há de ser com a condição de falar pouco e depressa...

Felícia
(*da janela*)
Já se viu um diabinho como esta minha prima!... É doutora de borla e capelo na ciência do namoro!

Henrique
Posso ter a certeza de que sua tia não virá interromper-nos?...

Faustina
Pode: ela foi contar a roupa suja que vai para o rio, e minha tia quando se mete na roupa suja fica presa duas horas, pelo menos.

Henrique
Ainda bem: há dois dias que não nos falamos a sós, e eu tinha tantas coisas para lhe dizer!... mas quer ver?... agora que meus olhos se embebem no seu rosto, as reflexões adormecem no meu espírito, o coração somente pode falar, e o coração não sabe e não quer dizer, senão estas únicas palavras: Faustina! eu a amo... sempre... cada vez mais...

Faustina
Sim... no entanto, consente que minha tia lhe lance uns olhos de basilisco e lhe diga finezas que me fazem frios e febre!

Henrique
Sua tia! é possível que me suponha namorado de uma velha tão feia?...

Faustina
Não; não; mas se fosse moça, senhor Henrique; por exemplo, moça e bonita como minha prima...

Henrique
Temos outra! Dona Faustina, você é capaz de ter ciúmes do sexo feminino em peso!

Felícia
(*da janela*)
Até que enfim entrou a minha pessoa na discussão: pois agora vou ouvir de mais perto. (*retira-se e desce para a cena*)

Faustina
(*exaltando-se*)
O senhor é capaz de negar que olha para minha prima com olhos requebrados?...

Henrique
Esta ainda é pior! Faustina, eu nunca tive olhos requebrados na minha vida!

Faustina
Como eu sou da roça, sacrifica-me à outra que voltou boneca da cidade... talvez seja sua namorada antiga...

HENRIQUE

Esta moça vê estrelas ao meio-dia! Dona Faustina, tenha juízo...

FAUSTINA

(*irritando-se*)

E ainda em cima chama-me doida! um homem que ainda ontem esteve pisando os pés de minha prima por baixo da mesa!

FELÍCIA

(*à parte*)

Que mentira! coitado do pobre rapaz!

HENRIQUE

Eu pisar o pé de sua prima! juro que não... nunca me lembrei de tal... só se foi por acaso...

FAUSTINA

(*exasperada*)

Por acaso!... oh! então é verdade! o traidor o confessa... meu Deus!... ah!... creio que vou desmaiar... (*enfraquecendo*)

HENRIQUE

Faustina... oh... eu vou saltar por cima desta grade...

FAUSTINA

(*tornando a si*)

Não salte, não; espere... eu já me sinto melhor.

Felícia

(*à parte*)

Espichou-se completamente; não me case eu mais nunca, se não arranjo um faniquito melhor do que minha prima.

Henrique

Faustina, palavra de honra que não pisei o pé de sua prima.

Faustina

Mas não é verdade que ela é uma moça encantadora...

Henrique

Qual! é uma feia... uma desenxabida...

Felícia

Que tratante! Jurou-me ontem que eu era um anjo do céu!...

Henrique

Mas você, Faustina, seria capaz de ter ciúmes de sua própria irmã!

Faustina

O senhor quer ouvir uma cantiga que minha madrinha me ensinou, quando eu era pequenina?...

Henrique

Ainda o pergunta?... você quando canta, encanta.

FAUSTINA
Moça esperta, quando ama,
Não se fia de ninguém;
Das amigas desconfia,
E da própria irmã também.

Uma tia, mesmo velha.
Pode às vezes fazer mal;
Quanto às primas não se fala:
Quem diz prima, diz rival.

HENRIQUE
Excelentemente! a sua cantiga é exagerada nas idéias; mas assim mesmo gosto dela.

FAUSTINA
(*abaixando os olhos*)
Foi minha madrinha que me ensinou.

FELÍCIA
(*mostrando-se*)
Ah! minha prima, foi pena que sua madrinha não abrisse um colégio de meninas!... (*confusão dos dois*)

FAUSTINA
Ah! estou perdida!

HENRIQUE
Minha senhora...

FELÍCIA
Qual perdida! sosseguem ambos que lhes não quero mal, e nem mesmo a quem me achou tão feia e tão desenxabida...

HENRIQUE
(à parte)
Misericórdia! pequei pela língua... estou horrivelmente comprometido...

FELÍCIA
Minha bela roceira, as que voltam bonecas da cidade nem sempre são más: andem... deixem-se de vexames... o que eu ouvi há pouco, já sabia há mais tempo: um dia depois da minha chegada a este lugar, adivinhei logo que vocês eram namorados.

FAUSTINA
Eu nunca duvidei da sua habilidade, prima; mas olhe que era preciso ser muito entendida nestas matérias para...

FELÍCIA
Pois então?... é verdade que sou moça, mas também é verdade que sou viúva, e portanto devo ter experiência nestes negócios. E de mais, Faustina, não te lembras de que eu já fui deputada, e passei quase uma legislatura inteira no Rio de Janeiro?... Ah! meu belo, meu querido Rio de Janeiro! todas vocês me lastimaram quando, há cinco anos e aos quinze de idade me viram casada com um velho de cinqüenta; em breve, porém, meu marido foi eleito deputado, e tive de acompanhá-lo à corte: que brilhante destino! Ah! tu não sabes que vida passa uma augusta e digníssima! basta dizer-te que a mulher do deputado dança a valsa com os colegas do marido, a polca com os senadores, a *schottisch* com os ministros, e jogos de prendas com os conselheiros de Es-

tado: que vida! que vida passei! mas ah, meu marido que era sempre ministerial, morreu de indigestão no terceiro ano da legislatura, e por conseqüência suspenderam-me o subsídio, e fui obrigada a voltar para a província... mas... a que veio isto? Ah! sim: para provar a minha experiência; pois bem: com ela adivinhei que vocês se amavam; que minha tia antes quer o senhor Henrique para marido do que para sobrinho, e que, portanto, os atrapalha consideravelmente; visto que meu tio é escravo de sua irmã, porque espera ser seu herdeiro, e já está de posse da sua fortuna e do seu testamento.

Henrique
Sim, adivinhou, sabe tudo; cumpre agora que nos proteja, e que conseguindo desacreditar-me na opinião de sua tia...

Felícia
Eu já tenho um meio seguro e infalível para isso.

Faustina
Qual?

Felícia
(*rindo-se*)
O senhor Henrique e eu nos fingiremos loucamente apaixonados um pelo outro à vista de minha tia e...

Faustina
Olhe, prima: qualquer outra lembrança que você tiver, há de ser por força melhor do que essa.

Felícia

Eu logo vi que você não havia de gostar. Inventarei outro meio... confiem em mim: dou-lhes minha palavra que hei de hoje mesmo desenganar minha tia... Oh! se hei de! tenho antipatia às velhas que atrapalham as moças... contem comigo, e...

Ana
(dentro)

Meninas!...

Faustina

Fuja, senhor Henrique; aí vem minha tia...

Henrique

Adeus!... *(partindo)* Oh! que maldita velha!... *(vai-se)*

Felícia

Vamos para dentro, enquanto ela não chega. *(vão-se)*

Cena IV

Crespim
(só; vestido de grande casaca vermelha, calças grandes, botas, etc.)

Ai! tenho andado como um cavalo de aluguel: não vou para diante nem que me serrem. *(pausa)* Ora... em consciência eu sou um grandíssimo tolo! Mamede Paiva Rodrigues era por todos conhecido como um algoz dos atores, e apesar disso caí em engajar-me com ele em uma companhia volante: sou tolo ou não?... Chegamos a uma vila; anuncia-se Inês de Castro, e eu sujeito-me a fazer o papel de Dom Afonso, quando me competia o de Dom Pedro: sou tolo ou não?... Chega a noite do espetáculo, e vestem-me, como me acho... como um palhaço de cavalhadas, e empurram-me para a cena – havia povo na platéia como formiga! – e apenas abro a boca, e digo com ênfase: "Basta, príncipe, basta!", rebenta uma pateada composta de assobios, estalos, batatas e o diabo! No meu caráter de Dom Afonso, eu não podia aturar semelhante patifaria: corro para um lado; e o Mamede com um pontapé atira-me outra vez na cena; mas escapando pelo outro, deixo Inês de Castro sem poder morrer por falta de Dom Afonso, e corro, há dois dias, como um preto quilombola! então... franqueza... sou tolo ou não?... (*pausa*) Mas é preciso que eu tome um partido... é indispensável arranjar a vida... (*olhando*) Que monte de casas velhas será este?... Olhem onde está enforcado o sino da igreja... Oh! lá!... um cartaz! haverá teatro aqui?... (*lê*) Ah! Ah! Ah! a gente desta terra é ainda mais tola do que eu! Mas oh! que idéia! se não há aqui quem entenda inglês, por que não me farei eu engenheiro da Grã-Bretanha? Já tenho sido rei, bispo, ministro, lacaio e até urso, por que não serei godemi, quando me acho *in extremis*?... Ora viva! dê no que der, vou apresentar-me à heróica Junta... Oh! iesse, mim ficar uma engenheira muite godemi... Eia! coragem! saia o que sair! (*canta*)

Bravo! bravo! finalmente,
A fortuna me festeja,
Mim agora star godemi,
A pobre vida de ator
Excomungada que seja;
Mim agora star godemi,
Vai faze torre d'igreja,
E há de come bifisteque,
Bebe copa de cerveja.
Vai faze torre d'igreja,
E há de come bifisteque,
Bebe copa de cerveja.

Toca a procurar a ilustríssima Junta... mas estas roupas? Ah! sim: serei um lord inglês... lord... lord... ora! lord Gimbo, porque é exatamente Gimbo o que eu quero... Vamos... (*vai-se*)

Cena V

O S‍ineiro (*aparece, vai dar no sino o sinal do meio-dia e retira-se*), João Fernandes (*apressado*), *logo depois* Ana

João Fernandes
O meu estômago já me havia anunciado a hora do meio-dia, antes mesmo de soarem estas badaladas consoladoras! Sinhá Aninha! sinhá Aninha! dê-me um caldo depressa...

Ana
Que é lá isso? que gritos são estes?...

João Fernandes
É que eu estalo de fome, se me não dá um caldo depressa: deixei vaga a presidência da Junta... e... dê-me um caldo, sinhá Aninha!

Ana
Pois você desamparou a presidência da Junta assim sem mais nem menos?... Senhor João Fernandes, você é indigno da irmã que tem, e da honra que lhe fizeram!

João Fernandes
Pois se eu estou estalando de fome, senhora! olhe: já tenho uma dor aqui no vazio... dê-me um caldo, sinhá Aninha!

Ana
Marche a ocupar o seu posto, e não me envergonhe mais! (*vai-se*)

João Fernandes
E esta? sou capaz de abdicar a presidência! Esta velha pensa que todas as presidências matam a fome! Ah! meus pecados! que eu não tenha remédio, senão aturar esta mulher visto que devo ser seu herdeiro... Oh! que fome! que fome de quinze dias! (*canta*)

> Que dor no vazio!
> Que fome! que fome!
> Já deu meio-dia,
> E a gente não come!
> Eu estou que não posso,
> Que fome! que fome!

(*vai-se*)

Cena VI

Pascoal

(*só; vestido de nízia amarela*)

Alferes Guilherme Lamego Fúria, por alcunha o fura-tripas! Fúria e fura-tripas!... nunca me há de esquecer este nome. (*pausa*) Está decidido que eu nasci com a sina de cachorro: entrei no mundo pela porta do teatro, sendo puxa-vistas, e um dia que pretendi elevar-me a comparsa, o público recebeu-me com tais aplausos de infantaria, que abandonei o teatro... vim dar comigo nesta província, fiz-me capanga de um potentado, e capanga esperava acabar os meus dias; mas se eu já disse que tenho sina de cachorro! Há três dias houve uma eleição na freguesia: meu amo estava na oposição, e a coisa ia perder-se, porque em cada porta da igreja havia dois soldados de baioneta calada, já se sabe, para garantir a liberdade do voto, e não queriam deixar entrar um magote de votantes de meu amo: mas eu levo os votantes comigo, chego a uma porta, atiro-me de improviso aos soldados, e tapa em um, pontapé em outro, dou com os votantes dentro; acode, porém, o alferes Faria, por alcunha o fura-tripas, e não se ouve mais que – mata o Pascoal! e foge, Pascoal! – obedeci a este último grito, furtei o cavalo de um votante; mas o sendeiro rebentou no caminho, e fez-me viajar a pé dois dias, e eis-me aqui com uma fome de timbaleiro e no estado mais poético do mundo, isto é, sem vintém. Pois se eu tenho sina de cachorro! (*pausa*) Mas eu hei de achar por força quem me dê de comer. (*chamando*) Oh! lá! não há gente nesta alde... nesta cidade? Porém, que é isto?... (*lê o edital*) Esta é de tirar o chapéu!... Este Povo está pedindo de mãos postas que manguem com ele, e eu com a fome que sinto, se soubesse um dedo de inglês... Mas para quê, se aqui ninguém o sabe?... Ora, eu vou fazer a torre, está dito: o que só me atrapalha é esta nízia amarela... e que tem a nízia?... Direi que além de engenheiro, sou também filósofo inglês... sou o mister... mister, deve ser um nome de arrepiar os cabelos... mister... Protocrotrofroblington... está direito... vou procurar a tal Junta de tolos... (*canta*)

> Eu sou sublime engenheiro
> Mestre de torres preclaro;
> Faço palácios brincando,
> E nos teatros sou raro;
> Quando risco um monumento,
>
> Sempre é coisa de espavento.
> Pirâmides fiz já cinqüenta;
> Obeliscos mais de cem;
> Aquedutos dúzia e meia,
> Arcos muito mais além;
> Que engenheiro! que talento!
> Sou dos gênios o portento!

(*vai-se*)

Cena VII

ANA, FAUSTINA *e* FELÍCIA

Ana

Meninas, vamos tomar o fresco no jardim: a heróica Junta parece que vai até a noite: nem ao menos aparece o senhor Henrique para conversar com a gente: ai! ai! quem ama, não tem sossego.

Felícia

Minha tia, o senhor Henrique esteve aqui ainda há pouco conversando com Faustina.

Faustina
(*a Felícia*)
Prima, você quer me deitar a perder?...

Ana

Deveras?... então foi só com Faustina que ele conversou?...

Felícia

Ah! não: creio que foi comigo também.

Ana

Seguramente o pobre moço veio ver se me encontrava: ai! ai! meninas! quem ama, não tem sossego: mas sobre que conversavam vocês?...

Felícia

Faustina, em que foi que nos conversamos?... Anda: responde à nossa tia.

Faustina
(*à parte a Felícia*)
Felícia... pelo amor de Deus!

FELÍCIA
Eis outra vez o senhor Henrique... ainda bem: ele dirá em que conversamos.

Cena VIII

Os precedentes e HENRIQUE

HENRIQUE
Esta ninguém acredita! (*à parte*) Pior! esperava consolar-me encontrando-me com a primavera e venho esbarrar-me com o inverno! (*às senhoras*) Boa tarde, minhas senhoras!

ANA
Então que aconteceu, senhor Henrique?... Chegue cá para perto e conte novidades à gente que lhe quer bem. (*à parte*) Ai! ai! quem ama, não tem sossego: já estou com o coração taque-taque-tique-tique!!

HENRIQUE
Que há de ser?... acaba de apresentar-se à tal heróica Junta um tratante que diz ser engenheiro inglês, e que é tão engenheiro como as minhas botas e fala o inglês tão bem como o meu cavalo: entretanto, o charlatão foi levado em triunfo a jantar no Hotel do Bonifácio; que gente! que loucura!

ANA
Senhor Henrique, não falemos agora em negócios políticos.

FELÍCIA
E tanto mais que minha tia quer saber sobre que esteve o senhor conversando com Faustina inda há pouco.

HENRIQUE
(*rindo*)
Falávamos dos nossos primeiros anos e nos embebíamos loucamente nas recordações do passado. Não foi isso?...

ANA
Havia de ser; porque é a nossa balda: quando eu e Faustina estamos sós, levamos horas esquecidas a conversar sobre os felizes tempos da nossa infância. Isto faz tantas saudades!

FAUSTINA
(*a Felícia*)
Ora esta! minha tia nunca conversou comigo em semelhante coisa!

FELÍCIA
(*a Faustina*)
Cala a boca, tola!

HENRIQUE
É muito natural: as senhoras deviam ter brincado juntas bastantes vezes em pequeninas...

ANA
Ai, senhor Henrique! não zombe de quem lhe quer bem! eu confesso que sou dez anos mais velha do que Faustina...

FAUSTINA
(*querendo falar*)
Dez anos...

FELÍCIA
(*a Faustina*)
Cala essa boca, tola!

ANA
Não falemos em idades: eu sinto que a minha mocidade não pode durar muitos anos mais... Sou uma flor que suspira por ser colhida com medo de murchar no pé... Ai! ai! quem ama, não tem sossego! mas, senhor Henrique, eu andava doida por encontrá-lo sem testemunhas masculinas para lhe dizer uma coisa que trago há quinze dias no coração, e há três na garganta.

HENRIQUE
Estou às suas ordens, minha senhora. (*à parte*) Já se viu uma sanguessuga como esta maldita velha!...

ANA
(*olhando para uma rosa*)
Não posso conter-me... que linda rosa! dizem que a moça que oferece uma rosa, é como se oferecesse o seu coração... Ai! ai! quem ama, não tem sossego! (*tira a rosa e oferece-a a Henrique*) Faça de conta que esta rosa sou eu.

FAUSTINA
(*à parte*)
Deus permita que aquela rosa se transforme em cravo de defunto.

FELÍCIA
(*à parte*)
Se minha tia não fosse tão velha, eu já devia estar envergonhada do papel que estou aqui representando!

HENRIQUE
(*recebendo a rosa*)
Agradecido! (*à parte*) Esta mulher é uma praga! (*a Ana*) Mas disse que desejava confiar-me...

FAUSTINA
(*à parte*)
Pior! o senhor Henrique parece que está receoso de que minha tia se engasgue com o que traz há três dias na garganta!

ANA
Não sei, como lho diga! Ai!... ai!... quem ama, não tem sossego! mas ainda bem que os segredos do coração se lêem nos olhos, e o senhor pode, sem que eu fale, adivinhar o meu segredo.

HENRIQUE
Ah! minha senhora! sou de uma estupidez incrível em matéria de segredos de coração...

FAUSTINA
(*à parte*)
Anda! bem feito.

ANA
Ingrato! escute pois a explicação de meu segredo.

(*Cantam.*)

Ana

O segredo que eu tenho no seio
Pode crer que é de muito valor;
Tem um nome que em – a – principia,
E acaba em – o-or – or.

Faustina

Não perceba o que diz minha tia;
Seja rude esta vez por favor;
Não decifre a charada da velha:
Não me mate, dizendo-lhe – amor.

Henrique

Quando a velha me pede ternuras,
Vejo a moça abrasada em furor;
Quero rir-me da teima da velha,
Mas receio os ciúmes de amor.

Felícia

Que terrível mania de velha!
Isto é mais que mama, é furor;
Todo rugas, velhinho, caduco,
Há de ser engraçado este amor!

Ana
(*depois de um grande suspiro*)
Ai! ai! quem ama, não tem sossego!

Cena IX

Os precedentes e Germano

Germano
Henrique! Henrique! estás perdendo o melhor da festa.

Henrique
Que há?...

Germano
Um novo concorrente que se apresentou...

Henrique
Inglês?...

Germano
Creio que tão inglês como o primeiro: apenas foi este para o hotel, chega o segundo, e, o que é melhor, divide-se a Junta em dois partidos: o Manuel Gonçalves com a sua gente sustenta o charlatão de casaca vermelha, e o Atanásio com os inspetores de quarteirão e a súcia concomitante defendem a causa do segundo tratante, que veio vestido de nízia amarela. Vermelho e amarelo são os nomes dos dois partidos, que por sinal estão a ponto de dilacerar-se.

Henrique
E os dois charlatães?...

Germano
Ainda não se encontraram: oh! temos touros de palanque!

Henrique
Mas como já têm partidos esses homens?... já se pode julgar qual deles é o de mais merecimento?...

GERMANO
Ora que puerilidade!... quando os partidos não têm idéias, e só se agitam pela ambição e pelos ciúmes dos potentados, bastam para suas divisas e bandeiras uma casaca vermelha e uma nízia amarela, e dois charlatães vestindo-as.

HENRIQUE
Mas isto é uma vergonha para o nosso pobre curato!

GERMANO
Qual!... deixa-te disso: o nosso pobre curato é, em ponto pequeno, a imagem de uma grande cidade, cujo nome não quero dizer: as casacas vermelhas e nízias amarelas abundam por toda a parte.

ANA
Eu não entendi uma só palavra do que disse este procurador: ai! ai! quem ama, não tem sossego!

VOZES
(*dentro*)
Viva! viva!

GERMANO
Ei-los aí! excelente! excelente! ah! ah! ah!...

FAUSTINA
Meu Deus, eu tenho medo de tantos homens juntos!...

ANA

Vamos para dentro, meninas: adeus, senhor Henrique... ai! ai! quem ama, não tem sossego! (*as senhoras entram*)

Cena X

ANA, FAUSTINA, FELÍCIA *e senhoras às janelas e portas*; HENRIQUE *e* GERMANO (*no meio de cena*), JOÃO FERNANDES (*que fica ainda no meio*), BONIFÁCIO, *que anda de um para outro lado*; MANUEL GONÇALVES, DINIZ *e o seu grupo* (*a um lado com* CRESPIM *no centro*), ATANÁSIO, BATISTA *e o seu grupo* (*do outro lado com* PASCOAL *no centro. Entusiasmo geral. Crespim e Pascoal são abraçados e quase carregados*)

DINIZ
(*na frente dos seus*)
Viva o godemi da casaca vermelha!

MANUEL GONÇALVES
(*e os seus*)
Viva! viva!...

BATISTA
(*na frente dos seus*)
Viva o godemi da nízia amarela!...

ATANÁSIO
(*e os seus*)
Viva!... viva!... (*João Fernandes vitoria a todos*)

CRESPIM
(*à parte*)
Não há nada neste mundo como a opinião pública!...

PASCOAL
(*à parte*)
Estou sendo pela primeira vez na minha vida objeto do entusiasmo popular! olhem que há muito povo tolo!...

JOÃO FERNANDES
Atenção!... gritem baixo!... (*à parte*) Estou com uma fome!...

PASCOAL
(*à parte*)
O pior é que está aí outro inglês... estou vendo que isto acaba em viva de pau... pois se eu tenho sina de cachorro!...

JOÃO FERNANDES
Senhor Bonifácio, veja se esta gente me deixa falar que eu já não posso mais! (*Bonifácio trata de aquietar os grupos*)

CRESPIM
(*à parte*)
Dizem que tenho um inglês pela proa; mas ninguém aqui o entende, e eu vou asseverar que o inglês não é inglês e eu sim.

João Fernandes
Então posso falar ou não, povo de uma figa?... (*serena o sussurro*) Em nome da heróica Junta eu, capitão João Fernandes, declaro... declaro... (*correndo a Bonifácio*) Senhor escrivão, senhor Bonifácio, que diabo hei de declarar que já me não lembro?...

Bonifácio
(*a João Fernandes*)
Declare simplesmente que estão aí dois engenheiros ingleses, e ponha-se nas encolhas, porque vossa senhoria não vai adiante com o discurso.

João Fernandes
(*a Bonifácio*)
Fique sempre aqui ao pé de mim para me acudir, se eu errar. (*ao povo*) Declaro... simplesmente... que estão aí dois engenheiros ingleses, e ponha-se nas encolhas, porque vossa senhoria...

Bonifácio
(*a João Fernandes*)
Basta, homem, que é demais!...

João Fernandes
Eu nunca fui presidente na minha vida... estou muito vexado... muito vexado... e com muita fome!...

Diniz
Proponho que os dois ingleses conversem um com o outro?

VOZES

Apoiado! apoiado! (*afastam-se os grupos deixando os dois em frente*)

CRESPIM
(*à parte*)
Agora aqui é que vai a gata aos filhotes*!...

PASCOAL
(*à parte*)
Aperta-te, Pascoal! pois se eu tenho sina de cachorro!...

CRESPIM
(*à parte*)
Aquele que está 'ali feito godemi é o Pascoal puxa-vistas!!!

PASCOAL
(*à parte*)
Aquele inglês é o Crespim!!!

JOÃO FERNANDES
Andem, obedeçam ao povo!

CRESPIM
(*à parte*)
Agora sou eu gente. (*a Pascoal*) Ui god bai come esse?...

---

* "Filhozes" no texto-base.

Pascoal
(*à parte*)

Bravo! estou salvo. (*a Crespim*) Estring uors ui grande bai!

Henrique
(*rindo muito*)

Senhores, estes homens não são ingleses: são dois tratantes; eu falo o inglês e juro que eles o entendem tanto como o senhor capitão João Fernandes!

Manuel Gonçalves

O senhor é um homem suspeito, e está furioso de inveja: estes dois sábios engenheiros falam tão perfeitamente o inglês, que nós ainda não lhe entendemos palavra!

Vozes

Apoiado! apoiado!

Crespim

Oh! iess; mim star inglis!

Atanásio

Fora o invejoso!...

Vozes

Fora! fora! (*Germano toma o braço de Henrique, e ambos se afastam rindo*)

Crespim
(*a Pascoal*)

Fates misburi iesse, etc. (*fala imitando o inglês*)

VOZES

Bravo!... bravo!...

PASCOAL
(*a Crespim*)
Oh! fiu plise, etc. (*fala imitando o inglês*)

VOZES

Bravíssimo!... viva!...

(*Crespim e Pascoal exaltam-se falando a fingir-se ingleses, e acabam gritando e falam ao mesmo tempo até sufocar-se e no meio das aclamações do povo.*)

VOZES

Viva! viva! (*uns abraçam Crespim, outros a Pascoal*)

JOÃO FERNANDES

Oh! que torre! que torre, minha gente! estou quase doido de alegria! até já me passou a fome. (*a Crespim*) Como é a graça de V. Exa.*?...

CRESPIM

Lord Gimbo: mim star fidalga n'Ingliterre.

JOÃO FERNANDES

Fidalgo!... logo se conhece pela cara... tem mesmo cara de fidalgo! (*a Pascoal*) E V. Exa.*, como se acha?...

---

* "V. Ex." no texto-base.

PASCOAL
(à parte)
Diabo! engoli o nome que tinha inventado! mas lá vai outro. (a João Fernandes) Matracoat: mim star filósofa e engenheira extraordinária...

JOÃO FERNANDES
Senhor Lord Gimbo, o senhor também é capaz de consertar um alambique de engenhoca?...

CRESPIM
Oh! iesse, mim saber faz lambique de engenhoque verruel.

JOÃO FERNANDES
Um alambique verruel!... há de ser invenção nova.

DINIZ
(e os seus)
Viva o godemi da casaca vermelha! viva!...

MANUEL GONÇALVES
Oh! triunfo por fim daquele indigno Atanásio!

ATANÁSIO
(a Pascoal)
Senhor Ma... Matro... Macota...

PASCOAL
Oh! mim non star Macota, star de nome mister Matracoat...

ATANÁSIO
Pois bem, senhor mestre Macatrapoá, diga-nos as suas habilidades, não se deixe ficar por baixo...

CRESPIM
Oh! mister Matracoat ser uma grande estúpida!

PASCOAL
Mim ser engenheira de torre Grande, e filósofa superior: mim fale todes línguos, e sabe todes coses deste munde; mim saber tude... tude... mim conheça quem não tenha juíza... e saber onde estar juíza de cada uma...

JOÃO FERNANDES
Que poço de ciência! pois o juízo não está sempre na cabeça, monsiú?...

PASCOAL
Non! este ser uma idée estúpida.

CRESPIM
Oh! mister Matracoat estar muite cavalo!

ATANÁSIO
Que sabedoria! senhor Catapoá, diga, onde está o juízo do senhor capitão João Fernandes?...

JOÃO FERNANDES
(*sorvendo uma pitada*)
É verdade... diga... diga...

PASCOAL
Capitam tem sua juíza no nariz. (*risadas*)

João Fernandes
E tem razão! eu sempre digo a sinhá Aninha que o meu nariz é uma coisa muito preciosa.

Batista
E eu? e eu?... quero saber, onde está o meu juízo; faça favor!...

Pascoal
Tu, homem?...

Batista
Tu?... veja, como fala! saiba que eu sou eleitor e tenente da guarda nacional, e portanto tenho senhoria.

Pascoal
Oh! tu não tem juíza em parte nenhuma, homem!

Batista
Insolente! não respeita um dos chefes do seu partido! pois, passo-me para o partido vermelho! (*vai para o outro grupo*)

Atanásio
Compadre! olhe que isso é não ter princípios políticos!...

Batista
Faço o que muitos têm feito, e é assim que se arranja a vida: estou passado! (*Manuel Gonçalves e os seus abraçam-no*)

Diniz
Sim?... pois eu não fico em um partido que abre os braços a semelhante malvado? (*passa para o outro grupo*). Declaro que mudei de cor, estou amarelo!... (*Atanásio e os seus abraçam-no*)

Batista
Viva o godemi da casaca vermelha!... (*aplausos dos seus*)

Diniz
Viva o godemi da nízia amarela (*aplausos dos seus*)

Manuel Gonçalves
Ninguém aqui pode ficar neutro... senhor capitão João Fernandes...

João Fernandes
Eu sou do partido que ficar de cima, que assim é que faz muita gente do meu conhecimento...

Manuel Gonçalves
Nada... ou um ou outro... vamos... quem viva?...

João Fernandes
Viva a casaca vermelha!... (*aplausos de uns*)

Atanásio
Senhor capitão! olhe que eu sou o subdelegado!... sustente a nízia amarela...

JOÃO FERNANDES
(à parte)
Estes malvados hoje me afogam! (*a Pascoal*) O senhor também sabe consertar um alambique de engenhoca?...

PASCOAL
Oh! iesse! mim conserta lambique...

JOÃO FERNANDES
Viva a nízia amarela!... (*aplausos dos outros*)

BATISTA
O senhor não sabe o que diz?... (*puxando-o*)

JOÃO FERNANDES
Viva o godemi da casaca vermelha!...

DINIZ
(*puxando-o*)
Senhor capitão, tenha palavra!...

JOÃO FERNANDES
Viva o godemi da nízia amarela!... (*Batista puxa-o*) Casaca vermelha!... (*Diniz puxa-o*) Nízia amarela!... (*Batista puxa-o*) Casaca!... (*Diniz puxa-o*) Nízia...

ANA
(*da janela*)
Não rasguem a casaca do mano Joãozinho.

JOÃO FERNANDES
Acuda-me, sinhá Aninha, senão estes homens me matam!

Canto geral

Atanásio
(*e os seus*)
Viva e reviva o godemi
Que traz a nízia amarela!

Pascoal
Oh! iesse! mim quer viva,
P'ra faz torre muite bela.

Manuel Gonçalves
(*e os seus*)
Viva e reviva o godemi
Que traz casaca vermelha!

Crespim
Oh! iesse! mim quer viva,
P'ra faz torre sem parelha.

Batista
(*puxando João Fernandes*)
Quem viva?...

João Fernandes
Vermelho?

Diniz
(*puxa-o*)
Quem viva?

João Fernandes
Amarelo! (*Batista puxa-o*) Me deixem!...

Diniz
(e os seus)

Que gostos!...

João Fernandes
Me larguem!... (*Batista puxa-o*)

Batista

Que belo!...

Todos
Bravo! bravo! nós teremos
Uma torre de Babel!

Crespim *e* Pascoal
Oh! iesse! iesse! iesse!
Oh! iesse! verruel!...

(*Fim do Ato Primeiro.*)

ATO SEGUNDO

(*A mesma decoração do Ato Primeiro.*)

Cena I

Felícia
(*só*)

Estou a braços com a mais difícil empresa: vou entrar em luta com minha tia para fazer triunfar os direitos que tem a prima Faustina sobre o coração do senhor Henrique. Arrancar um noivo a uma velha é mil vezes mais dificultoso do que separar um náufrago da última tábua do navio despedaçado, a que se agarrou com esperança de salvamento; mas eu hei de mostrar que já fui parlamentar, e creio que o verdadeiro é cortar logo a discussão, decidindo de uma vez o negócio. Por mais que eu afirme e jure, minha tia não admitirá nunca que o senhor Henrique possa deixar de morrer de amores por ela: pois, então, ponha-se a questão tão às claras, que a evidência penetre no espírito da velha, como um raio do sol no ninho de uma coruja. A tempestade é certa, mas também o golpe é decisivo. Vamos a isto e já. (*indo à porta*) Minha tia! oh! minha tia!

Cena II

Felícia e Ana

Felícia
(*à parte*)
Realmente minha tia tem uma cara mais própria para desmamar crianças, do que para arranjar marido.

Ana
Que queres, menina?... ai! ai! quem ama, não tem sossego: pensei que era o senhor Henrique que estava procurando por mim.

Felícia
(*à parte*)
É teimosa como um velho galo da Índia; mas eu vou dar-lhe um desengano certo.

Ana
Chamaste-me com um ar de mistério, que me pareceu que se tratava de algum segredo de amor: que temos?...

Felícia
Ai! ai! minha tia, quem ama, não tem sossego!

Ana

Oh! será possível que estejas como eu atacada do mal das ternuras?... Olha, menina; toma cuidado: a paixão, quando se desenvolve cá pelo interior da gente, é como uma febre sem remissão: digo-te eu, que estou apaixonada até à ponta dos cabelos.

Felícia

Ah! não, minha tia, não é por mim que me sinto aflita... A quem eu lastimo... é... olhe, não é a mim... também não lhe direi a quem seja... mas é a uma de nós duas...

Ana

Então sou eu, tola! Ai! ai! quem ama, não tem sossego! dize depressa, que estou com o coração quase sai-não-sai pela garganta fora; por que me lastimas tu?

Felícia

Pois bem... eu falo... sinto bastante dar-lhe um desgosto; mas não consentirei que minha tia, sendo uma senhora cheia de encantos e graças, esteja empregando tão mal o seu amor. O senhor Henrique é um pérfido... um monstro...

Ana

Que é lá isso?... veja como fala, ouviu! a senhora minha sobrinha trouxe da corte uma ponta de língua, que faça-me favor!...

Felícia

Ainda em cima vossa mercê toma a defesa daquele ingrato... fementido... traidor...

Ana

Oh! senhora! quer ouvir uma coisa?... Tenha mais respeito ao seu futuro tio: lembre-se de que é um homem, quem há de tomar a bênção!

Felícia

Meu futuro tio! coitada da titia! um homem que zomba de vossa mercê, que a ilude, e que na sua ausência se diverte ridicularizando o seu amor!...

Ana

Já se viu que língua de serpente enfezada! entendo... entendo, minha senhora; fez suas fosquinhas ao meu Henrique, e como levou de tábua, vem agora fazer intrigas; não pega a lábia! Ninguém é capaz de tirar-me da cabeça a certeza de que sou amada. (*à parte e abanando-se com desespero*) Que mulherzinha do diabo!...

Felícia

Minha tia, eu posso dar-lhe provas do que digo, provas evidentes... irrecusáveis...

Ana
(*batendo com o pé*)
Não quero saber de provas! Sou amada e muito amada. E que tais?... querem roubar-me o meu Henriquezinho; pois não hás de ser tu quem tal consiga; porque apesar de teres vindo da corte como uma macaquinha enfeitada, és uma feiarrona de fazer arrepiar os cabelos!...

Felícia
(à parte)

Feia! espera, velha teimosa, que tu me pagas. (*a Ana*) Minha tia pode dizer o que quiser; mas a verdade é que o senhor Henrique bebe os ares pela prima Faustina, e até lhe prometeu casamento: por sinal que ambos me pediram para proteger os seus amores.

Ana

É falso, boca venenosa! vocês todas estão rebentando de inveja; porque o meu Henrique não ama senão a mim...

Felícia

Pois experimente, minha tia.

Ana

Experimentar o quê, tentação do demônio?...

Felícia

Esconda-se aqui perto: eu chamo Faustina, o senhor Henrique aparecerá bem depressa e eu lhe asseguro que há de ouvir bocadinhos de ouro.

Ana

Já disse que não quero saber de provas nem de experiências! sou amada, e está dito. Ai! ai! quem ama, não tem sossego.

Felícia

Ah! isso então é outro caso... minha tia tem medo de ouvir com os seus ouvidos, e de ver com os seus olhos...

ANA
Medo!... pois se eu tenho a certeza da minha felicidade!

FELÍCIA
Se minha tia é capaz, experimente: em dez minutos ficará terrivelmente desenganada.

ANA
Sim?... pois estou pronta; mas há de ser com a condição de eu te puxar as orelhas, se me não convenceres do que dizes.

FELÍCIA
Concordo: esconda-se atrás destes arbustos e verá. (*à parte*) Até que enfim! custou, mas sempre caiu. (*cantam*)

FELÍCIA
A titia anda enganada; – coitada!
Da traição não teme o dano; – engano!
Já não há homem constante; – amante!
Quem diz homem, diz tirano – insano!

ANA
Este amor em vão trabalhes, – e malhes!
Do meu peito não se esvai, – não sai!
Já... depressa, má sobrinha, – daninha
Para a corte volta, vai – ah! ai!

FELÍCIA
Amor é teimoso, – manhoso
Na luta se atira, – conspira

E por fim ovante – tratante
Delícias inspira – é mentira.

ANA
Amor é teimoso, – formoso
Na luta se atira, – delira,
E por fim ovante – brilhante
Delícias inspira – e respira.

ANA
(*escondendo-se atrás dos arbustos*)
Ai! ai! menina; quem ama, não tem sossego.

FELÍCIA
(*vendo Ana escondida*)
Bem: o essencial está feito; agora o que resta é fácil e correrá naturalmente como a água do rio. (*vai à porta*) Não se perca tempo: oh prima Faustina! prima!

Cena III

FELÍCIA, ANA (*escondida*), FAUSTINA

FAUSTINA
Onde está nossa tia?...

FELÍCIA
Foi visitar a vizinha; e tu em vez de aproveitares o tempo para conversar com o senhor Henrique, te deixas ficar metida lá dentro, como uma freira! Está-se vendo que ainda não sabes o que é amor.

FAUSTINA
Oh se sei! o amor não se aprende, ou é somente a natureza que o ensina, e por isso aqui na roça sente-se mais profundo e realmente o amor do que lá pela sua corte. Mas eu pensava que ainda estavas com a nossa tia. Em que te falou ela?...

FELÍCIA
Ora... em que havia de ser? Falou-me no seu Henrique.

FAUSTINA
No seu Henrique! no seu!... Ah! que se ela não fosse minha tia, eu havia de lhe dizer que não se adiantasse tanto.

ANA
(*à parte*)
Olhem o que ela está dizendo!...

FELÍCIA
Entretanto, Faustina, pelo que lhe ouvi dizer, o senhor Henrique a ama apaixonadamente e receio...

FAUSTINA
E eu não receio nada: olha, é a única mulher que não me causa ciúmes: quem é que teria um gosto bastante estragado para se apaixonar por minha tia?...

FELÍCIA
(*à parte*)
Excelente! excelente!...

ANA
(*à parte*)
Oh! que atrevida!... e quem fala?... uma mulher que tem uma carinha de dor de barriga!... deixem estar que eu a ensinarei.

FELÍCIA
Faustina, é preciso aproveitar a ocasião: não tens algum sinal para chamar o senhor Henrique.

FAUSTINA
A única coisa que posso fazer, é cantar para ver se ele me ouve.

FELÍCIA
Pois anda, canta.

ANA
(*à parte*)
Não tem vergonha de cantar com aquela voz de taboca rachada.

FAUSTINA
Olha, Felícia; eu sinto grande vexame de fazer estas coisas; mas tu tens uns modos que obrigam a gente...

FELÍCIA
Sim... já sei... porém, canta... anda. (*Faustina canta*)

FAUSTINA
Favônio da minha rosa.
Da minha rosa mais bela,

Se és fiel no teu amor,
Vence da sorte o rigor,
Que assim longe te detém,
De saudade murcha a rosa,
Ah Favônio, corre, vem!
O favônio é puro amor;
Mas ai que murcha de dor
Pelas saudades que tem.
Favônio, se amas a rosa,
Ah! depressa, corre! vem!

Cena IV

As precedentes e Henrique

Felícia
Lá vem o favônio; oh! que magia tem o perfume desta rosa!

Ana
(*à parte*)
Já me doem as cadeiras de estar tanto tempo curvada. Ai! ai! quem ama, não tem sossego!...

Henrique
Faustina! minha bela Faustina! eis-me aqui a teus pés!

Ana
(*à parte*)
Ai zelos!... estou com uma fogueira no coração!...

Felícia
Conversem, conversem, enquanto não chega minha tia. (*a Ana*) Então, minha tia, está ouvindo?...

Ana
(*à parte*)
Já escapei de desmaiar de raiva sete vezes.

Faustina
Senhor Henrique, confesso que estava agora ansiosa por vê-lo aparecer para acabar de todo com as minhas dúvidas...

Henrique
De que dúvidas quer falar?... que há?... (*à parte*) Querem ver que temos novo acesso de ciúmes!... Estou-me convencendo de que o ciúme é moléstia crônica da minha noiva.

Faustina
A prima Felícia esteve ainda há pouco conversando com minha tia e ouviu-lhe coisas tais a seu respeito, que foi obrigada a reconhecer que o senhor anda zombando de mim, e que me sacrifica a...

Henrique
Faça ponto aí, Dona Faustina; você cada vez se mostra mais injusta comigo: você... eu não sei... isto quase que faz rir!... Pois deveras chegou um instante só a admitir a possibilidade de que eu amasse sua tia?... Ora esta!...

FAUSTINA

Sim senhor... sim senhor... um homem é capaz de tudo; é capaz até de apaixonar-se por uma estaca enfeitada com um vestido e uma touca.

ANA
(*à parte*)

Então!... estou já como uma cobra! eu caio em cima daquela maitaca, e pelo menos arranco-lhe o nariz.

HENRIQUE

Ao pé de ti, minha bela Faustina, poderia eu ter olhos para ver uma mulher... velha...

ANA
(*à parte*)

Ah! malvado!

HENRIQUE

Desajeitada...

ANA
(*à parte*)

Oh perverso!...

HENRIQUE

Feia...

ANA
(*à parte*)

Ladrão e assassino!

HENRIQUE
Uma mulher a quem eu respeito somente por ser sua tia!...

FELÍCIA
(*a Ana*)
Então, minha tia, que diz a isto?

ANA
(*a Felícia*)
Estou com uma bomba: espera, que estouro já.

FELÍCIA
(*recuando*)
E eu de longe.

FAUSTINA
Pois bem; estou decidida: não posso mais viver assim no meio destas dúvidas que me desesperam: exijo absolutamente que o senhor desengane a minha tia, e que lhe diga em face que não a ama, que a despreza, que...

HENRIQUE
Prometo, juro que lho direi hoje mesmo.

ANA
(*aparecendo*)
Pois diga já... diga... miserável, homem indigno!...

FAUSTINA
(*recuando aterrada*)
Oh!... meu Deus!...

FELÍCIA
(*correndo a ela*)
Sio! sio! nada de desmaios por ora: ainda não é ocasião.

FAUSTINA
(*a Felícia*)
Deixe-me; tu me atraiçoaste.

ANA
(*em furor*)
Fale, diga, meu senhor! faça a vontade, obedeça às ordens da sua Dulcinéa del Toboso: ande; insulte-me! diga que me aborrece, que me atraiçoa por causa deste milagrezinho de cera... desta hipócrita... sonsa dos sete tornozelos...

HENRIQUE
Minha senhora, pois que tudo ouviu, poupou-me ao menos o desgosto de lhe dizer uma verdade que a contraria. Nunca dei à senhora o menor sinal de amor, e nem poderia dá-lo, porque amo ardentemente sua sobrinha, aspiro à glória de chamá-la minha esposa, e por isso mesmo revolta-me ver a injustiça com que ela, a mais formosa das criaturas, acaba de ser tratada.

ANA
(*com violência crescente*)
E ainda em cima quer tomar-me contas?... Quem é o senhor na ordem das coisas senão uma coisa nenhuma?... Culpa tive eu de esquecer-me da minha nobre prosápia e de abaixar os olhos sobre um triste

bichinho da terra! bichinho?... um bichão venenoso! uma serpente... um *scelerato* que destruiu a paz da minha vida (*enternecendo-se*), e que me abandona agora sem piedade, deixando-me transformados o coração em fornalha de fogo, a alma em fonte de suspiros e os olhos em dois rios de lágrimas... (*pausa, e depois avança e brada*) Mas pelo menos não serei a única desgraçada (*a Faustina*) Oh! sim! eu te mostrarei, namoradeira de uma figa! eu me vingarei do traidor, fazendo a tua infelicidade, sim!... e que seja imediatamente... (*gritando*) Mano Joãozinho!... mano Joãozinho!... mano Joãozinho!...

FELÍCIA

Minha tia, sossegue; não se lembra de que o tio está presidindo a Junta e ocupado com o concurso da torre?...

ANA

Ah! é verdade; mas eu me vingarei: juro, rejuro e torno a jurar. (*canta*)

ANA
O ciúme que abrasa meu peito
Prorrompendo feroz se verá;
Foi a injúria terrível, tremenda,
A vingança tremenda será!

FAUSTINA *e* HENRIQUE
Contra nós vingativo o ciúme
Vai lançar-se com raiva e furor;
Mas o santo poder da virtude
Nos garante a vitória de amor.

Felícia
Uma velha em furor abrasada
É capaz de um guerreiro aterrar,
Minha tia enfesada, raivosa,
É pior do que um urso a bramar.

Faustina *e* Henrique
Contra nós vingativo o ciúme
Vai lançar-se com raiva e furor.

Ana *e* Felícia
Contra vós vingativo o ciúme
Vai lançar-se com raiva e furor.

Faustina, Henrique *e* Felícia
Mas o santo poder da virtude...

Ana
A paixão que m'inflama terrível.

Faustina *e* Henrique
Nos garante a vitória de amor.

Felícia
Vos garante a vitória de amor.

Ana
Me garante a vingança de amor.

Felícia *e* Ana
Às suas ordens, meu senhor! para dentro, minhas senhoras! (*seguindo-as*) Ai! ai! quem ama, não tem sossego.

HENRIQUE
Ora pois! vai o meu amor de mal a pior!... (*vão-se*)

Cena V

JOÃO FERNANDES
(*só*)
Se eu pudesse arranjar uma xicarazinha de café para me confortar o estômago! estou com medo de que sinhá Aninha me leve também isto a mal: é uma senhora que me traz por teias de aranha! Mas enfim, vale a pena sofrer estes incômodos da barriga, quando se está em vésperas de possuir uma torre como não há duas no mundo: ah! tomara eu cá a aleluia do ano que vem! que gosto não será no momento em que repicarem os sinos rompendo a aleluia!
(*canta*)

> Oh! que gostos rompendo a aleluia,
> O foguete estoirando no ar,
> Os moleques no Judas batendo,
> E o sineiro na torre a tocar:
> Din golin, din golin, din golin din!
> Oh! que gostos! que gostos p'ra mim!

> Aqui bombas, fazendo bum! bum!
> Lá pombinhos voando no ar!
> Os meninos atrás dos foguetes,
> E o sineiro na torre a tocar:
> Din golin, din golin, din golin din!
> Oh! que gostos! que gostos p'ra mim!

Cena VI

João Fernandes, Ana *e logo* Felícia

ANA

Este homem há de ser toda a vida a minha vergonha!...

João Fernandes
(*à parte*)
Foi-se a minha xícara de café! (*a Ana*) Sinhá Aninha, não diga isso a um homem que é presidente da heróica Junta!

ANA

O que digo, senhor capitão, é que venho fazer-lhe as minhas despedidas.

João Fernandes
Despedidas! que quer dizer com isso?... (*à parte*) Eis a maldita velha com as ameaças de costume!

Felícia
(*aparecendo à janela*)
Eu hei de por força ouvir a conversa de meus tios; desço num pulo; ali anda negócio da prima. (*desce, e vem deitar de vez em quando a cabeça fora da porta, como observando*)

ANA
Está decidido: não posso viver mais na sua casa: ponha-me para aqui o que é meu; entregue-me o meu testamento, e seja feliz, e divirta-se...

JOÃO FERNANDES
Irmãzinha do coração!... você quer atirar-me num precipício!... olhe que eu sou capaz de degolar-me!

ANA
Nada; não posso sofrer por mais tempo a jóia de sua filha; cada vez põe as manguinhas mais de fora, e amanhã pode-lhe vir à cabeça dar-me com um pau de vassoura. Quero o meu dinheiro e o meu testamento.

JOÃO FERNANDES
Sinhá Aninha, diga-me em que foi que lhe faltou ao respeito devido aquela doidinha, e verá como a hei de fazer chegar à razão...

ANA
Fico-lhe muito agradecida; pau que nasce torto, tarde ou nunca se endireita; o senhor deitou a perder sua filha, passando-lhe a mão pela cabeça: agora não tem mais emenda; é uma enfezadinha, que ainda está cheirando aos cueiros, e já anda às voltas com namoricos!

JOÃO FERNANDES
Namoricos! está o nome de João Fernandes pela rua da amargura! Sinhá Aninha, não me desampare na desgraça: conte-me o que fez o diabo da rapariga.

ANA
Apanhei-a toda derretida em conversa ferrada com o maganão do senhor Henrique; e onde?... onde?...

JOÃO FERNANDES
Rebento de vergonha! foi no portão do quintal!

ANA
Pior do que isso, foi na porta da rua, e à vista de todos os que passavam! oh! estou fora de mim! não fico nesta casa nem mais um dia: venha o meu dinheiro, e o meu testamento!

JOÃO FERNANDES
Sinhá Aninha, não me abandone, por quem é, num caso destes; veja antes o que devemos fazer: decida, castigue, ponha debaixo de chave, corte os cabelos daquela rapariga desmiolada; mas não me deixe, senhora! não me deite a perder!... (*à parte*) Se a bruxa me arranca o dinheiro e o testamento! eu estouro.

ANA
Já estou cansada de me sacrificar pelos outros; lembra-me, porém, a nossa nobre prosápia, e tratarei de ver se posso ficar; mas há de ser com a condição de obrigar sua boa filha a casar-se quanto antes.

JOÃO FERNANDES
Com o tal tratante do Henrique, não é?... pois sim: vá feito.

ANA
Oh! velho maluco e desastrado! pois tem ânimo de se lembrar de semelhante imoralidade?...

JOÃO FERNANDES
E esta! eu pensei que era do tal sujeito que falava; mas se não é ele, e não podemos ser nem você

nem eu, diga lá, quem há de ser o noivo, escolha...
ainda que seja um idiota, aceito, se dispensar o dote.

ANA

Quero que Faustina case com um dos dois engenheiros ingleses que estão aí.

JOÃO FERNANDES

Com o engenheiro que fizer a torre?... bravo! a dúvida está em que ele aceite a noiva; porque um é lord inglês, e o outro filósofo; mas veremos... veremos... Oh! se eu fico com uma filha godemi, e com um genro que saiba consertar alambiques de engenhoca, dou pulos de contente! Sinhá Aninha, você tem dez vezes mais juízo do que eu.

ANA

Ora que novidade! pois se você sempre foi um dois de paus!

JOÃO FERNANDES

Então estamos decididos: a asneira de se ir embora passou.

ANA

Contanto que se arranje quanto antes o casamento.

JOÃO FERNANDES

Isso fica por minha conta. Ah! respiro! agora, sinhá Aninha, veja se me arranja depressa uma xicarazinha de café.

Ana
Qual café nem meio café! pense em que o estão esperando na Junta. Ande, mano Joãozinho, vá cumprir o seu dever.

João Fernandes
E vou-me sem café! (*à parte*) Tenho uma irmã que se declarou inimiga da minha barriga! é uma mulherzinha de taquari e faca de ponta: eu protesto que nunca mais serei presidente na minha vida. (*vai-se*)

Cena VII

Ana
(*só*)
Não me chamem sinhá Aninha, se eu deixar no meio a minha vingança: aposto, afianço e protesto que a derretida de minha sobrinha há de casar com um dos dois ingleses... e depois... depois que remédio terei, senão perdoar ao ingrato?... ai! ai! quem ama, não tem sossego! (*canta*)

> Quem ama, não tem sossego,
> Anda sempre a suspirar;
>   Ai! ai!

> Quem me dera que me ouvisse,
> Quem me pode consolar;
>   Ai! ai!

> Em vão procura minh'alma
> Seu tormento disfarçar;
>   Ai! ai!

Quem ama, não tem sossego,
Anda sempre a suspirar;
Ai! ai!

(*vai-se*)

Cena VIII

Felícia
(*só*)

Escondi-me atrás da porta, e minha tia passou rente comigo, mas sem me ver. Tenho um talento particular para enganar os velhos, e lembra-me que o defunto meu marido, quando se casou comigo, já tinha cinqüenta anos. (*pausa*) Ora pois: desenganei a velha melhor que era possível; mas agora Faustina, que me supõe traidora, está mal comigo, e o senhor Henrique desesperado contra mim: minha tia quer casar minha prima com um inglês... que farei?... eu que embrulhei o negócio, devo desembrulhá-lo: se eu fosse Faustina, deixava-me furtar de casa para casar-me... mas minha prima é uma tola, e o senhor Henrique um namorado legal, que não dá um passo sem consultar a Constituição e as leis do império, e não suspira nem pisca um olho senão conforme as disposições do código: com eles não se pode contar. Ah! Felícia! Felícia! mostra que és viúva; prova a tua experiência... (*pensando*) Qual! não me lembra um único recurso... o melhor é esperar tudo do acaso.

Cena IX

Felícia *e* Germano

Germano

Onde estará Henrique?... maldito seja o namoro que tira o juízo à gente!

Felícia
(*à parte*)

Bem disse que devia esperar tudo do acaso: eis aí um mocetão que de súbito me aparece trazendo cara de acaso. (*a Germano*) O senhor Germano pode dar-me uma palavra?...

Germano

Pois não, minha senhora! (*à parte*) Esta viuvinha está fresca como um sorvete, e é tentadora como um verdadeiro demoninho vestido de saia.

Felícia

Primeiro que tudo, faça pouca bulha...

Germano

Para lhe obedecer transformo-me todo inteiro em pés de lã.

Felícia

O senhor não é amigo do senhor Henrique?...

Germano

Oh! muito! muito! mas sou capaz de amar mil vezes a senhora.

Felícia

Fico-lhe agradecida; mas não é preciso ter incômodo. Vamos ao caso, e depressa. Sabe que o seu amigo ama com a maior ternura a minha prima Faustina?...

Germano
Sei; mas eu creio que estou começando a amar ainda mais extremosamente a senhora.

Felícia
(*à parte*)
E ele a dar-lhe! (*a Germano*) Pois bem: saiba que meus tios pretendem obrigar minha prima a casar com um dos dois engenheiros ingleses...

Germano
Que loucura! não caia, porém, a senhora em casar com o outro charlatão...

Felícia
Não tenha medo; sossegue: mas veja que se o tal projeto se realiza, o senhor Henrique perderia a cabeça; e se o senhor quisesse prestar um serviço ao seu amigo...

Germano
Que posso eu fazer?... decrete, mande, como uma soberana dá ordens a um escravo...

Felícia
Os dois charlatães são tão ingleses como nós, e se aqui houvesse verdadeira polícia, com facilidade nos veríamos livres deles: não haverá perto algum destacamento?... não se poderia dar alguma providência?...

Germano

Na vila a que pertence este curato e que dista daqui umas dez léguas, há um destacamento, e por sinal eu sou amigo do comandante, que se chama Fúria.

Felícia

Exatamente é de um Fúria que temos necessidade.

Germano

A senhora?... mas por que antes não tem necessidade de um Amor?... Se quiser, eu vou crismar-me com esse nome.

Felícia

O senhor tem um cavalo pronto?...

Germano

Na manjedoura.

Felícia

Corre bem?...

Germano

Mais veloz do que ele só a fama da sua beleza, minha senhora.

Felícia

Não cansará?...

Germano

Como?... mais ardente do que ele só o fogo do amor que me devora!

Felícia
Pois então a cavalo! a cavalo, meu senhor! e dentro de vinte horas quero aqui o Fúria à frente de algumas fúrias.

Germano
E o meu prêmio?...

Felícia
(*rindo*)
A satisfação do seu amigo.

Germano
(*rindo*)
Em consciência... não acha que é pouco?...

Felícia
Um agradecimento pela minha boca.

Germano
Veja se me promete um bocadinho mais, minha senhora!

Felícia
Um sorriso dos meus lábios...

Germano
E... e... e...

Felícia
Enfim... e um suspiro do meu coração.

Germano
Parto como um raio. (*vai-se correndo*)

Cena X

FELÍCIA
(*só*)
E eu fico como um gelo. O moço é de bom gosto; mas chega tarde, porque eu já dei a minha palavra a dois na corte, e a um na captial da província. São três amores, não contando com o do meu defunto marido. Agora a dificuldade está só na escolha: é verdade que quem tem três primeiros amores pode ter ainda um quarto... e seria engraçado se o que chegasse por último vencesse os que tivessem chegado antes: qual engraçado! até era muito natural, porque em matéria de primeiros amores, no coração das moças, o primeiro amor é sempre o último. Ora... só pela esquisitice... estava quase... quase... veremos: ninguém se deve precipitar em negócios sérios. (*vai-se*)

Cena XI

ATANÁSIO, MANUEL GONÇALVES *e* BONIFÁCIO

BONIFÁCIO
Ora, meus senhores, por quem são, moderem-se!...

ATANÁSIO
Eu não cedo nem um palmo...

MANUEL GONÇALVES
Eu não cedo nem uma polegada... tenho por mim a maioria do povo do curato!

ATANÁSIO

E que me importa a mim o povo, se eu sou aqui o subdelegado e capitão da companhia avulsa da guarda nacional, e tenho por mim os inspetores de quarteirão?... Senhor Manuel Gonçalves, reconheça: a opinião pública é a polícia, só a polícia, e sempre a polícia.

BONIFÁCIO

Não se esquentem, senhores: ouçam-me primeiro: ambos os senhores marcham para o mesmo fim e querem a mesma coisa, isto é, querem a torre...

ATANÁSIO

Tal e qual...

MANUEL GONÇALVES

Exatamente...

BONIFÁCIO

Então por que lutam, e por que arrastam o povo para um combate?... compreendo que se separassem em partidos, se um quisesse a torre de forma triangular, e o outro redonda; se um quisesse a torre de pedra ordinária, e o outro a preferisse de mármore; mas os senhores se separam somente porque um quer a torre de lord Gimbo, o outro a de mister Matracoat, e no entanto nem ao menos ainda viram o desenho de nenhum dos engenheiros.

ATANÁSIO

Mas não é preciso ver: a torre de mister Matracoat é por força melhor.

MANUEL GONÇALVES
Nego: a de lord Gimbo é incontestavelmente superior.

BONIFÁCIO
Já viram os planos?

ATANÁSIO
Não é preciso ver.

MANUEL GONÇALVES
Adivinha-se.

BONIFÁCIO
Pois eu já vi os desenhos de ambos: são duas torres muito ordinárias, muito mal pintadas, muito semelhantes uma com a outra, e tendo apenas a única diferença de ser a torre de lord Gimbo pintada de vermelho, e a de mister Matracoat de amarelo.

MANUEL GONÇALVES
Pois basta isso: no vermelho é que está a coisa.

ATANÁSIO
Não precisa mais: no amarelo é que se acha o segredo.

BONIFÁCIO
Pois nem assim se moderam?

ATANÁSIO
A guerra está declarada: recuar agora seria uma vergonha.

Manuel Gonçalves
Eu hei de queimar o último cartucho!

Bonifácio
Deixem-se disso, meus senhores: em nome de nosso curato eu lhes proponho uma conciliação: visto que a única diferença dos dois desenhos está nas cores; assentemos em que a torre seja pintada de uma cor da base até o meio, e da outra cor do meio para cima. Deste modo tudo se fará a contento geral.

Manuel Gonçalves
Mas se eu quero mostrar que o senhor não tem influência legítima no curato!

Atanásio
Ora, deixe-se de asneiras: não há subdelegado sem influência.

Manuel Gonçalves
Um subdelegado faz-se e desfaz-se com uma folha de papel.

Atanásio
Mas, enquanto não se desfaz, pode bem embrulhar todas as influências legítimas em outra folha de papel!

Manuel Gonçalves
Pois embrulhe-me, se é capaz!...

Bonifácio
Senhores, com as embrulhadas é que se está estragando tudo. Cheguem-se à razão; não deve haver

luta onde não há discordância de opiniões; partidos só os que lutam por idéias, ponham de parte os caprichos... cedam... sejamos todos amigos...

ATANÁSIO
Isso da minha parte seria uma fraqueza... Nada! nada!

MANUEL GONÇALVES
O senhor Bonifácio quer lançar-me água fria na fervura?...

BONIFÁCIO
Quero a paz, a concórdia, e uma torre bem bonita: hein?... o povo há de abençoá-los... faço idéia das aclamações que vão receber... Vamos... quero ser o primeiro a abraçá-los... (*abraça-os*)

ATANÁSIO
Pois bem... cedo, mas há de ser com uma condição...

BONIFÁCIO
(*à parte*)
Lá vem asneira certamente. (*a Atanásio*) E qual é?...

ATANÁSIO
É que do meio para cima a torre há de ser pintada de amarelo...

MANUEL GONÇALVES
Não, e mil vezes não! do meio para cima há de ser de vermelho!

Bonifácio
Senhores...

Atanásio
A primazia pertencerá sempre ao partido amarelo. Do meio para cima? essa é boa!...

Manuel Gonçalves
E pensava que eu havia de consentir em deixar-me por baixo!... declaro que estão rotas as negociações...

Bonifácio
Expliquem-se, por quem são! não se pode brigar por uma simples futilidade... Qual é o verdadeiro motivo da desinteligência que os separa?...

Atanásio
Pois não está claro?... é saber quem vai para cima!

Manuel Gonçalves
Sim... é porque nenhum de nós dois quer ficar debaixo!...

Bonifácio
Em resultado, a questão essencial é saber quem há de puxar pelo badalo do sino!

Atanásio
Seja o que quiser... mas havemos de lutar! eu conto com os meus inspetores de quarteirão na heróica Junta!...

Manuel Gonçalves
E eu tenho a maioria por mim!... lutemos!...

Vozes
(*dentro*)
Viva!... viva!... fora!... fora!...

Cena XII

Os precedentes e João Fernandes (*apressado*)

João Fernandes
Senhores... temo-la travada! os dois engenheiros estão furiosos um contra o outro... os partidos acham-se desesperados, e eu já estou com medo que a coisa acabe hoje com algum godemicídio...

Vozes
(*dentro*)
Viva!... viva!... fora!... fora!...

João Fernandes
Ei-los aí!...

Cena XIII

Os precedentes, Batista *e* Diniz (*capitaneando os seus grupos*), Crespim *e* Pascoal (*trazidos em triunfo, e cada um deles com o seu desenho de torre hasteado como bandeira, povo na praça*), Ana, Faustina, Felícia *e senhoras* (*às portas e janelas*)

BATISTA
Viva o partido vermelho!...

VOZES
Viva!... viva!... fora!... fora!...

DINIZ
Viva o partido amarelo!...

VOZES
Viva!... viva!... fora!... fora!...

CRESPIM
Oh iesse! tanquiu sai, vermelhas, tanquiu sai!

PASCOAL
Oh! mim star contente, mim star muite satisfatoria!

BATISTA
É intolerável! a torre de mister Matraca é um insulto feito ao povo do curato: é um desenho infame! o nosso Manuel Pedreiro faria coisa muito melhor! (*aplausos e vaias*)

CRESPIM
Estar direita! estar spich inglis muite superfine! Batista ser muito boa deputada!

ATANÁSIO
(*a Pascoal*)
Senhor engenheiro filósofo inglês, confunda aquele malvado!...

Pascoal
Mim non ter que dá satisfação a gente vermelho... mim já diz tudo que deve os amarelas, e grita uma dia enteira que lord Gimbo pinta no sua pano uma grande poque vergonhe que chame torre!

Crespim
Oh! mim estar furiosa e ter na cabeça dez mil diables contre torre de mister Matracoat! mister Matracoat nó ser engenheira! estar burre, muite burre verruel!...

João Fernandes
Burro verruel!... que insulto!...

Pascoal
Lord Gimbo estar mais estúpida que negro nova meia cara; torre de lord Gimbo ser ladroeira insuportable! lord Gimbo estar brute god bai!

João Fernandes
Chi!... bruto gôd bai!... que ataque! eles vão logo às do cabo!

Crespim
(*agarrando no desenho de Pascoal e gritando*)
Stric for naive, etc., etc. (*fala imitando o inglês*)

Pascoal
(*agarrando no desenho de Crespim e gritando*)
Ai blise forming, etc., etc. (*o mesmo*)

João Fernandes
Ei-los ferrados!...

CRESPIM
(*mostrando furioso o desenho*)
Godemi! wait banc travers, etc., etc. (*o mesmo*)

MANUEL GONÇALVES
Apoiado! apoiado! isso é que é verdade. (*aplausos e vaias*)

PASCOAL
(*mostrando furioso o desenho*)
Wors babington, etc., etc. (*o mesmo*)

ATANÁSIO
Bravo! isto é que é dizer as coisas como elas são. (*aplausos, etc.*)

CRESPIM
(*chegando-se a Pascoal*)
Sonvering de torre alames furter! (*o mesmo, baixo*) Pascoal, eu creio que não há remédio, senão jogarmos um pouco de soco-inglês...

PASCOAL
(*gritando*)
Wars abrod, etc., etc. (*o mesmo, baixo*) Vá feito! salve-se a verossimilhança...

BATISTA
Vivam os vermelhos!... (*aplausos e vaias*)

DINIZ
Vivam os amarelos!... (*aplausos e vaias*)

CRESPIM
(*despindo a casaca e arregaçando as mangas*)
Godemi!...

PASCOAL
(*despindo a nízia e arregaçando as mangas*)
Godemi!...

JOÃO FERNANDES
Desta vez vem o mundo abaixo!

MANUEL GONÇALVES
(*levantando a casaca*)
Levante-se a divisa do partido!

ATANÁSIO
(*levantando a nízia*)
Não role pelo chão a nossa bandeira!

CRESPIM
(*atirando sobre Pascoal*)
Minhas vermelhas, faz largo!

PASCOAL
(*atirando-se sobre Crespim*)
Afasta, minhas amarelas!

CRESPIM
(*dando soco*)
Godemi!...

PASCOAL
(*à parte*)
Uh! arrumou-me no nariz deveras! espera, diabo (*dando soco*) Godemi!...

PASCOAL
Rebentou-me o último dente do siso! O patife é mestre do soco-inglês.

PASCOAL
Godemi!... (*dá-lhe soco*)

CRESPIM
(*à parte*)
Outro ainda maior! nada... eu apelo para o jogo dos capoeiras; e arrumo-lhe uma cabeçada... (*dá-lhe cabeçada*) Godemi!...

MANUEL GONÇALVES
Brava cabeçada!... fogo nele!... (*aplausos dos seus*)

ATANÁSIO
Arrume-lhe, senhor Macota! Bravo! assim! (*aplausos dos seus*)

CRESPIM
(*dando*)
Godemi!

PASCOAL
(*dando*)
Godemi!

Manuel Gonçalves
Não podemos ficar impassíveis... Avança, vermelhos!... (*avançando com os seus*) Viva o partido vermelho!...

Atanásio
Avança, amarelos!... (*avançando com os seus*) Viva o partido amarelo!...

João Fernandes
Ah! quem del-rei!... ah! quem del-rei!...

As Senhoras
Misericórdia!... (*canto geral*)

Crespim *e* Pascoal
Godemi!
Godemi!
Godemi!
Godemi!

João Fernandes *e* Senhoras
Socorro!
Socorro!
Socorro!
Socorro!

Gonçalves *e os seus*
Vermelho!
Carrega!
Derriba!...
Esfrega!

Atanásio *e os seus*
　　Amarelo!...
　　Arremete!...
　　Desanca!...
　　Acomete!

(*Fim do Ato Segundo.*)

ATO TERCEIRO

(*O teatro representa a mesma decoração dos atos anteriores.*)

Cena I

Ana, Felícia *e logo* João Fernandes

Felícia
Minha tia, por quem é, mostre-me a cartinha de Faustina; deixe-me apreciar os circunlóquios da prima.

Ana
Não me exaspere também... tu és tão boa como ela!

João Fernandes
(*com mau humor e irritado*)
Empatado! saiu tudo empatado! isto é um desaforo!...

FELÍCIA
Que é isso, meu tio?...

JOÃO FERNANDES
Que há de ser?... Foi a heróica Junta votar por escrutínio secreto sobre a escolha de um dos dois engenheiros para fazer a torre, e por fim de contas tantos votos obteve o vermelho como o amarelo! Empatado! saiu tudo empatado! isto é um desaforo!

FELÍCIA
E portanto, nada há feito?...

JOÃO FERNANDES
Nada; mas apelaram para o sufrágio universal que é uma coisa que eu não entendo; mas o certo é que o povo do curato, que está todo reunido, vai proceder imediatamente à eleição do engenheiro para a torre, e por minha desgraça sou eu o presidente da mesa eleitoral.

ANA
Pois, senhor Joãozinho, continue a abandonar a sua casa para ocupar-se com essas barafundas políticas que há de ganhar muito com isso: dentro em pouco a desonra e a vergonha hão de lhe subir pelas portas e janelas acima, como a erva-de-passarinho pelos galhos de uma laranjeira velha.

JOÃO FERNANDES
Que é que está dizendo, sinhá Aninha?...

ANA

Digo-lhe que sua boa filha já garatuja cartinhas de amor... Veja lá esta eloqüência... (*dá-lhe a carta*)

JOÃO FERNANDES

Morro de peste!...

FELÍCIA

Qual, meu tio! isto é peste que não mata pessoa alguma. Se matasse, estava o mundo despovoado.

ANA

Leia, ande: leia você mesmo para ver se toma juízo.

JOÃO FERNANDES
(*pondo os óculos*)

Isto há de ser mais feio do que um rol de roupa suja! (*lendo mal*) "Que... ri... do amor!" vai me faltando a voz: "mi... nha tia me es... tá levan... do ao de... ses... pero." O diabinho da rapariga escreve ainda pior do que o meu escrivão: "estou vi... ven... do no in... xi... xi... xi..." (*a Felícia*) Que diabo de aranha é esta?...

FELÍCIA

É um f, meu tio.

JOÃO FERNANDES

F é o teu nariz: isto é um x.

Felícia
(*tomando a carta*)

Dê-me a carta, que eu acabo de ler. (*lê*) "Estou vivendo no inferno; não posso mais sofrer minha tia; se você deveras me estima, peça-me em casamento hoje mesmo a papai, e se ele lhe negar a minha mão, tire-me por justiça; porque eu quero me casar com você, e a vontade da cidadoa é livre. Sua amante do coração: a mesma." Minha prima está muito atrasada em cartas de amor... coitadinha... nunca andou em colégio...

Ana
Então, que me diz a cidadoa parlamentar que já não pode sofrer sua tia?...

João Fernandes
Sinhá Aninha, vamos lá dentro, e procure-me a palmatória.

Felícia
Que quer fazer, meu tio?

João Fernandes
Quero ir às unhas da cidadoa.

Ana
Qual palmatória nem meia palmatória! este crime deve ter um castigo pronto e exemplar: mano Joãozinho, lembre-se do que me prometeu ontem à tarde: eu quero que você declare e publique a todos que dará sua filha em casamento com trinta mil cruzados de dote ao engenheiro que for escolhido para fazer a torre.

FELÍCIA
(*à parte*)
É vingança de mulher e de mulher velha: minha tia tem cabelinho na barba.

JOÃO FERNANDES
Sinhá Aninha, o casamento faz-me conta, principalmente se o inglês souber consertar alambique de engenhoca; mas os trinta mil cruzados de dote! Misericórdia!...

ANA
(*batendo com o pé*)
O que disse, há de fazer; está decidido!

JOÃO FERNANDES
Senhora... não me condene a andar pedindo esmolas! se estou com as finanças completamente desafinadas.

ANA
(*ameaçando*)
Ai! ai! ai!

JOÃO FERNANDES
Isto é pôr-me uma faca aos peitos!

ANA
Pois então fique-se com sua filha, e dê-me para cá o meu testamento e o que me pertence: e já e já!... vamos!

JOÃO FERNANDES
Sinhá Aninha, sossegue.

Ana
Uma de duas: ou vou-me embora, ou é fazer o que digo.

João Fernandes
(à parte)
E deveras a velha é capaz de fazer pior do que diz! (*a Ana*) Sinhá Aninha, você é os meus pecados... Eu cedo... venha cá... darei vinte mil cruzados de dote... é mais do que se desse o coração...

Ana
(depois de refletir)
Concordo: eu sou condescendente; mas você há de fazer agora mesmo a declaração pública do casamento.

João Fernandes
Sinhá Aninha... eu não sei falar em público... sou muito vexado...

Ana
Pois publique por edital: você não é juiz de paz?...

Felícia
(à parte)
Lá vai minha prima ser posta em edital!...

Cena II

Os precedentes e Bonifácio

BONIFÁCIO
Senhor juiz de paz, assine depressa esta portaria, convocando o povo para proceder à eleição do engenheiro. (*apresenta-lhe um papel, tinteiro e pena*)

JOÃO FERNANDES
Aponte-me sempre com o dedo, onde devo escrever o meu nome...

BONIFÁCIO
(*apontando*)
Aqui. (*João Fernandes recebe o papel e vai assinando*)

ANA
Senhor escrivão, uma palavrinha...

BONIFÁCIO
Pronto e às ordens, minha senhora. (*conversam à parte*)

FELÍCIA
(*à parte*)
Está o juiz de paz assinando, e a juíza da guerra conspirando.

JOÃO FERNANDES
Este nome Fernandes é bem atrapalhado para se escrever!

BONIFÁCIO
(*a Ana*)
Que diz, minha senhora?... um edital!...

JOÃO FERNANDES
(*à parte*)
Ai meus vinte mil cruzados!... (*entrega o papel*)

ANA
Mano Joãozinho, já expliquei tudo ao senhor Bonifácio, e ele vai escrever o edital, e publicá-lo.

BONIFÁCIO
O senhor juiz de paz ordena?... o caso me parece extravagante...

ANA
Fale, mano Joãozinho!

JOÃO FERNANDES
(*com força*)
Ordeno! (*à parte*) Ai meus vinte mil cruzados!

FELÍCIA
(*a Bonifácio*)
Não escreva, senhor Bonifácio; olhe que é erro de ofício.

BONIFÁCIO
A coisa é estapafúrdia, mas tem seu lugar: o edital vai inflamar ainda mais os tais partidos; porém... aqui não há mesa para se escrever... Só se entrássemos em casa...

ANA
Não é preciso: escreva sobre as costas do mano Joãozinho.

JOÃO FERNANDES
Sobre as minhas costas, sinhá Aninha?...

BONIFÁCIO
Eu não me atrevo... sobre as costas de Sua Senhoria...

ANA
Não quer dizer nada; curve-se, mano Joãozinho; olhe, que boa mesa! (*João Fernandes curva-se: Ana põe-lhe nas costas o tinteiro e estende o papel*) Escreva, senhor Bonifácio!

JOÃO FERNANDES
(*seguro por Ana*)
Escreva... ande depressa, olhe, que se houver demora, a sinhá Aninha derreia-me.

BONIFÁCIO
Lá vai por ordem de Sua Senhoria. (*escreve*)

FELÍCIA
(*à parte*)
Que miséria! estou com vergonha de meu tio!

JOÃO FERNANDES
Senhor Bonifácio, não carregue muito com a mão, que me dói a espinha. (*à parte*) Ai meus vinte mil cruzados!... (*canta*)

> Pelo dinheiro um homem de juízo
> Sofre o diabo sem sentir abalo;

Vende afeições, aluga a consciência,
E até às vezes serve de cavalo.

Casa com a velha mais pateta e feia,
Se um rico dote a bruxa lhe oferecer,
E até se curva, põe-se de gatinhas,
E faz das costas mesa de escrever.

BONIFÁCIO
Pronto: veja a senhora se está a seu gosto. (*Ana lê*) Espere... (*a João Fernandes, que se move*) Não se mova... que desgraça! (*entorna-se a tinta*)

FELÍCIA
Ah! ah! ah! ah!

JOÃO FERNANDES
(*limpando-se*)
Ora está! fiquei todo borrado!...

ANA
Não faz mal: assine já o edital. (*João Fernandes assina*) Agora toca a lê-lo ao povo. (*a Bonifácio*) Mas diga-me primeiro: como vai a eleição?...

BONIFÁCIO
Furiosa e indecisa: o dinheiro, a fraude, a violência e o diabo estão fazendo brilhaturas.

ANA
E qual é o mais feio e antipático dos dois ingleses?...

BONIFÁCIO
O da casaca vermelha, que tem cara de gato do mato.

ANA
Pois é esse que há de vencer para casar com Faustina. Eu já volto. (*entra*)

Cena III

FELÍCIA, JOÃO FERNANDES *e* BONIFÁCIO

JOÃO FERNANDES
Ora isto! fiquei todo sujo!

BONIFÁCIO
Senhor juiz, sabe o que faz com este edital?...

JOÃO FERNANDES
Senhor Bonifácio, aqui para nós, eu estou coacto.

BONIFÁCIO
E quer que o publique?...

FELÍCIA
Ele já declarou que está coacto: não publique... é contra a lei...

JOÃO FERNANDES
Publique, e leve tudo o diabo, contanto que me fique o testamento e a fortuna da tartaruga de minha irmã.

Cena IV

Os precedentes e Ana (*de chale e chapéu*)

ANA
Mano Joãozinho, dê-me a sua carteira... ande... vamos...

JOÃO FERNANDES
Ei-la aí, senhora; mas veja que tem dentro seiscentos e trinta e dois mil-réis... (*à parte*) Ai! ai! (*dá a carteira*)

ANA
Senhor Bonifácio, pregue já o edital, e até logo. (*indo-se*)

JOÃO FERNANDES
Onde vai, sinhá Aninha de minh'alma?...

ANA
Vou cabalar. (*vai-se*)

FELÍCIA
Ah! ah! ah!... (*Bonifácio prega a portaria e depois toca o sino*) Senhor Bonifácio, olhe que está tocando a fogo!...

BONIFÁCIO
E é mesmo questão de fogo, porque se trata de uma moça que quer casar. Chamo o povo para ouvir ler o edital.

João Fernandes
E eu vou esconder minha vergonha no fundo do quintal. (*entra com Felícia*)

Cena V

Bonifácio, *povo e logo* João Fernandes

Bonifácio
Convoquei, a toque de sino, o povo do curato, para mostrar um edital que acabo de afixar (*mostra-o*), e no qual o nosso juiz de paz se obriga a dar sua filha em casamento com vinte mil cruzados de dote ao engenheiro que fizer a nossa torre: ei-lo! leiam todos! (*o povo examina o edital*) É um grande ato de heroicidade!... (*à parte*) É uma grande prova de falta de juízo.

Vozes
Viva o nosso juiz de paz!... viva!...

João Fernandes
(*aparecendo à porta*)
Ai meus vinte mil cruzados!...

Bonifácio
Agora vamos tratar da eleição: venha, senhor juiz de paz, venha, que a cabala ferve.

Vozes
Viva o nosso juiz de paz! viva!... (*cercam-no e o aplaudem*)

João Fernandes
Obrigado... obrigado, meu povo!... (*à parte*) Eu cá sei o que me dói!...

Coro Geral
Avante!... avante!... avante!...
Não há que descansar!...
É dia de batalha,
Avante a cabalar!

(*Vão-se todos.*)

Cena VI

Henrique *e logo* Faustina

Henrique
Isto é incrível! não... (*vê o edital, arranca-o e guarda-o*) Mas é verdade! ei-la aí! pobre Faustina! é uma vítima, é...

Faustina
Henrique... oh! tem compaixão de mim! condenam-me à humilhação e à vergonha... sou objeto da zombaria de todos... oh! salva-me... é por ti que eu sofro... salva-me... apela para a justiça dos homens...

Henrique
A justiça no interior das províncias é a vontade absoluta dos potentados: ririam de ti e de mim se eu apelasse para ela; consola-te, porém, e anima-te:

acabo de receber uma carta da capital que me encheu de prazer; oh! minha amada, minha bela noiva; nós vamos ser felizes!

Faustina
Porém, quando? eu já não posso esperar... minha vida é um tormento incessante...

Henrique
Talvez hoje mesmo brilhe a nossa ventura, e este indigno edital será ainda para nós uma garantia de felicidade. Seremos um do outro à face de Deus e dos homens.

Faustina
(*alegre*)
Será possível?... não me enganas?...

Henrique
Juro-te pelo nosso amor.

Faustina
Então dou tudo por bem sofrido! (*Henrique observa se vem gente: Faustina fala à porta*) Vou deixar a vida de solteira! vou casar-me! Ah! também eu não podia mais... é uma maçada insuportável! (*a Henrique*) Mas, dize, que notícia recebeste?...

Henrique
Não; quero guardar segredo para dar-te o prazer da surpresa...

FAUSTINA

Pois sim... mas o essencial é que nos casemos em breve...

HENRIQUE

Que dúvida! só se você disser que não quer, Faustina...

FAUSTINA

Quero! quero! desde pequenina que o desejo!

HENRIQUE

Sinto rumor de gente que se aproxima.

FAUSTINA

Adeus! não quero que nos encontrem conversando. (*à parte*) Ah! tomara ver-me casada para conversar à minha vontade com meu marido! (*voltando-se a Henrique*) Lembra-te do que me juraste... do essencial, Henrique! (*vai-se*)

HENRIQUE

Lembra-me muito... muito... adeus!... (*vai-se*)

Cena VII

CRESPIM e PASCOAL (*cada um de seu lado*)

CRESPIM
(*olhando desconfiado*)
Aeduce verruel!

PASCOAL
(*o mesmo*)
Iesse tanquiu sai.

CRESPIM
Eu creio, Pascoal, que estamos sós e podemos virar a língua.

PASCOAL
Eu ando desesperado por achar com quem fale português.

CRESPIM
Pois então põe um olho na direita, que eu ponho outro na esquerda para que não nos apanhem desprevenidos; porque é preciso não esquecer que somos inimigos.

PASCOAL
Sim; tu pões um olho na esquerda e eu outro na direita; mas se nos vierem pela retaguarda?...

CRESPIM
É bem lembrado; mas não se deve esperar pelo fundo, a uma gente que não tem fundo.

PASCOAL
Pois muito bem: olho vivo e vamos ao que importa. Meu Crespim, estou vendo esta patifaria de engenheiros muito malparada. Tu não descobres no horizonte do dia de amanhã uma coisa que se parece assim com uma sova de pau?...

CRESPIM

Oh! capanga muito ordinário! tens ânimo de lembrar-te de sova de pau, quando te oferecem a glória de ser engenheiro da torre, e te pedem por favor que te cases com uma moça que tem vinte mil cruzados de dote?...

PASCOAL

É verdade... sim; mas se eu tenho sina de cachorro! Escuta, Crespim: se o teu partido vencer, de que modo te hás de arranjar, se tu nunca soubeste como se arma um mundéu, quanto mais como se levanta uma torre?... como te improvisarás engenheiro na prática, meu Crespim?...

CRESPIM

És o tipo da estupidez, Pascoal; vives na cidade, e não enxergas as casas! atende, miserável: não há professores de colégios que ensinam o que nunca souberam?... não se transforma em diplomata um boneco que sabe somente namorar e fazer cortesias?... não se improvisam estadistas da noite para o dia?... não se faz de um homem de juízo torto um juiz de direito?... o patronato não é um santo milagroso que torna um jacaré em Adônis, um tratante em benemérito da pátria, e um tábua rasa em sábio da Grécia?... pois então por que também não poderei ser um engenheiro de torres, e, ainda melhor, casar com a filha do capitão João Fernandes?...

PASCOAL

Mas, por fim de contas, como hás de construir a torre?...

CRESPIM
Nada mais simples: chamo um mestre pedreiro e um mestre carpinteiro e mando-os arranjar a obra como puderem. Olha, Pascoal, faz-se muito disso aí por esse mundo do Brasil: tanto o povo como o governo já estão habituados a comer gato por lebre, e até parece que gostam do guisado.

PASCOAL
Mas, Crespim, nós estamos iludindo indignamente este pobre povo!

CRESPIM
Ora que novidade! o pobre povo anda quase sempre iludido por aqueles por quem mais trabalha e se sacrifica. É um tolo que não se corrige: quanto mais o enganam, menos ele se desengana. Zombemos pois do povo, na certeza de que não somos os primeiros que o fazemos. Entretanto, como sou teu amigo, e vejo que realmente há perigo nesta embrulhada, aconselho-te, Pascoal, que te ponhas ao fresco o mais depressa que te for possível.

PASCOAL
Sim, grandíssimo velhaco, para te achares só em campo, e comeres o dinheiro da torre e o dote da pequena: pois não será assim! tu és tão bom engenheiro como eu, e aconteça o que acontecer (*com fogo*) não cometerei a infâmia de abandonar o glorioso partido amarelo!

CRESPIM
Mas, olha, que tu tens sina de cachorro!

Pascoal
Embora! hei de sacrificar-me pelas idéias sãs e patrióticas do partido amarelo! prefiro ser feito em postas a ceder-te a glória de...

Crespim
De comer o dinheiro do povo e de devorar o dote da filha do velho: conheço muito patriotismo dessa qualidade.

Pascoal
Tu és um cínico; os homens de gravata lavada, como eu, sabem esconder as idéias mais ignóbeis em bonitas palavras; no nosso caso a obra da torre deve chamar-se um serviço relevante prestado à pátria, e o casamento com os vinte mil cruzados da pequena um enorme sacrifício consumado em sinal de gratidão ao amor do povo.

Crespim
Excelente! agora o que cumpre decidir é qual de nós dois deve empolgar o bolo.

Pascoal
Eu, que sou o chefe do partido amarelo!

Crespim
E então onde fico eu com o meu partido vermelho?...

Pascoal
Oh! o bolo!... o bolo!... malvado! queres, portanto, opor-te à minha fortuna?... ah! não poder eu

dizer a toda esta gente que tu és um valdevinos, e que nunca foste engenheiro!

Crespim

Tem paciência; nós somos daquela espécie de chefes de partidos que, conhecendo-se bem, sabem que têm uns e outros uns rabos de légua e meia; em tal caso é de regra que tu respeites a minha cauda para que eu não pise na tua. Pascoal, nós somos dois ingleses, tão ingleses como a própria lama de Londres.

Pascoal

Mas o bolo!... o bolo!... o bolo!...

Crespim

O bolo! o bolo é a causa principal de muita moxinifada que se faz aí por esse mundo.

Pascoal

Eu quero fazer a torre e casar com os vinte mil cruzados da filha do velho!

Crespim

Pois veremos quem vence, vermelho ou amarelo!

Pascoal

Portanto, guerra! e comecemos imediatamente. (*querendo brigar*) Em guarda!

Crespim

Olhem que bobo!... pateta das luminárias, nós somos os dois zangões dos nossos partidos, e os zangões dos partidos não costumam bater-se: os pequenos sacrificam-se por eles; o povo joga o soco, suja-se de lama, e algumas vezes de sangue, e os vivatões no quartel da saúde esperam que a contenda se decida, e comem o prato que outros para eles preparam; eu hei de seguir tão proveitoso exemplo; sou um chefe e zangão do partido vermelho e, portanto, não me exponho nem me bato. Não preciso de provar que tenho mão e braços; o essencial está aqui: (*batendo na barriga*) Tenho barriga!

PASCOAL
Deste-me um quinau de mestre: tu nasceste para ministro de Estado. (*cantam*)

CRESPIM *e* PASCOAL
Alegres vivamos, comendo e bebendo
À custa dos tolos que brigam por nós;
Deixá-los que lutem, que bulhem, que
[morram,
Que mordam-se todos com raiva feroz.

Deixemos que os tolos por nosso interesse
Os ossos rebentem a soco e a pau:
Comamos o bolo, e por fim de contas,
Aos que se queixarem, diremos – babau.

CRESPIM
Sinto grande rumor; mas ninguém chega pela direita.

PASCOAL
Nem pela esquerda, juro-te eu.

CRESPIM
Então é tempestade que vem pela retaguarda. Cuidado! Ingleses como dantes.

Cena VIII

CRESPIM e PASCOAL (*passeando em sentido diverso e cantarolando o* God Save), BATISTA, DINIZ (*e alguns dos seus trazendo duas mesas grandes e duas mesas pequenas, que cobrem de garrafas, assados, pão, etc.; as mesas pequenas reservadas para Crespim e Pascoal ficam na frente*)

BATISTA
Senhor lord Gimbo, eis aqui uma mesa especial para V. Exa. se refrescar, e animar o Povo com a sua presença. (*ao povo*) Quem votar com o nobre partido vermelho, tem aquela mesa para comer e beber. Cheguem! nada de cerimônias!

CRESPIM
(*comendo e bebendo*)
Verruel! bat mai sok! (*passeia depois*)

DINIZ
Senhor mister Maracataprá, a sua mesa de honra é esta, e a do glorioso partido amarelo aquela. (*ao povo*) Quem votar conosco, beba e coma quanto puder!

PASCOAL
(*comendo e bebendo*)
Mim vai fique trinque de rame: ai god plink pudelim! (*passeia depois*)

CRESPIM
(*à parte e comendo*)
Aquilo é inglês de pretos-minas.

BATISTA
Amigos, não há tempo a perder; a cabala ferve! (*vai-se*)

DINIZ
O partido amarelo reclama a minha presença fora daqui... toca a trabalhar! (*vai-se*)

Cena IX

CRESPIM *e* PASCOAL (*comendo e passeando; começa a cabala; os cabalistas agitam-se fundo;* ANA *entra e sai apressada, comprando votos, levando votantes, etc. Daqui até o fim, viveza e variedade nas cenas*)

CRESPIM
Eu vi um que trazia o nariz esborrachado: creio que já houve pancadaria lá por fora.

PASCOAL
Não faz mal; é por nossa glória; o povo tem juízo como terra.

CRESPIM
Fala baixo, ou fala inglês, diabo!

Cena X

CRESPIM, PASCOAL, BONIFÁCIO e
JOÃO FERNANDES (*que o segue*)

BONIFÁCIO
Estou muito ocupado, senhor juiz de paz...

JOÃO FERNANDES
Um momento só, senhor Bonifácio; valha-me nos apuros em que me vejo; escute aqui em segredo. Eu estou entre a cruz e a caldeirinha; não sei como hei de votar nesta maldita eleição; não quero ficar mal com pessoa alguma, e já recebi cinco chapas de cada partido. Estou com os bolsos cheios.

BONIFÁCIO
Em quem deseja V. Sa.* votar?...

JOÃO FERNANDES
Homem, eu preferia votar naquele que consertasse o alambique da minha engenhoca.

BONIFÁCIO
Qualquer dos dois engenheiros jura que é capaz de fazê-lo.

JOÃO FERNANDES
Então veja se me arranja um meio de eu votar em ambos.

---

* "V. S." no texto-base.

BONIFÁCIO
É impossível.

JOÃO FERNANDES
Mas se eu não quero ficar mal com pessoa alguma! isto é uma patifaria! tomara que me riscassem da lista dos votantes por falta de senso comum.

BONIFÁCIO
Dê-me cá as chapas. (*recebe-as e as dá arranjadas*) Ponha todas as amarelas no bolso esquerdo; agora todas as vermelhas no direito; quando algum dos cabalistas quiser ver a sua lista, lembre-se do bolso direito e esquerdo e mostre a chapa do sujeito; no ato da entrega, aperte bem o papel na mão, e introduza na urna sem ninguém ver-lhe a cor. Até logo. (*vai-se*)

JOÃO FERNANDES
Esta só lembra ao diabo! quem quiser falcatruas, procure um escrivão.

CRESPIM
Quanta pouca-vergonha vai já por ali!

PASCOAL
Estou com vontade de me atirar na eleição: é uma patuscada incomparável!

JOÃO FERNANDES
(*estudando*)
Esquerdo... amarela; direito... vermelha; vermelha... direito; amarela... esquerdo; tomara apanhar um cabalista para pregar-lhe o mono.

Cena XI

CRESPIM, PASCOAL, JOÃO FERNANDES, ATANÁSIO
e MANUEL GONÇALVES *cercando* JOÃO FERNANDES

JOÃO FERNANDES
(*à parte*)
Estou entre Pilatos e Caifás!...

ATANÁSIO
(*puxando João Fernandes*)
Pode ter a bondade de mostrar-me a sua lista?...

MANUEL GONÇALVES
(*o mesmo*)
Senhor capitão, quero ver a sua chapinha.

JOÃO FERNANDES
Os senhores estão me pondo num torniquete!

ATANÁSIO
Senhor Manuel Gonçalves, arrede-se, este homem sempre votou comigo!

MANUEL GONÇALVES
É falso! ele sempre entrega a minha lista!

JOÃO FERNANDES
(*à parte*)
Os dois diabos sabem mais do que eu, que ignoro completamente com quem tenho votado até hoje! (*aos dois*) Senhores, não briguem; eu vou mostrar-lhes a minha lista. (*leva Atanásio para um lado e dá-*

lhe do bolso direito) É esta... veja. (*leva para o outro lado Manuel Gonçalves e dá-lhe do bolso esquerdo*) É esta; mas segredo! (*olhando-os*) Misericórdia!... troquei as bolas!...

ATANÁSIO
É um homem sem fé e sem palavra!...

MANUEL GONÇALVES
O senhor é um... um... troca-tintas!...

JOÃO FERNANDES
Os senhores me insultam!... troca-tintas!...

Cena XII

Os precedentes e ANA

ANA
Afastem-se! o mano Joãozinho vota comigo; senhor Manuel Gonçalves, eu respondo por ele. (*Atanásio retira-se, contrariado*)

JOÃO FERNANDES
(*à parte*)
Ora esta! vou ficar votante seguro sem querer!

CRESPIM
(*à parte*)
Temos uma saia envolvida na eleição: vai entrar o diabo na urna.

ANA
Senhor Manuel Gonçalves, já pus miolo vermelho em vinte chapas amarelas; mas de cada vez que fiz uma dessas proezas, saiu também miolo da carteira do mano Joãozinho.

MANUEL GONÇALVES
A senhora é a cumeeira do partido vermelho.

CRESPIM
(à parte)
Ai que a velha é do meu partido! Tenho uma tartaruga nas minhas colunas.

JOÃO FERNANDES
(à parte)
Eu tinha na carteira seiscentos e trinta e dois mil-réis!...

Cena XIII

Os precedentes e BATISTA *(apressado)*

MANUEL GONÇALVES
Que novidades há?...

BATISTA
Um contratempo: Ambrósio Cebola nosso votante firme caiu do cavalo no caminho com um ataque de mal-de-gota.

MANUEL GONÇALVES
Tratante! por que não havia de ter o ataque de mal-de-gota depois da eleição?... mas enfim o Braz

Pereira, que não está qualificado, pode entregar uma chapinha por ele.

Batista
É impossível: o Braz Pereira já está falado para votar por um morto e por dois invisíveis.

Ana
Então eu visto-me de homem, e vou votar com o nome de Cebola.

João Fernandes
Sinhá Aninha! por quem é, não faça isso!

Crespim
(*à parte*)
Cebola parece-me com efeito o diabo da velha.

Batista
Tenho outra idéia: está lá em casa um caixeiro de um negociante da capital que veio proceder a algumas cobranças, e se ele quisesse...

Manuel Gonçalves
Há de querer por força... vá buscá-lo... corra... voe!... (*vai-se Batista*) Viva o partido vermelho!... (*vai cabalar; o mesmo Ana*)

Atanásio
(*abraçado com um votante*)
Meu amigo... chegue-se à razão... o senhor não pode negar este favor ao seu subdelegado.

VOTANTE

Mas eu moro nas terras do senhor Batista, e se não votar com ele, sou posto fora do sítio... é impossível...

ATANÁSIO

Então o senhor continua a resistir aos meus pedidos?

VOTANTE

Não posso servi-lo... eu tinha vontade; mas não posso...

ATANÁSIO

Está no seu direito: eu respeito muito a liberdade do voto; mas fique certo de que dentro de três dias seu sobrinho Porfírio será recrutado; há de ser um excelente soldado!

VOTANTE

Por quem é, senhor subdelegado!

ATANÁSIO

Eu não sirvo a quem não me serve: o senhor atreve-se a resistir à polícia! é um inimigo do governo! é um revolucionário!

VOTANTE

Mas o meu sítio... senhor... o meu sítio!...

ATANÁSIO

Pois bem, escute: dê-me a sua lista; aqui tem esta que é da mesma cor vermelha, mas que leva miolo amarelo; o Batista pensará que o senhor vota com ele e ficamos arranjados. (*troca as listas*)

VOTANTE

Assim vá feito... pode contar comigo...

ATANÁSIO

Veja o que diz!... lembre-se de seu sobrinho e do recrutamento! (*vai para o fundo*)

VOTANTE

Não tenha dúvida... (*à parte*) Ora veja! como se a gente pobre fosse escrava da polícia... eu não voto com a polícia nem pelo diabo!...

Cena XIV

CRESPIM, PASCOAL, ATANÁSIO, DINIZ, MANUEL GONÇALVES e ANA (*a seu tempo*)

DINIZ

(*a correr*)

Senhor Atanásio! senhor Atanásio! a velha sinhá Aninha furtou-nos sete guardas nacionais que vieram com o alferes Felisberto... os tratantes não querem mais votar conosco...

ATANÁSIO

Corra e vá dizer ao Felisberto que os ameace com piquete dobrado, e com o recrutamento, e que prenda e tranque no xadrez por crime de desobediência aqueles que resistirem. Corra! Vá!

Diniz
(*correndo para fora*)
Viva o voto livre!... viva o voto livre!... (*vai-se*)

Crespim
Bebe vinha, minhas vermelhas! bebe vinha p'ra bota terra nos olhos das amarelas!...

Vozes
Viva o senhor lord Gimbo!... viva!... (*bebem*)

Ana
(*corre, toma um copo e bebe*)
À razão da mesma!... (*aplausos: vai cabalar*)

Pascoal
(*à parte*)
Aquela velha é a melhor cabalista, da terra! estou vendo que me fura a chapa!...

Cena XV

Crespim, Pascoal, Atanásio, Manuel Gonçalves, Batista *e logo* Diniz

Batista
(*furioso*)
Senhor Manuel Gonçalves, isto é um desaforo! a polícia arrombou o portão do quintal do Fidélis, e furtou-nos dois votantes que estão escondidos na casa do senhor subdelegado!...

Manuel Gonçalves
(*a Atanásio*)
Senhor Atanásio, esta ação é infame!... a Constituição diz que o asilo do cidadão é inviolável!...

Atanásio
Pu!... pu!...

Diniz
(*furioso*)
Senhor Atanásio! Senhor Atanásio!... isto brada ao céu!... a sinhá Aninha fez embebedar três votantes nossos que estão caídos na rua e não podem votar!...

Atanásio
Senhor Manuel Gonçalves, semelhante procedimento é revoltante, imoral, e ofensivo aos preceitos do pacto fundamental!...

Manuel Gonçalves
Pu!... pu!... pu!...

Cena XVI

Os precedentes, Bonifácio (*apressado*) *e logo* Ana *e o* Sineiro

Bonifácio
Chegou a hora da eleição: vai-se formar a mesa, senhores!

VOZES
A mesa! a mesa!... (*o Sineiro toca o sino*)

JOÃO FERNANDES
(*à janela da igreja*)
Senhor escrivão, reclama-me força armada com pólvora e bala, espadas e baionetas para garantir o voto livre!

ANA
(*a Manuel Gonçalves*)
Vá arranjar a mesa, que eu tomo conta dos votantes cá fora. (*a Batista*) Tome cuidado que o fósforos não votem... olhe que há fósforos como formiga... (*movimento*)

ATANÁSIO
(*a Diniz*)
Fique o senhor na rua, enquanto eu vou pôr na mesa o Lulu furta-votos. (*movimento, ruído, confusão*)

CORO GERAL
A hora é chegada
Do grande combate;
O sino se escuta
Tocando a rebate:
Chegamos ao termo
Da forte campanha,
Vencer saberemos
Por força ou por manha.
Da mesa à conquista
Marchemos agora:
No entanto a cabala

Referve cá fora.
Miolo nas chapas,
Pedido, ameaça,
Intriga, dinheiro,
Mentira, trapaça;
Violência, e pancada.
(Em termos legais)
A glória preparam
Das nossas vestais.
Qualquer meio serve
Se der a vitória;
Vencer é o caso.
O mais é história.

Cena XVII

CRESPIM e PASCOAL (*sentados*), DINIZ e ANA (*ao fundo e continuando a cabalar*), BONIFÁCIO *e logo* HENRIQUE

BONIFÁCIO
Eis aí o quadro fiel de uma grande loucura... Atira-se o pobre povo em uma comédia que às vezes acaba em tragédia, e aqui está o que é uma eleição!...

HENRIQUE
Engana-se, senhor Bonifácio, e engana-se muito inconvenientemente; porque confunde a verdade com a mentira, o direito com o abuso, e o fundamento essencial do melhor dos sistemas de governo com a ofensa e a postergação desse mesmo sistema.

BONIFÁCIO
Ora, senhor doutor! eu falo com a evidência dos fatos.

HENRIQUE
E eu lhe respondo com a pureza e santidade do direito. O sistema eleitoral é a bela e grandiosa consagração da soberania do povo; é o órgão pelo qual a voz da nação se faz ouvir, manifestando os seus sentimentos e a sua vontade; é o princípio sagrado da força dos governos e da nobreza e da honra dos governados; mas para que assim seja é indispensável que a verdade se respeite, e a lei se cumpra à risca, pronunciando-se ampla e livremente o voto do povo, e falando as urnas sem peias, nem violência, nem ilusões, nem depravação, nem torpezas.

BONIFÁCIO
E quando não se respeita a verdade, e não se cumpre a lei à risca?...

HENRIQUE
Então não há eleição; há abuso e crime. Ai de nós se se devesse julgar do sistema eleitoral por essas saturnais que se mascaram com o nome de eleições!...

BONIFÁCIO
Segue-se que as malditas saturnais têm desacreditado o sistema!

HENRIQUE
Não; porque a mentira não pode desconceituar a verdade, nem o abuso desonrar o direito; porventu-

ra o medonho tribunal da Inquisição com as suas torturas, as suas fogueiras e os seus horrores pôde manchar a pureza da santa lei de Cristo?...

BONIFÁCIO

Mas a Inquisição acabou, e as traficâncias eleitorais não hão de acabar.

HENRIQUE

Hão de acabar, quando os governos quiserem que elas acabem: hão de acabar, quando os governos derem ao povo com duradoura constância o exemplo do respeito à lei, da moralidade e da crença fiel na religião do voto livre. Então, o povo livre em suas eleições, da influência do governo, sacudirá de seus ombros a carga de individualidades prepotentes, e o sistema eleitoral brilhará com toda a sua magnificência.

BONIFÁCIO

Mas, enquanto não chega esse belo tempo, há de permitir que eu me vá divertindo e rindo muito com o que estou observando.

HENRIQUE

Oh! sem dúvida! aconselho-o mesmo a que o faça: as zombarias, neste caso, não se dirigem ao sistema eleitoral, e sim aos abusos que se praticam em nome dele. Zombe e ria, portanto; o Tartufo de Molière foi a crítica do hipócrita, e não do homem verdadeiramente religioso. Zombe e ria! mas lembre-se também de que o quadro que está observando não é de todos o pior: neste contemplará apenas os ridículos, excessos e desmandos das autoridades policiais e das potências locais de um pobre curato do interior desta província, e isso é nada em comparação das proezas abusivas e frenéticas, com que se celebrizam os mais altos funcionários públicos, quando tratam de conquistar uma eleição.

BONIFÁCIO

Ainda bem! pois que me dá licença, vou tomar um fartão...

HENRIQUE

Sim; mas sobretudo não esqueça que não se trata do sistema eleitoral... Trata-se simplesmente dos abusos, que convém reprimir e castigar.

VOZES
(*dentro*)
É fósforo!... fora! fora!

OUTRAS VOZES
(*dentro*)
Não é fósforo! há de votar. (*gritaria*)

BONIFÁCIO
Lá vou! lá vou!... (*vão-se Bonifácio e Henrique*)

Cena XVIII

CRESPIM, PASCOAL, ANA, ATANÁSIO, MANUEL GONÇALVES, DINIZ *e* BATISTA (*apressados. Muito movimento*)

ATANÁSIO
Senhor Diniz, estão recebendo as cédulas... vá buscar os fósforos... traga os votantes... (*vai-se Diniz. Atanásio volta à igreja*)

MANUEL GONÇALVES
Os votantes, sinhá Aninha... senhor Batista, os votantes!

(*Movimento geral. Os votantes são empurrados para a igreja; ficam ainda muitos, vêm chegando outros; rumor e gritaria na igreja; listas lançadas pela janela. Ana em moto-contínuo, Manuel Gonçalves volta à igreja. Muito movimento no fundo da cena.*)

Cena XIX

CRESPIM e PASCOAL (*a cabala continua no fundo. Ruído constante*)

CRESPIM
Oh! Pascoal, que dizes tu da eleição?...

PASCOAL
Está indecisa; estes sujeitos são uns patetas; se eu me tivesse metido na dança, punha tudo raso; o melhor cabalista que há aqui é a sinhá Aninha; a macaca velha sabe onde tem o nariz!

CRESPIM
(*depois de meditar*)
Pascoal... vamos fazer uma transação?...

PASCOAL
Hein?... que é lá isso de transação?...

CRESPIM
Homem, transação... é assim uma negociata um pouco fosfórica disfarçada com um nome decente... Vamos transigir, Pascoal; deixa esse povo descuidado estrafegar-se por nós, e tratemos de arranjar a nossa vida. Escuta: se o meu partido vencer, caso-me com a pequena, e dou-te a quinta parte do dote; fico engenheiro da torre, e te nomeio meu contramestre com vinte mil-réis de jornal. Se o teu partido triunfar, tu procederás do mesmo modo comigo: hein?

PASCOAL
Mas como há de ser isso, se tu és vermelho e eu amarelo?...

CRESPIM
Olhem que basbaque! arranja-se uma combinação de cores, tolo: tu ficas amarelo atirando para vermelho, e eu vermelho puxando para amarelo.

PASCOAL
E os nossos partidos, Crespim?

CRESPIM
Ora viva!... os nossos partidos que vão plantar batatas.

PASCOAL
(*dá dois passos*)
Está dito. (*oferece a mão*) Toca!... (*apertam as mãos com força*)

Crespim
Bravo!... (*com efusão*) Salvou-se a pátria!...

Cena XX

Crespim, Pascoal, Atanásio e Diniz

Atanásio
Não é possível!... não é possível!...

Diniz
É exatíssimo: a gente do João Fagundes votou todazinha em peso com o Manuel Gonçalves...

Atanásio
O João Fagundes jurou-me pela cruz que toda a sua gente votaria comigo, homem!...

Diniz
Ao senhor jurou pela cruz, e ao Manuel Gonçalves jurou pelo cunho: já vê que ficamos logrados.

Atanásio
Então é um tratante que não tem cruz nem cunho!... O tolo fui eu que não me lembrei que ele anda sempre em leilão!... (*desesperado*) Estamos furados!...

Diniz
Nada de desesperar; não desamparemos a mesa; no fim do jogo é que se sabe quem ganha. Vamos. (*vão-se apressados*)

CRESPIM
Pascoal, pelo jeito que a coisa vai tomando, creio que ficas meu contramestre.

PASCOAL
Até ver não é tarde: creio que acabo por meter-me na eleição só pelo gosto de deixar a sinhá Aninha de boca aberta.

Cena XXI

CRESPIM, PASCOAL, BATISTA; PANTALEÃO (*doente, ansiado, pálido, e com enorme barriga, trazido em uma cadeira de braços*), MANUEL GONÇALVES

PANTALEÃO
Ai! ai que morro!... não posso mais!

BATISTA
(*chamando*)
Senhor Manuel Gonçalves, venha receber o seu compadre Pantaleão...

MANUEL GONÇALVES
Oh! compadre do coração! mesmo assim tão doente...

PANTALEÃO
Ai!... só para lhe obedecer... Ai! ai que morro!...

CRESPIM
(*à parte*)
Eis ali um tolo entre dois algozes!

MANUEL GONÇALVES
Doente de barriga d'água e veio votar conosco!... descanse um pouco primeiro, compadre; descanse...

CRESPIM
(*a Manuel Gonçalves*)
Olhe que ele já teve um ataque no caminho...

MANUEL GONÇALVES
(*com viveza*)
Levem o compadre para votar... depressa! depressa!...

PANTALEÃO
Ai! ai que morro! (*levam-no: Batista vai com ele*)

MANUEL GONÇALVES
Oh! senhor lord Gimbo! este é o dia mais glorioso da minha vida... O nosso partido triunfa...

CRESPIM
Oh! iesse... mim star muito satisfatoria... Mister Gonçala, bebe copa de vinha comiga! (*enche dois copos e oferece um*)

MANUEL GONÇALVES
Tanta honra! à vitória do partido vermelho!...
(*bebe*)

CRESPIM
Viva, minhas vermelhas! Ip! ip! ip! urrah!...
(*bebe*)

PASCOAL
(*à parte*)
E eu fico reduzido a contramestre! Não; tal não sucederá; protesto à fé de capanga!

Cena XXII

CRESPIM, PASCOAL, MANUEL GONÇALVES, BATISTA *e logo* ANA (*vestida de homem*)

BATISTA
O homem votou: foi vermelhinha como um tomate maduro.

MANUEL GONÇALVES
E como vai a coisa?...

BATISTA
O melhor possível: até a sinhá Aninha votou.

MANUEL GONÇALVES
Como homem?...

BATISTA
Faltou-nos um votante do morro das Formigas, e que há de fazer a sinhá Aninha?... Veste umas calças e a casaca do irmão, e no meio do tumulto votou pelo preguiçoso das Formigas.

ANA
Vitória! a eleição é nossa: venceremos por mais de cinqüenta votos!

MANUEL GONÇALVES
A glória deste triunfo me pertence toda: e como lhe assenta bem essa casaca!...

ANA
Eu nasci para homem: estou resolvida a pôr o mano Joãozinho de saia e a tomar para mim estas roupas masculinas; nada, porém, de descuidos: não desamparemos a urna.

MANUEL GONÇALVES
Vamos. (*vão-se Ana, Batista e Manuel Gonçalves*)

CRESPIM
À saúde do meu contramestre! (*bebe*)

PASCOAL
Sim?... Zombas de mim?... pois bem: verás para quanto presto; vou envolver-me na eleição, e se eu não for o engenheiro da torre, também tu não hás de sê-lo. Tenho dito! acendeste os meus brios de capanga: vou fazer das minhas!...

CRESPIM
Queres quebrar o contrato que fizemos, Pascoal?... Não te lembra a palavra que me deste?

PASCOAL
Em tempos de eleição suspendem-se as garantias da honra e da probidade! (*canta*)

> Torre querida,
> Corro a salvar-te!
> Para alcançar-te

Tudo ousarei.
É a esperança
Da minha vida.
Torre querida,
Eu te farei.
Torre querida,
Corro a salvar-te!
Para alcançar-te
Tudo ousarei.

Cena XXIII

Crespim, Pascoal, Atanásio, Diniz *e os seus*

Atanásio
Isto só a bacamarte!... perdi a eleição!... está desonrada a polícia!...

Diniz
Foi traição... traição por todos os lados!

Atanásio
Até o indigno Lulu furta-votos desta vez não furtou nem uma lista! Que vergonha... está tudo desmoralizado!

Diniz
A eleição está nula por trinta mil razões... Vamos fazer um protesto...

Atanásio
Qual protesto! vamos arranjar uma duplicata. (*em ação de partir, e param à voz de Pascoal*)

PASCOAL
Para aí, minhas amarelas!

ATANÁSIO
Oh! senhor Macota, perdemos tudo!

PASCOAL
Mim vai ganhe tudo outro vez...

DINIZ
Agora?... agora é impossível!

PASCOAL
Mim vence todes eleições n'Ingliterre: minhas amarelas sabe jogue soco-inglês, bote pontepé, arrume cabeçade, e faz diable a quatre?...

TODOS
Sim! pancadaria no caso!

CRESPIM
(*à parte*)
Olhem o diabo da polícia, gente!

PASCOAL
Avance todes de uma vez: mim vai marcha no frente, e furta urne, quebra urne, rasgue lista, e minhas amarelas faz diable a quatre, arrume pancadaria e guarde-costas de mister Matracoat: avance, amarelas! todes furte urne! avance!

TODOS
Avança! avança! (*vão-se correndo*)

CRESPIM
Ai, que me roubam as honras de engenheiro da torre, e os vinte mil cruzados da filha do velho!... Mas eu não devo ficar com cara de tolo... (*gritando*) Acode, minhas vermelhas! olho viva! os amarelas vai furte urne! (*correndo para a igreja*) Alerte, vermelhas! alerte, vermelhas!...

(*Desordem horrível; gritaria; Pascoal aparece com a urna na cabeça, e atira-a no meio do teatro; espalham-se e rasgam-se as listas. Ana aparece de casaca rota, pancadaria; João Fernandes salta pela janela da igreja; e cai a fio comprido; Pascoal e Crespim encontram-se e agarram-se e na luta caem ambos.*)

Cena XXIV

CRESPIM, PASCOAL, JOÃO FERNANDES, MANUEL GONÇALVES, ATANÁSIO, BATISTA, DINIZ, ANA (*em cena. Multidão em cena*). FAUSTINA, FELÍCIA *e senhoras* (*às janelas e portas*), *logo depois*, GERMANO, GUILHERME *e Policiais, e enfim a seu tempo* HENRIQUE

SENHORAS
Misericórdia! misericórdia!

ANA
Às armas! às armas! às armas!... (*gritaria*)

JOÃO FERNANDES
(*entrando e caindo*)
Ah! quem del-rei! ah! quem del-rei! declaro que passei a vara... não sou mais juiz de paz!...

DINIZ
Mata!... vingança!...

CRESPIM
(*agarrando-se a Pascoal*)
Godemi! grandissíssimo patife!

PASCOAL
(*o mesmo*)
Godemi! agora, velhaco! (*desordem e gritaria*)

GUILHERME
Ordem, senhores! Soldados, prendam a quem resistir!...

GRITO GERAL
Misericórdia!... (*serena a desordem. Crespim esconde-se embaixo da mesa*)

PASCOAL
(*à parte*)
Guilherme Lamego Faria, por alcunha o fura-tripas!... estou perdido! pois se eu tenho sina de cachorro! (*esconde-se com Crespim*)

GUILHERME
(*aos soldados*)
Prendam aqueles dois gatos que estão embaixo da mesa. (*prendem*)

CRESPIM
(à parte)
Deu a costa o lord Gimbo!...

MANUEL GONÇALVES
Pois o senhor atreve-se a prender um lord inglês?...

ATANÁSIO
E a um filósofo da Grã-Bretanha?...

GUILHERME
Senhores, estes homens são dois tratantes que zombaram de vós: há quatro dias que ando à pista deles... aqui não há ingleses.

VOZES
Que vergonha!... que atrevimento!...

JOÃO FERNANDES
E ficamos sem torre!... ora esta!...

HENRIQUE
Não: a nossa torre vai levantar-se; eis aqui a portaria que eu esperava; estou nomeado engenheiro da província, e encarregado de dirigir as obras da nossa igreja, e portanto, conforme a declaração do seu edital, senhor capitão João Fernandes, sua filha deve ser minha esposa.

JOÃO FERNANDES
Pois case com ela, senhor Henrique, case quanto antes, que a pequena anda num fogo por isso.

FELÍCIA
Então, minha tia, que me diz?...

ANA
Ai! ai! menina; quem ama, não tem sossego!

GERMANO
(*a Felícia*)
E o prêmio que me prometeu?

FAUSTINA
(*a Felícia*)
Devo-te a minha felicidade! Oh! Felícia! como é doce casar-se uma moça com um moço bonito, a quem ama!

FELÍCIA
Sim!... (*a Germano*) Senhor Germano! senhor Germano! Faustina está me fazendo crescer água na boca: trate já e já de arranjar os papéis necessários para casar comigo, e na próxima eleição cabale para sair deputado. (*cantam*)

HENRIQUE *e* FAUSTINA
Na pira do himeneu
Flameja ovante amor;
Coroa o nosso afeto
A bênção do Senhor.
Deus faz nossa ventura,
É santo o nosso ardor.

CORO GERAL
Na pira do himeneu

Flameja ovante amor;
Coroa o vosso afeto
A bênção do Senhor.
Deus faz vossa ventura.
É santo o vosso ardor.

(*Fim do Terceiro e Último Ato.*)

França Júnior

AS DOUTORAS

Comédia em quatro atos

Texto estabelecido e introdução por
Edwaldo Cafezeiro

Com a colaboração de
Carmem Gadelha e Maria de Fátima Saadi

AS DOUTORAS

Como o texto de *As doutoras* não teve edição em vida do autor e a primeira publicação foi da Sociedade Brasileira de Autores Teatrais em 1932 – sem indicação da fonte –, seguimos o texto dessa edição, confrontando-o com um manuscrito apógrafo (possivelmente livro de ponto) pertencente a Antônio Ramos.

As rubricas do texto manuscrito diferem das rubricas da SBAT porque incluem a localização dos atores no palco e algumas indicações de cena. Em tais circunstâncias anotamos apenas a divergência; entretanto, quando os textos das falas estão diferentes, seguimos a fixação do texto feita por Edwaldo Cafezeiro, com a colaboração de Carmem Gadelha e Maria de Fátima Saadi, para a edição MEC/SNT/FNA, de 1980, com base na publicação da SBAT de 1932 e do manuscrito pertencente a Antônio Ramos.

PERSONAGENS

MANUEL PRAXEDES   55 anos
DOUTOR PEREIRA*   25 anos
BACHAREL MARTINS*   28 anos
GREGÓRIO, *doente*
MARIA PRAXEDES   58 anos
DOUTORA LUÍSA PRAXEDES*   24 anos
BACHARELA CARLOTA DE AGUIAR*   23 anos
EULÁLIA, *criada*   50 anos
DIRETORA DO GRÊMIO FEMININO SACERDOTISAS DE EUTERPE
PRIMEIRO DOENTE
SEGUNDA DOENTE
TERCEIRA DOENTE
Sócias do Grêmio, banda de música, povo, etc.

Rio de Janeiro – Atualidade.
1887

---

* Estes personagens também são chamados de "Pereira", "Doutor Martins", "Martins", "Luísa" e "Carlota".

ATO PRIMEIRO

(*Uma sala elegantemente mobiliada.*)

Cena I

MANUEL PRAXEDES, EULÁLIA, MARIA PRAXEDES
e DOUTORA PRAXEDES

MANUEL PRAXEDES
(*entrando pela porta da direita de calça e colete pretos, gravata branca, em mangas de camisa e segurando a casaca*)
Eulália! Eulália!

MARIA
(*falando dentro*)
Oh! Eulália?

EULÁLIA
(*entrando apressada*)
O que é, meu amo? Esta casa hoje está impossível, não sei para onde me virar.

MANUEL
Onde meteste a minha escova de roupa? Que horas são? Onde está a senhora? O carro já veio?

LUÍSA
(*falando dentro*)
Eulália!

EULÁLIA
Lá está a outra a chamar-me! Jesus, fico doida!

MANUEL
O que direi eu então? O dia da formatura de minha filha.

MARIA
(*dentro*)
Eulália!

MANUEL
(*segurando a mão de Eulália que quer sair*)
A Luísa, lembras-te? Aquela criança que ainda ontem saltava no meu colo em fraldinhas de camisa, com as bochechas rosadas!

EULÁLIA
Pois não me hei de lembrar, meu amo! Parece-me que estou a vê-la a dizer adeus à gente com os dedinhos miúdos, assim. (*imita*) Ai! que gracinha!

MANUEL
Pois bem. (*caindo num choro convulso*) – Aquela criancinha, Eulália, é hoje a Doutora Luísa Praxe-

des, formada em ciências médicas e cirúrgicas pela Faculdade de Medicina do Rio de Janeiro. (*mudando de tom*) Vai buscar a escova.

MARIA
(*entrando de vestido decotado e flores na cabeça, a Eulália*)
Pois eu estou lá dentro a chamar-te há mais de meia hora...

EULÁLIA
O culpado foi meu amo.

MARIA
Vai ver o que quer a Luisinha. (*Eulália sai*)

Cena II

Os mesmos, menos EULÁLIA

MANUEL
Luisinha! Luisinha!... A senhora é incorrigível.

MARIA
Como acha então o senhor que devo tratar a minha filha?

MANUEL
A Doutora Luísa Praxedes. A doutora, sim, senhora! A mim parece-me também um sonho; mas é o título a que ela tem direito, que foi ganho à custa

do seu trabalho e que é uma honra para a família e
para a sociedade.

MARIA
Havemos de ver em que dá tudo isto.

MANUEL
Há de dar em alguma coisa que a senhora com
as suas vistas curtas não pode enxergar. (*vestindo a
casaca*) Onde diabo está a manga desta casaca?

MARIA
Tens adiantado muito com as tuas vistas largas.

MANUEL
(*sem conseguir vestir a casaca*)
Maldita manga...

MARIA
Em todas as empresas em que te meteste tens
dado com os burros n'água. Logo que nos casamos
montaste uma grande fábrica de papel.

MANUEL
E não era uma boa idéia?

MARIA
Segundo os teus cálculos; mas o papel que fizeste
foi tão ordinário que nem para embrulho o quiseram.

MANUEL
Fui infeliz, fui. Mas quem é que não erra? Afiançó-te, porém, que se eu conseguisse fazer ali alguma
coisa, estava hoje com um fortunão.

MARIA

Tão grande como o que ganhaste com a exploração de mariscos, na linha de bondes para o Morro do Nheco, na iluminação de Valença à luz elétrica...

MANUEL

Isto prova, senhora, que sou um homem do progresso, que amo a minha pátria, que quero vê-la prosperar, engrandecer. (*sem encontrar a manga*) Que diabo, não me dirás onde é que se meteu esta manga? (*Maria ajuda-o a vestir a casaca*) E a prova do meu patriotismo está nesta menina, laureada hoje com um título.

MARIA

Bem contra a minha vontade.

MANUEL

Bem contra a sua vontade, compreende-se; porque a senhora foi criada em uma casinha de rótula e janela na rua do Aljube...

MARIA

Onde recebi a educação a mais brilhante que sei poderia ter naquele tempo. O que Luisinha, ou antes, o que a Doutora Luísa Praxedes sabe de francês, de inglês, de desenho e sobretudo de música, deve-o a esta sua criada. Parece-me que não te casaste com uma analfabeta!

MANUEL

Sim, mas tudo quanto sabes foi aprendido no tempo das bananas a três por dois, do toque do Aragão, das vilegiaturas em Mataporcos, das toalhas de crivo, do junco do pedestre... Tempos em que o Rio de Janeiro era iluminado a azeite de peixe.

MARIA

Mas em que as mulheres não se lembravam de ser doutoras e limitavam-se ao nobre e verdadeiro papel de mães de família.

MANUEL

Já tardava que não viesses com o chavão... a mãe de família. É sempre a figura de retórica já muito cheia de bolor com que o carrancismo pretende esmagar no nascedouro as aspirações grandiosas da emancipação do sexo feminino.

MARIA

É por estas e outras que tudo chegou ao estado de desorganização em que vivemos.

MANUEL

Isto que a senhora chama desorganização...

MARIA

É a ordem, talvez?

MANUEL

Não é a ordem ainda, mas é a evolução da qual muito naturalmente ela há de surgir. O papel da mulher de hoje não é o da de ontem. Aquelas criaturas que viviam em casa trancadas a sete chaves, pálidas, anêmicas, de perna inchada, feitorando as costuras das negrinhas, começam, por honra nossa, a ser substituídas pela verdadeira companheira do homem, colaborando com ele no progresso da grande civilização moderna. Nós, os homens, temos a política, a espada, as letras, as artes, as ciências, a indústria... Por que razão seres organizados como nós, mais inteligentes até do que nós, haviam de se mover eternamente no acanhado círculo de ferro do dedal e da agulha?

MARIA
Porque basta-nos o amor.

MANUEL
Mas a prova, senhora, de que o amor está no programa de vida da mulher moderna, é o casamento de nossa filha, hoje, no dia de seu grau, com o Doutor Pereira, seu colega de banco na Academia.

MARIA
E entra, por acaso, o amor na união de Luísa com este homem?

MANUEL
Certamente.

MARIA
Olha, Praxedes, podes gastar toda a tua retórica, mas nunca me convencerás de que o Doutor Pereira e Luísa se amem! Acompanho-os há seis anos nas aulas, no anfiteatro, nos hospitais, nos exames...

MANUEL
E que tem isto?

Maria

Nunca nos lábios daquelas duas criaturas ouvi a palavra amor. Sempre entre eles, como que a separá-los, a medicina, a cirurgia, a terapêutica, o diagnóstico, a hematose, a diátese, a idiossincrasia, a cefalalgia, os emolientes, os tônicos, a patologia e toda esta série de nomes arrevesados que me ficaram no ouvido à força de ouvi-los repetir constantemente. Esse sentimento que faz de dois corações um só!...

Manuel

Aí vem a pieguice.

Maria

Sim, esta pieguice sublime nunca poderia nascer e desenvolver-se naquele meio infecto de moléstias hediondas ou diante do sangue coagulado de órgãos putrefatos expostos em indecente nudez.

Manuel

Bravo! No fim de contas, parece-me que em vez de uma, tenho duas doutoras em casa. Falta-te só o grau.

Maria

O que me falta sei eu, é a energia bastante para não ter consentido que as coisas chegassem a este ponto. (*vai a sair*)

Manuel

Mas, vem cá Maria Praxedes, pensas tu, porventura, que os casamentos hoje fazem-se como foi feito o nosso?

MARIA

Os casamentos, em todos os tempos, são feitos do mesmo modo.

MANUEL

O namoro de passar pela porta, piscar o olho; levar com a janela na cara, a loja do barbeiro da esquina como centro de operações, o bilhete cheirando a almíscar, os olhos requebrados, o descante de violão: meu bem, meu amor, minhas candongas... tudo isso acabou... O que há presentemente...

MARIA

É o pedido entre o diagnóstico de um catarro crônico e a aplicação de um vesicatório ou de uma cataplasma de linhaça... Já sei, já sei.

MANUEL

O que há presentemente é o casamento-contrato, isto é, o casamento propriamente dito, como ele deve ser. O móvel de dois seres que se ligam é a conveniência.

MARIA

Então confessas com todo o cinismo que o casamento de Luísa...

MANUEL

Confesso...

MARIA

Mas onde está a fortuna do Doutor Pereira? Os pais são pobres... Forma-se hoje...

Manuel

E a senhora sem querer compreender nada, a confundir tudo! O casamento de conveniência, sob o ponto de vista da evolução atual...

Maria

Já tardava a evolução...

Manuel

Quer ou não quer ouvir-me?

Maria

Fale.

Manuel

O casamento de conveniência, sob o ponto de vista da evolução atual, não é o casamento de dinheiro. O homem sem ofício nem benefício, que se liga a uma mulher de fortuna para viver à custa do que ela tem, deveria ser expulso da comunhão civilizada. O verdadeiro casamento de conveniência que é a aspiração da Idéia Nova e de que a minha filha vai ser o exemplo edificante, consiste na união de dois seres, tendo cada um o mesmo modo de vida, a mesma profissão. O marido trabalha, a mulher trabalha.

Maria

É uma sociedade comercial.

Manuel

Sim, mas vê o alcance enorme desta sociedade. Não é só a formação do pecúlio do casal, mas muito principalmente o desenvolvimento das classes, a seleção delas. O marido médico, a mulher médica... todos os filhos médicos... O marido advogado, a mulher advogada...

MARIA
Toda a prole bacharela em direito.

MANUEL
Justamente. O pintor ligar-se-á à pintora e desta união sairá uma família de pintores. Não vês o que a imprensa costuma dizer quando trata de um sujeito que faz alguma obra de arte importante? – "É um artista de raça!" Pois bem, esta frase vai deixar de ser doravante uma figura de retórica. Vamos ter médicos de raça, advogados de raça, a sociedade enfim toda de raça, desenvolvida e aperfeiçoada nos diversos ramos da sua vasta atividade. Compreendeste agora o alcance filosófico, político, moral e social deste casamento? Eis por que estou aqui radiante de alegria, cheio de emoções, quase doido.

MARIA
Podes tirar o "quase".

Cena III

Os mesmos e EULÁLIA

EULÁLIA
A menina já está prontinha, meus amos.

MANUEL
A menina, não, Eulália.

EULÁLIA
Desculpe-me, meu amo, a Senhora Doutora Luísa Praxedes já pôs aquela vestimenta. Como é que se chama aquilo?

MANUEL
Beca.

EULÁLIA
Está muito engraçada! Ai! que reinação! Eu sempre punha-lhe uma anquinha ou um *puff*: para armar mais a saia.

MANUEL
Ela está contente, Eulália?

EULÁLIA
Muitíssimo, meu amo. Assim que eu lhe vesti a tal *seca*...

MANUEL
Não é *seca*, é beca.

EULÁLIA
Como é mesmo?

MANUEL
Beca.

EULÁLIA
Olhem só o diabo do nome, beca! Pois assim que lhe vesti aquilo começou a passear de um lado para outro, no quarto... Assim, olhe... (*imita*) muito

séria. Parecia, mal comparando, o taverneiro ali da esquina, quando põe a casaca e a comenda.

Maria

Está bem, está bem. Em vez de estar aí contando histórias é melhor que vá tratar do arranjo da casa.

Eulália

Do arranjo da casa! Ora esta. Pois quem é que tem tratado disso até agora senão eu?

Maria

Não responda, Eulália, vá.

Eulália

Hei de responder, sim senhora. Estou aqui desde que cheguei da terra, há 25 anos, e creio que a patroa não pode ter razão de queixa de mim.

Maria

Certamente.

Eulália

Enquanto a senhora andava o dia inteiro no meio da rua acompanhando a menina por toda a parte, eu ficava aqui a pé firme, como um cão de fila guardando-lhe a casa e a bolsa. A bolsa, sim senhora, porque se não fosse a Eulália dos Prazeres da Conceição de Maria, filha da Engrácia da Porcalhota e do Manuel Tibúrcio, que Deus haja, a senhora era depenada por toda essa súcia de criados que entravam numa semana com as mãos abanando e saíam na outra levando tudo quanto pilhavam.

MANUEL
Tens razão, Eulália.

EULÁLIA
Que tenho razão, sei eu! Meu amo não sabe da missa nem a metade.

MANUEL
Vai buscar a escova.

EULÁLIA
Olhe, quer ver como eu puxava pela *fisiolostria* da inteligência como diz o Antônio da venda, para não ser embaçada pelos tais criaditos?

MARIA
É a história do açúcar? Já a conheço de cor e salteada.

MANUEL
Vai buscar a escova.

EULÁLIA
E não era bem lembrada? Eles roubavam o açúcar, o que fazia eu?... Apanhava uma mosca (*fazendo menção de quem apanha uma mosca*), abria o açucareiro, zás... (*menção de atirar*) e tampava-o com todo o cuidado. De vez em quando ia verificar se a mosca ainda lá estava... Não é bem lembrado, meu amo? Aprendi isto na casa de um visconde no Porto.

MANUEL
Está bem, vai buscar a escova.

EULÁLIA
Na manteiga também não me passavam a perna. Fazia-lhe em cima com a faca uma porção de rabiscos. (*batem à porta*)

MANUEL
Estão batendo. Vai ver quem é. (*Eulália sai. Para Maria*) Eu vou lá dentro escovar-me. Esta maldita rapariga quando começa a falar... (*sai*)

Cena IV

EULÁLIA, MARIA e o DOUTOR PEREIRA

EULÁLIA
(*rindo*)
Ah! Ah! Ah!

MARIA
O que é isto, Eulália, estás doida?

EULÁLIA
Ah! Ah! Ah!

MARIA
Quem está aí?

EULÁLIA
O Senhor Doutor Pereira de saias. Ah! Ah! Ah!... Minha ama não imagina como está engraçado! Olhe, aí está ele. (*o Doutor Pereira entra*) Ah! Ah! Ah!...

MARIA
Eulália, passa para dentro.

DR. PEREIRA
(*a Eulália*)
Não me conhecias?

EULÁLIA
Pois eu podia imaginar que era o noivo da menina! Ah! que reinação! Ah! Ah! Ah!

MARIA
(*empurrando Eulália para dentro*)
Está bem, vai para dentro. (*Eulália sai*)

Cena V

MARIA, DOUTOR PEREIRA e LUÍSA

DR. PEREIRA
(*com alguns folhetos*)
O Doutor Martins ainda não veio?

MARIA
Ainda não.

DR. PEREIRA
A cerimônia do grau está marcada para o meio-dia...

MARIA
Devem ser nove horas apenas. Aí vem Luísa.

DR. PEREIRA
(*a Luísa que entra e apertando-lhe a mão*)
Colega!

Luísa
(*apertando a mão a Pereira*)
Colega!

Maria
(*à parte; imitando-os*)
Colega! Colega!... E ali estão dois noivos!

Luísa
Que folhetos são esses?

Dr. Pereira
São exemplares da minha tese que pretendo distribuir por alguns amigos que vão assistir ao grau.

Luísa
Ah! é verdade! Sabe que esta noite fui chamada para ver um doente de febre amarela.

Dr. Pereira
Caso grave?

Luísa
Gravíssimo. Termômetro a 41 graus, ansiedade epigástrica e todo o aparato para romperem-se as hemorragias; compreende o colega a dificuldade de uma terapêutica apropriada para debelar-se o mal cuja patogenia é ainda desconhecida.

Dr. Pereira
Patogenia desconhecida! Pois a colega não tem notícia do *Cryptococus xantogenicus*...

LUÍSA
O *Cryptococus*... o *Cryptococus*...

MARIA
(*à parte*)
Parece incrível! Isto contado ninguém acredita.

DR. PEREIRA
O *Cryptococus* sim; revelado pelo microscópico nos luminosos trabalhos do Doutor Freire. Não sei como se possa ignorar os efeitos da vacinação pela cultura atenuada.

LUÍSA
Mas quem lhe disse que eu ignoro?

DR. PEREIRA
Pelo menos a colega...

LUÍSA
O que eu sustento, com os conhecimentos profundos que tenho da matéria, é que esta teoria microbiana, tratando-se de febre amarela, pode ser quando muito uma aspiração do futuro.

DR. PEREIRA
Uma aspiração do futuro, quando o presente nos está demonstrando todos os dias a verdade!

LUÍSA
Ora! colega!... Leia os trabalhos de Stemberg, de Gibier e convença-se de que na clínica mais vale a sintomatologia do que teorias abstratas.

DR. PEREIRA
Abstratas, não; tenha paciência.

LUÍSA
Abstratas sim; porque não receberam a sanção das autoridades da nossa ciência.

DR. PEREIRA
Mas foram aplaudidas pela Sociedade Dosimétrica de Paris.

LUÍSA
Não foram tal.

DR. PEREIRA
Foram, sim, senhora.

LUÍSA
Não foram.

DR. PEREIRA
Foram.

MARIA
(*colocando-se entre eles*)
Não acham que este *Cryptococus xantogenicus*, na sua qualidade de micróbio, pode infeccionar dois corações que daqui a pouco terão de se unir à face da igreja e que aí deverão aparecer sem rancores, sem azedumes, ungidos de mística poesia?

LUÍSA
Aí vem mamãe com a sua poesia.

Dr. Pereira

Os nossos corações, Senhora Dona Maria Praxedes, não têm rancores nem azedumes. Estamos apenas discutindo um ponto de ciência.

Maria

(*para os dois*)

Então amam-se deveras?

Os Dois

Certamente.

Maria

É um amor singular.

Luísa

Não é como o de Julieta e Romeu, com balcão, escada de corda, cantos de cotovia...

Dr. Pereira

Está visto!

Maria

Pois olhem, meus filhos, eu tinha até aqui a ingenuidade de acreditar que aos 20 anos o coração é como o cálice perfumado de um lírio...

Luísa

O coração, mamãe, é um músculo oco que tem as suas funções próprias, como o baço, o fígado, os rins e outras vísceras do organismo.

Cena VI

Os mesmos, Bacharel Martins *e* Carlota

Martins
(*cumprimentando a todos*)
Cheguei talvez um pouco tarde?

Dr. Pereira
O meu amigo chega sempre em tempo.

Martins
Hão de permitir-me que lhes apresente a Senhora Dona Carlota de Aguiar, estudante do quinto ano da Faculdade de Direito de São Paulo e futura bacharela em Direito.

Carlota
(*apertando a mão de Dona Maria e do Doutor Pereira*)
Apresento à ilustre doutora a curvatura de meus respeitos. (*apertam-se as mãos*)

Luísa
Já a conhecia muito de nome como um dos mais brilhantes talentos da moderna geração.

Carlota
E o que direi eu da mulher duas vezes ilustre pela inteligência e pela coragem titânica com que acaba de abater a muralha ciclópica dos preconceitos tacanhos? Vossa Excelência é o alfa desta conquista sociológica que veio desfraldar aos ventos sul-americanos a bandeira imaculada da nossa redenção.

MARTINS
(*para Maria Praxedes*)
Fala admiravelmente bem.

MARIA
É uma canária!

MARTINS
Que talento!

MARIA
Está-se vendo que é de força!

LUÍSA
Entretanto o passo que acabo de dar tem sido por tal forma comentado pela opinião...

CARLOTA
Não creia, minha senhora! Vossa Excelência está subpedânea no conceito público.

DR. PEREIRA
Eu assim o entendo.

CARLOTA
A minha situação é que se vai tornando um amálgama acéfalo, incongruente e esfacelado de lutas de direito, com pequenos interesses masculinos.

LUÍSA
Como assim?

CARLOTA

Ainda não recebi a investidura do meu grau, ainda não tive a posse do *tibi quoque* e já o magnânimo Instituto dos Advogados levanta a questão de nós mulheres podermos exercer a advocacia e os demais cargos inerentes ao bacharelado em Direito.

LUÍSA

Parece incrível!

CARLOTA

Não se admire, doutora, não se admire. Já em Nicéia reuniu-se um concílio para decidir se a mulher devia ou não fazer parte do gênero humano. Tentaram expelir-nos do posto que ocupamos na escala zoológica e pretendem agora com miseráveis subterfúgios de retórica e uma lógica anacrônica tirar-nos o talher a que temos direito na opípara mesa do banquete social.

LUÍSA

Como eles receiam a nossa concorrência.

CARLOTA

Em todos os pontos da atividade humana, ilustre doutora! Mas havemos de conquistar-lhes paulatinamente o másculo reduto.

Cena VII

Os mesmos e MANUEL PRAXEDES

MANUEL
(*entrando e vendo Luísa de beca*)
Luísa! De beca!... Minha filha! (*vai desmaiar*)

LUÍSA
(*indo agarrá-lo*)
Papai, o que tem?!

MARIA
(*segurando-o*)
Manuel Praxedes! Manuel Praxedes!

CARLOTA
Que lividez marmórea!

MARIA
(*gritando*)
Eulália! Eulália!

LUÍSA
É melhor deitá-lo, deitá-lo já em decúbito dorsal.

Cena VIII

Os mesmos e EULÁLIA

EULÁLIA
(*entrando*)
Ai! o meu rico amo! O que é que ele tem, senhora?

MARIA
Traz lá de dentro qualquer coisa... água, vinagre...

EULÁLIA
Vou correndo. (*sai*)

MARIA
O que é isto, minha filha, um ataque?

LUÍSA
Não, minha mãe, uma simples lipotimia.

DR. PEREIRA
(*tomando o pulso e examinando as pupilas de Manuel*)
Perdão, parece-me coisa mais grave. Vejo todos os sintomas de uma síncope cardíaca.

LUÍSA
Não se diagnostica por suposições. A patologia do coração, colega, é uma coisa hoje conhecida!

MARIA
Mas pelo amor de Deus, minha filha, deixa-te de discussões e trata de salvar teu pai. Manuel Praxedes! Manuel Praxedes!

Cena IX

Os mesmos e EULÁLIA

EULÁLIA
(*trazendo um vidro de galheteiro e uma moringue*)
Cá está o vinagre e a água. (*Maria põe o vidro de vinagre no nariz de Manuel*) O verdadeiro, minha ama, é atirar-lhe com o moringue de água à cara...

Olhe que a água é um santo remédio para estas maleitas. Conheci uma senhora lá no Porto que teve um desses tremeliques e note-se que não era coisa cá de pouco mais ou menos, porque a mulher tinha cada olho esbugalhado deste tamanho e berrava que parecia, mal comparando, um boi, com perdão dos senhores que me ouvem.

MANUEL
(*abrindo os olhos*)
Onde estou? O que foi isto? (*abraçando Luísa*) Luísa, minha filha, esta emoção me mata. (*Maria dá o vidro a Eulália*)

EULÁLIA
(*cheirando o vidro*)
Ai! que reinação! Ah! Ah! Ah!

MARIA
O que é isto, Eulália?

EULÁLIA
Em vez de vinagre, senhora, trouxe azeite... Ah! Ah! Ah! (*sai correndo*)

Cena X

Os mesmos menos EULÁLIA

LUÍSA
(*apresentando Carlota*)
A Senhora Dona Carlota de Aguiar, estudante do quinto ano da Faculdade de Direito de São Paulo.

MANUEL
A futura bacharela em Direito de que os jornais se têm ocupado! Oh! quanto folgo em conhecê-la. (*ouve-se o som da música e foguetes*)

Cena XI

Os mesmos e EULÁLIA

EULÁLIA
Patrão!... Patrão!... Aí está à porta um bonde embandeirado, com música e uma porção de gente que grita: – Viva a Doutora Luísa Praxedes! Viva a Doutora Luísa Praxedes!...

MANUEL
Uma manifestação!... Ainda esta emoção!... Meu coração.... Que aflição!...

EULÁLIA
Vou buscar azeite, minha ama?

MARIA
(*a Manuel*)
Outro desmaio?

Cena XII

Os mesmos e a DIRETORA DO GRÊMIO FEMININO SACERDOTISAS DE EUTERPE

Diretora
(*entrando acompanhada pela banda de música de raparigas em cujo estandarte se vê a seguinte inscrição: G. F. Sacerdotisas de Euterpe*)

A gratidão, senhora, é a moeda dos pobres. A sociedade musical Grêmio Sacerdotisas de Euterpe deixaria de cumprir com o mais sagrado dos deveres, se não viesse hoje, no dia em que se realizam os vossos sonhos dourados, dar-vos um público testemunho do quanto vos deve pelos serviços que generosamente tendes prestado a cada uma de nós (*Praxedes limpa as lágrimas*) na epidemia que desgraçadamente está assolando esta cidade. (*entregando a Luísa um rolo de papel*) Aceitai, portanto, ilustre doutora, como homenagem ao vosso brilhante talento (*Praxedes soluça*) e às qualidades morais que vos ornam, o diploma de sócia benemérita da nossa modesta associação. (*Manuel soluça*) Viva a Doutora Luísa Praxedes!

Todos
Viva! (*toca a música*)

Luísa
Não tenho, infelizmente, recursos oratórios para responder à manifestação com que acabo de ser surpreendida e que assaz me penhora. Peço à Senhora Doutora Carlota de Aguiar que com o seu verbo eloqüente seja a intérprete dos meus sentimentos.

Dr. Pereira *e* Martins
Muito bem!

CARLOTA

Minhas senhoras! (*conserta a garganta*) Flutua-me no cérebro um ponto de interrogação: estará a mulher destinada nos últimos estertores do século que finda a devassar os arcanos de todas as atividades que lhe têm sido roubadas pelo monopólio sacrílego das aspirações e vaidades masculinas? Aquela que neste momento tão indignamente represento...

TODOS

Não apoiado.

CARLOTA

Vós, as congregadas da harmonia, e eu, a mais humilde paladina desta conquista santa de direitos, poderemos responder à fatídica interrogação? Sim! A mulher caminha, a mulher conquista, a mulher vencerá. Um viva, pois, à Doutora Luísa Praxedes, que simboliza a consubstanciação da vitória brilhante do...

TODOS
(*menos Luísa e Maria*)

Viva. (*música*)

MANUEL
(*a todos*)

Vindo assistir ao grau de minha filha, eu vos convido também, meus senhores e minhas senhoras, para que abrilhanteis com a vossa presença a cerimônia do casamento que terá lugar logo depois daquele ato na Igreja de São José.

A Diretora
Viva a Doutora Luísa Praxedes!

Todos
(*menos Luísa*)
Viva!

(*Toca a música e desfilam todos saindo pelo fundo.*)

(*Cai o pano.*)

(*Fim do Ato Primeiro.*)

ATO SEGUNDO

(*Gabinete da Doutora* Luísa. *À direita, estantes de livros. À esquerda, um sofá tendo ao lado uma cadeira de operações; sobre a estante diversos vidros com fetos e preparações anatômicas conservadas em álcool. Ao fundo uma mesa com tinteiro e penas, jornais e revistas espalhados e uma vitrine dentro da qual figura um esqueleto articulado. Sobre as paredes, quadros com retratos de médicos e seções do corpo humano. Em cima da vitrine um quadro com o seguinte letreiro: – "Consultas pagas à vista." Ao lado do sofá o telefone.*)

Cena I

Eulália

Eulália
(*só, falando ao telefone*)
Allon!... *Allon!*... Quem fala? Quem fala?... Ah! É para o Doutor Pereira, ou para a Doutora Pereira?

Não entendo... Fale mais alto. Doutor ou doutora? (*deixando o telefone*) Isto é uma maçada! Todos os dias há uma briga de mil diabos nesta casa por causa dos malditos doentes.

Cena II

A mesma e Maria Praxedes

Maria
(*entrando*)
Sim, senhora! É o que se chama o cúmulo da tagarelice. Não tens com quem falar, falas sozinha.

Eulália
Deixe-me, pelo amor de Deus! Olhe que se não fosse o amor que tenho à menina, já tinha voltado para a casa da patroa.

Maria
Continuam as brigas?...

Eulália
Ora! Ora! Ainda ontem houve aqui um bate-boca tremendo.

Maria
E sempre por causa dos chamados?

Eulália
Está visto, não brigam por outra coisa. E nestas brigas sai cada nome, patroa...

MARIA

Meu Deus! Chegam então a descompor-se?

EULÁLIA

Eu não sei se aquilo é descompostura. Olhe, os nomes que eu ouço, se não são desaforos de arrancar couro e cabelo, lá muito bons para que digamos não são.

MARIA

O que é que eles dizem?

EULÁLIA

É *symfostria* pra lá, *milogia* pra cá, *raboses, coloses, futrica*. A menina muito vermelha a dar com os braços, o patrão de olhos esbugalhados a gesticular...

MARIA

Ah! São discussões científicas!

EULÁLIA

Pois olhe, senhora, eu sou solteira, em tão boa hora o diga e o diabo seja surdo, mas, se fosse casada, e meu marido me atirasse à cara todas quelas *ravoses, coloses* e *milogias*, e me chamasse *futrica*, sabe o que fazia a Eulália dos Prazeres da Conceição de Maria, filha da Engrácia da Porcalhota e do Manuel Tibúrcio, que Deus haja?...

MARIA

Não fazias nada, tagarela.

EULÁLIA
Arrumava a trouxa e ia procurar a minha vida.

MARIA
Mas fora destas discussões eles não conversam?

EULÁLIA
A que horas? A menina, de manhã muito cedo, vai ver doentes, o patrão mal acorda, veste-se a toda a pressa e toca pra mesma lida.

MARIA
Sim, mas quando estão em casa... à hora do almoço e do jantar...

EULÁLIA
Quando estão em casa, se não estão brigando, a menina lê ou escreve, o patrão escreve ou lê. À mesa do almoço ou do jantar, cada um tem o seu livro. Comem de cabeça baixa. Não olham um para o outro!

MARIA
Luísa ainda toca e canta?

EULÁLIA
Qual, senhora, no outro dia fui abrir o piano para limpá-lo, estavam as teclas cheinhas de bolor. (*Eulália tira o chapéu de Maria Praxedes*)

MARIA
Luísa há de vir jantar.

EULÁLIA
Certamente. E a senhora passa o dia conosco?

MARIA
Olha, Eulália, o meu desejo é que não abandones nunca Luísa.

EULÁLIA
Fique descansada, patroa. (*tocam o telefone*) É verdade, com o diacho da conversa esqueci de dar a resposta ao homem. (*batendo no telefone e falando*) *Allon!* Quem fala? É o Senhor Salazar da Rua do Hospício? Sim. Mas é para o Doutor Pereira, ou para a Doutora Pereira? (*fica algum tempo a ouvir, falando para Maria*) Tenha paciência, patroa. Ponha o ouvido aqui e veja se distingue, doutor ou doutora?

MARIA
(*falando ao telefone*)
É Doutor Pereira ou Doutora Pereira? (*deixa o telefone*) Ouvi bem claro: doutora.

EULÁLIA
Ainda bem. Então é para a menina?

MARIA
Sim.

EULÁLIA
Vou ver lá dentro o que está fazendo a cozinheira. Nunca vi peste maior! (*Maria senta-se à mesa e lê jornais*)

Cena III

Maria Praxedes e Luísa

LUÍSA
(*entrando*)
Bom dia, minha mãe!

MARIA
Há uma semana que não me apareces, Luísa. Vim ver-te.

LUÍSA
Não tenho um minuto de que possa dispor!

MARIA
Quando se quer, minha filha...

LUÍSA
É que a mamãe não imagina, nem pode imaginar o que é a vida da médica. Estou visitando doentes desde as seis horas da manhã. (*puxando a lista*) E veja a via-sacra que tenho de percorrer ainda hoje.

MARIA
És na verdade muito feliz na tua clínica!

LUÍSA
Estou formada há um ano e quatro meses, posso dizer com orgulho que neste curto espaço de tempo tenho feito mais que todos os meus colegas juntos.

MARIA
Pena é, entretanto...

Luísa
Já sei a que vai se referir. As lutas que se dão aqui nesta casa entre mim e meu marido. O que quer a senhora? Tenho eu porventura a culpa de que ele procure por todos os meios prejudicar os meus interesses, tomando doentes que são meus, exclusivamente meus?

Maria
Mas minha filha, há porventura, meu e teu num casal que se estima?

Luísa
Há, sim senhora; quando esse meu e teu representa o esforço de cada um. Eu não sou uma mulher vulgar que veio colocar-se pelo fato do casamento sob a proteção de um homem. A minha posição no casal é igual, perfeitamente igual à de meu marido sob o ponto de vista do trabalho. Mas acima desse ponto de vista há ainda outra coisa que a senhora não quer compreender. Sabe qual é?

Maria
Ignoro, minha filha!

Luísa
É a minha personalidade científica, a minha autonomia médica que meu marido tem tentado ofuscar; mas que eu hei de obrigá-lo a reconhecer, custe o que custar. Custe o que custar, ouviu minha mãe?

Maria
(*à parte*)
Meu Deus! (*alto*) Mas vocês então não se amam?

LUÍSA

Amamo-nos, minha mãe, amamo-nos. É preciso porém que cada um se conserve no seu posto; que as nossas posições se definam; ou por outra, é preciso que meu marido se convença de que eu posso ganhar perfeitamente a minha vida sozinha e de que ele não é mais inteligente do que eu! (*pondo a mão na cabeça e sentindo como que uma vertigem*)

MARIA

O que tens?

LUÍSA

Nada.

MARIA
(*apalpando-lhe o pulso*)

Mas estás em suores frios.

LUÍSA

Estou-me sentindo um pouco enjoada... Mas já passou! Já passou!

MARIA

É fraqueza talvez, minha filha. Saíste de manhã tão cedo, sem comer nada.

LUÍSA

Tomei ovos quentes e uma xícara de café.

MARIA

Não é bastante. Vou ver se há lá dentro alguma coisa. (*vai a sair*)

LUÍSA
Não é preciso. Diga a Eulália que mande entrar os doentes lá embaixo. (*Maria sai. Luísa tirando uma lista do bolso e um lápis*) Rua das Marrecas, já fui; Praça do Rocio Pequeno, Largo do Machado... (*senta-se à mesa, abre um livro e escreve assentamentos*)

Cena IV

LUÍSA *e o* PRIMEIRO DOENTE

PRIMEIRO DOENTE
(*entrando com uma criança ao colo embrulhada em um cobertor*)
Bom dia, Senhora Doutora.

LUÍSA
Bom dia. Então como passou a pequena de ontem para cá?

PRIMEIRO DOENTE
Ah! Senhora Doutora, não passou bem, não.

LUÍSA
Vamos ver isto, vamos ver isto! (*levanta-se e examina a criança*) Ah! está muito melhor. (*apalpando-lhe o pulso*) Já não tem febre. O que você deve fazer é mudar-se quanto antes do cortiço onde mora. Aquilo é um lugar terrível.

PRIMEIRO DOENTE
Já hoje estive à procura de casa, doutora.

LUÍSA
Continue com as pílulas que receitei.

PRIMEIRO DOENTE
O que é que ela pode comer, Senhora Doutora?

LUÍSA
Tem fastio?

PRIMEIRO DOENTE
Muito.

LUÍSA
Pode comer tudo, somente é bom não abusar de apimentados e salgados. (*primeiro doente vai a sair*) Espere. (*escrevendo*) Para abrir o apetite tome em cada refeição meio cálice deste vinho que aí vai. (*entrega-lhe a receita*) Mande fazer isto na botica do Nogueira, no Largo da Lapa.

PRIMEIRO DOENTE
Sim, senhora. Então passe bem. (*sai*)

Cena V

A mesma e SEGUNDA DOENTE

SEGUNDA DOENTE
(*entra muito bem vestida*)
Doutora!...

LUÍSA
(*levantando-se*)
Oh! como está, minha senhora?

SEGUNDA DOENTE
Muito melhor!

LUÍSA
Bem, isto é o que se quer. Vamos ver a garganta. (*segura um pequeno objeto de metal que deve estar em cima da mesa e abaixando com ele a língua da segunda doente, examinando a garganta*) Aspire... (*a segunda doente aspira*) Não está de todo boa.

SEGUNDA DOENTE
É negócio grave, doutora? Será preciso fazer operação?

LUÍSA
(*sentando-se à mesa e escrevendo*)
Não, não, é uma coisa insignificante, um pequeno prolapso da úvula. (*entregando-lhe a receita*) Tome uma colher de sopa deste remédio três vezes por dia, uma logo de manhã, assim que acordar, outra ao meio-dia e outra à noite, antes de se deitar. Mande fazer isto na botica do Nogueira, no Largo da Lapa.

SEGUNDA DOENTE
Adeus, doutora...

LUÍSA
Adeus!

Cena VI

A mesma e Terceira Doente

Terceira Doente
Ai! Ai! Ai! Estou que não posso.

Luísa
Descanse, descanse um pouco.

Terceira Doente
Custa-me tanto subir esta escada.

Luísa
Então? Deu-se mal com aquele remédio que lhe receitei?

Terceira Doente
Passei um pouco melhor, doutora. Ao menos, consegui dormir duas horas e deitada.

Luísa
Eu bem lhe disse. (*examinando as pupilas*) Não vai mal, não. (*pondo-lhe as mãos no pescoço*) Um bocado melhor.

Terceira Doente
Eu estou sofrendo do coração, não é, doutora? Fale com franqueza.

Luísa
Qual coração! Esqueça-se disto.

TERCEIRA DOENTE

E estas palpitações que sinto, esta zuada constantemente nos ouvidos?

LUÍSA

O que a senhora tem é uma simples anemia que se pode facilmente debelar. (*senta-se e escreve*)

TERCEIRA DOENTE

O médico dizia a mesma coisa ao meu defunto e um belo dia quando ele acordou, coitadinho, estava morto.

LUÍSA

(*entregando-lhe uma receita*)

Tome um cálice de duas em duas horas por espaço de três dias, descanse dois dias e depois venha cá! Mande fazer isto na botica do Nogueira no Largo da Lapa.

TERCEIRA DOENTE

Deus Nosso Senhor lhe ajude, Doutora. (*sai andando devagar*)

Cena VII

LUÍSA *e* EULÁLIA

(*Ao sair a terceira doente, Luísa toca o tímpano, que está em cima da mesa.*)

EULÁLIA
(*entrando*)
A senhora quer alguma coisa?

LUÍSA
Diz ao Antônio que vá chamar-me um tílburi.

EULÁLIA
Vai sair?

LUÍSA
Vou.

EULÁLIA
(*vai saindo e volta*)
Ah! é verdade. Recebi pelo telefone um chamado para a senhora.

LUÍSA
De quem?

EULÁLIA
Do Senhor Salazar, da Rua do Hospício.

LUÍSA
É uma casa onde meu marido está tratando. Ouviste bem: é para mim ou para ele?

EULÁLIA
Para a Doutora Luísa Pereira, ouvi bem claro. E a mãe da menina que estava aqui ouviu também: Doutora Luísa Pereira. Mas isto é fácil de verificar, senhora, temos ali o telefone... sim, porque eu não quero

que venha o patrão depois cá dizer-me como aconteceu outro dia...

Luísa
Está bom, vai chamar o tílburi.

Eulália
Não senhora, é que as injustiças doem muito e não há neste mundo nada mais triste que pagar o justo pelo pecador...

Luísa
Sim, sim... Mas vai chamar o tílburi.

Eulália
Eu nunca fui apanhada em mentiras. Graças a Deus tenho a minha consciência muito pura e a filha de Manuel Tibúrcio, que Deus haja, não é pra aí qualquer mulher à toa de cuja palavra se possa duvidar.

Luísa
Se não queres ir dar o recado, vou eu.

Eulália
Vou, sim senhora, mas...

Luísa
Está bom, está bom! (*empurrando-a para dentro*)

Cena VIII

Luísa *e* Gregório

Gregório
(*entrando com ar meio apalermado*)

Não é aqui que mora uma doutora que tem anunciado nos jornais?

Luísa
Sim, senhor!

Gregório
Ainda que mal *pregunte*, é Vossa Senhoria?

Luísa
Uma sua criada.

Gregório
Uê, gentes! Tinham-me dito lá na roça que era uma *muié véia* e feia. Ora esta! (*pausa*) Trata mesmo de moléstias de homens?

Luísa
Por que não?

Gregório
Descurpe, mas eu pensava...

Luísa
A consulta é para o senhor ou para alguém de sua família?

Gregório
É para mim mesmo, *sinhá dona*...

LUÍSA
Conte-me lá o que sofre. (*manda-o sentar e senta-se a seu lado*)

GREGÓRIO
Em *premero* que tudo tenho muita *farta* de ar e muitas sufocações. Porém o que mais me *avexa é* uma dor forte aqui mesmo na boca do *estambago*. (*aponta para o lugar*)

LUÍSA
Mas esta dispnéia e esta dor...

GREGÓRIO
Na *espinhela* não tenho nada, não, *sinhá dona*.

LUÍSA
Não, não é isto. Pergunto-lhe se esta falta de ar costuma vir antes ou depois das refeições.

GREGÓRIO
De *premero* vinham antes... mas agora vêm *ao despois*... Já *consurtei* a *halipatia*, *homopatia*, a *dosometria*, tudo, tudo. Afinal disseram-me lá na roça: — Você já foi ao Nascimento? Já foi ao caboclo da Praia Grande? Pra que não vai *vê* a Doutora? *Tarvez* ela te dê *vorta*. E aqui estou *nas mão* da *sinhá dona*.

LUÍSA
Tire o paletó. (*Gregório tira o paletó, Luísa vai buscar uma toalha, coloca-a nas costas de Gregório e ausculta-o*)

LUÍSA
Conte, um, dois, três...

GREGÓRIO
Um... dois... três...

LUÍSA
Vá contando.

GREGÓRIO
Quatro... 5... 6... 7... 8... 9... 10... 11...

LUÍSA
Respire. (*Gregório toma aspiração*) *Respire* mais forte. (*Gregório respira mais forte*) Mais forte ainda. (*Gregório fica de boca aberta tomando uma longa respiração. Luísa passou a auscultá-lo pela frente colocando a cabeça no peito*)

GREGÓRIO
Que banha cheirosa tem *sinhá dona* na cabeça!

LUÍSA
(*levantando-se*)
Deite-se ali naquele sofá. (*Gregório deita-se de lado*) Não, de barriga pra o ar. (*Gregório deita-se de barriga para cima*) Desabotoe-se.

GREGÓRIO
(*espantado*)
Desabotoar-me?

Luísa

Sim, desabotoe o colete! (*Gregório desabotoa o colete*) Encolha as pernas. (*Gregório encolhe as pernas. Luísa apalpa-lhe o fígado*)

Gregório

(*saltando do sofá*)
Ah! Ah! Ah!... Não faça *isso, sinhá dona*, que eu sinto *coscas como quê*...

Luísa

Deite-se, desse modo não posso examiná-lo. (*Gregório deita-se de pernas encolhidas. Luísa apalpa-lhe o fígado*) Dói aqui?

Gregório

Ah! Ah! Ah! Que *coscas*!

Luísa

(*sentando-se à mesa*)
Pode vestir-se! (*escreve a receita e entrega a Gregório*) Tome as pílulas duas vezes por dia; uma ao deitar e outra logo pela manhã. O emplastro é para colocar sobre o fígado. Mande fazer isto na botica do Nogueira, no Largo da Lapa.

Gregório

A *sinhá dona qué* que eu pague já ou *despois*?

Luísa

Depois.

GREGÓRIO
Antão quando é que devo *vortá*?

LUÍSA
Para a semana. (*Gregório vai saindo e encontra-se à porta com Pereira*)

Cena IX

LUÍSA, GREGÓRIO e o DOUTOR PEREIRA

GREGÓRIO
(*ao Doutor Pereira que entra*)
Deus lhe *sarve*.

DR. PEREIRA
Adeus.

GREGÓRIO
Passe bem, *sinhá dona*. (*sai*)

Cena X

LUÍSA e o DOUTOR PEREIRA

DR. PEREIRA
(*vendo* GREGÓRIO *sair. A Luísa*)
Moléstias de senhoras e crianças. Creio que é isto que está lá embaixo à porta em um grande letreiro!

Luísa
O que está lá embaixo é: Doutora Luísa Pereira, médica. Especialidade: – moléstias de senhoras e crianças.

Dr. Pereira
Ou isto.

Luísa
Ou isto, não. São coisas muito diferentes.

Dr. Pereira
De modo que a senhora...

Luísa
Clinico em todos os ramos de medicina, ocupando-me com especialidade de moléstias de crianças e de pessoas do meu sexo.

Dr. Pereira
O contrato então que fizemos logo que nos casamos...

Luísa
Esse contrato perdeu a razão de ser desde o dia em que o senhor se encarregou de dois partos e de um caso de coqueluche, que por direito me pertenciam.

Dr. Pereira
Minha senhora, chegamos a um estado em que a nossa vida juntos vai-se tornar impossível. Ou eu hei de abdicar à minha autonomia profissional, ou, o que é mais triste ainda, à minha posição de chefe na

família, ou a senhora conserve-se no lugar que lhe compete.

Luísa

A sua autonomia de profissional é igual à minha. Na família que constituímos não há chefes e o lugar que me compete é o que estou ocupando.

Cena XI

Os mesmos e Maria Praxedes

Maria
(*entrando com uma xícara de caldo*)
Toma este caldo, minha filha.

Dr. Pereira
Então a senhora quer positivamente a luta?

Luísa
Estou preparada, não me arreceio dela.

Maria
Meus filhos, pelo amor de Deus, por tudo quanto pode haver de mais sagrado neste mundo...

Dr. Pereira
(*a Maria*)
Ah! minha senhora, estou cheio até aqui. (*indica a garganta*) Acha que posso, que devo continuar nesta posição humilhante?

Maria
Toma o caldo, minha filha.

Luísa
Não quero, minha mãe. (*Maria põe a xícara em cima da mesa*)

Dr. Pereira
Perdi o meu nome como um galé. Deixei de ser o Doutor Pereira para ser o marido da Doutora Luísa Praxedes.

Luísa
Logo que nos casamos, passei a assinar-me Doutora Luísa Pereira. Tomei, por deferência, o seu nome de família, do qual, aliás, seja dito de passagem, não precisava. Com o seu nome tenho-me anunciado, com este tenho receitado. Se o público continua a conhecer-me pelo apelido antigo, é porque ainda estão bem vivos na sua memória os sucessos que alcancei na Academia e vai acompanhando *pari passu* a marcha progressiva da minha carreira científica! Tenho eu porventura culpa disso?

Dr. Pereira
Os sucessos da Academia!... A marcha progressiva da sua carreira científica! A sua pomada é que a senhora deve dizer!

Luísa
Pomadas são os agradecimentos de doentes, feitos nos jornais e à custa do médico que os tratou. São as estatísticas publicadas mensalmente nas fo-

lhas públicas com exagero escandaloso de cifra e mencionando pomposos nomes, para embair o público, as mais singulares operações.

Dr. Pereira

Não me provoque, senhora, peço-lhe pelo amor de Deus que não me provoque...

Maria
(*entre os dois*)
Acalmem-se, meus filhos.

Cena XII

Os mesmos e Manuel Praxedes

Praxedes
(*entrando e ouvindo a discussão*)
Então o que é isto? estão brigando? Discussões científicas!... Bravo! muito bem.

Luísa

Pomada! O senhor era o menos competente para atirar-me ao rosto semelhante nome. A minha clínica...

Dr. Pereira

A sua clínica desaparecerá, minha senhora, no dia em que as mulheres formarem-se às dúzias e aos centos.

Praxedes

E este dia não está longe. Em todo caso, cabe à minha doutora a glória...

MARIA
(*baixo a Praxedes*)
Pois em vez de acalmar, estás a fomentar discussões!

PRAXEDES
Deixa, mulher, isto é muito bonito!

LUÍSA
No dia em que as mulheres formarem-se aos centos, a medicina terá tocado o zênite da sua glória; porque só assim entrarão nela as aptidões científicas que até aqui os senhores, egoisticamente, nos têm negado, e os sentimentos de caridade que são o mais belo apanágio do nosso sexo.

PRAXEDES
Muito bem!

DR. PEREIRA
Sinto não ter vontade de rir; porque o que acaba de dizer só pode ser respondido com uma gargalhada, Senhora Doutora Luísa Praxedes... Note que eu digo Doutora Luísa Praxedes, e não Doutora Luísa Pereira.

LUÍSA
O grau que recebi foi de Doutor e não de Doutora! A Faculdade de Medicina não conhece Doutoras. Uma vez que toca neste ponto, fique sabendo que vou mandar tirar a placa que está lá embaixo, e declarar pelos jornais que doravante assinar-me-ei Doutor Luísa Praxedes porque foi este o nome com que me formei.

PRAXEDES
(*para Maria*)
Sim, senhora! Lá isto é verdade!

DR. PEREIRA
Pois bem, Senhora Doutora ou Doutor Luísa Praxedes, como queira, eu não estou disposto a representar por mais tempo o papel ridículo de marido de parteira, de professora pública ou de cantora lírica. Sou cabeça do casal. Tenho a minha posição definida em Direito perante a família e perante a sociedade. Ou a senhora muda de rumo ou...

LUÍSA
Acabe o dilema.

DR. PEREIRA
Ou eu dou-lhe uma lição que lhe há de ser fatal. (*sai*)

Cena XIII

LUÍSA, MANUEL *e* MARIA PRAXEDES

LUÍSA
Lição fatal! Que lição fatal poderá ele dar-me?

MARIA
Minha filha, são tão feias essas brigas constantes entre seres que se devem estimar... adorar...

PRAXEDES
Sim, podem discutir... acho isso até muito bonito. Da discussão é que nasce a luz. Mas... *est de modus in rebus...*

LUÍSA
Desejava talvez que eu fosse uma mulher estúpida, ou vulgar, para que não ficassem na penumbra as prerrogativas da sua individualidade? Mas não, eu tenho uma missão a cumprir. Hei de cumpri-la. (*sentindo como que uma vertigem*)

MARIA
Outra vertigem, minha filha! Estás tão pálida!

LUÍSA
Não é nada.

PRAXEDES
Luísa! Luísa!

LUÍSA
Já passou! (EULÁLIA *entra e dirige-se a Luísa*)

Cena XIV

Os mesmos e EULÁLIA

EULÁLIA
(*para Luísa*)
Oh! senhora, o tílburi está aí na porta a roer há mais de um quarto de hora.

Luísa
É verdade, já nem me lembrava... Estou tão fatigada.

Maria
Toma ao menos o caldo que ali está.

Eulália
Este deve estar frio. Se a menina quiser, eu vou buscar outro. Olhe que está muito bom; a cozinheira tem o defeito de ser muito faladora e roubar um pouco nas compras, mas lá no que diz respeito a tempero de panela, justiça lhe seja feita, não há nada que se lhe dizer, e olhe, patroa, que eu não preciso estar-lhe em cima a repetir-lhe que faça isto, ou faça aquilo.

Luísa
(*tomando o chapéu*)
Está bem, está bem! Já sei! (*despedindo-se*) Até já, minha mãe. (*abraça-a*) Adeus, meu pai! (*sai*)

Eulália
Coitadinha! Anda numa lida! (*sai*)

Cena XV

Manuel *e* Maria Praxedes

Maria
Já viste a tua obra. Estás satisfeito?

Praxedes
Satisfeitíssimo. O que querias tu? Que um casal de doutores andasse a brigar por causa de arrufos ou questiúnculas de governo de casa?

Maria
Os arrufos e questiúnculas do governo doméstico, meu caro marido, sempre existiram no nosso lar, mas nunca nos levaram, felizmente, ao excesso das cenas a que acabamos de assistir.

Praxedes
São discussões científicas, minha mulher, muito naturais. Antigamente brigava-se por ciúmes e faziam-se as pazes depois do clássico faniquito. Há ainda hoje quem faça disto, bem sei. Mas o nosso genro e Luísa não estão nas mesmas condições.

Maria
Genro? Genro no nome, porque eu pelo menos, até aqui, sogra não tenho sido.

Praxedes
Não tens sido sogra?... Ora esta!

Maria
Nas rixas que se dão constantemente nesta casa já viste envolvido o meu nome? Sou para o Doutor Pereira uma criatura completamente indiferente. Dos seus lábios ainda não partiu contra mim a mais pequena censura, ou uma palavra sequer que deixasse transparecer embora sutilmente o veneno do epigrama.

Praxedes

E queixas-te por isso? Queria que ele te chamasse como costumam chamar as sogras: víbora, jararaca, cascavel...

Maria

Queria ser uma sogra em regra, porque só assim teria a certeza de que minha filha era verdadeiramente feliz...

Praxedes

Mas tu não vês, Maria Praxedes, que este casamento é uma coisa completamente nova? É a primeira experiência que se faz. As peças do maquinismo ainda não estão bem assentadas, não podem por conseguinte trabalhar com a regularidade de um maquinismo já experimentado. Espera um pouco, deixa a coisa entrar em seus eixos e verás que nisto que tu condenas atualmente está a família do futuro, a sociedade do futuro, a felicidade do futuro...

Maria
Havemos de ver este futuro.

Cena XVI

Os mesmos e Carlota de Aguiar

Carlota
(*entrando*)
Entrei subrepticiamente sem me fazer anunciar.

PRAXEDES
Ora, seja bem-vinda, Doutora!

CARLOTA
(*inclinando-se diante de Maria*)
Minha senhora, a curvatura de meus respeitos.

PRAXEDES
Sinceros parabéns pelos triunfos alcançados anteontem no júri. Li em todos os jornais a notícia da sua brilhante defesa.

CARLOTA
Foi um debate homérico; com réplica e tréplica, em que derroquei à luz da aurora bruxuleante do Direito moderno os castelos carcomidos da vetusta legislação, crivados de teorias incongruentes e obsoletas.

PRAXEDES
E tratava-se de um caso completamente novo.

CARLOTA
A esposa que surpreende o marido com a amante e que resolve a situação trucidando os dois. Mas deixemos o júri, a minha defesa, os meus triunfos. O que me traz aqui é um motivo de ordem grandíloqua, elevada e arquicivilizadora. Senhor Manuel Praxedes, apresento-me candidato à Deputação Geral, pelo Município Neutro.

PRAXEDES
Bravo! Bravo! Muito bem!

Maria
Pois as senhoras querem também ser deputadas?

Praxedes
Por que não? Nos Estados Unidos, as mulheres são caixeiras, empregadas nos telégrafos, nas estradas de ferro, nos correios... são até capitães de navios.

Carlota
Até bombeiras. Amanhã sairá em todas as folhas a minha circular. Nesta peça estereotipo o programa das reformas sociológicas femininas de que pretendo dotar o meu país. Vai ver, fica a mulher equiparada ao homem em tudo por tudo. É uma revolução.

Praxedes
Creio bem!

Carlota
O Brasil está atrasadíssimo na ciência do Direito. Basta considerar que esta ciência não corresponde às aspirações grandíloquas condóricas se é que posso exprimir-me assim...

Praxedes
Perfeitamente.

Carlota
Do nosso progresso material. O telefone invade tudo, o telefone leva o pensamento às mais longínquas distâncias e entretanto ainda não temos o Direito Telegramático, a Jurisprudência Telefonética.

PRAXEDES
O telefone podia ter acabado com as precatórias...

CARLOTA
Justo. Entrou perfeitamente no âmago do meu pensamento.

PRAXEDES
Quando houvesse necessidade de deprecar de um juízo para outro, para uma avaliação por exemplo...

CARLOTA
O juiz a *quo* ia ao telefone, *o ad quem* ouvia...

PRAXEDES
Procedia à avaliação...

CARLOTA
E gritava pelo telefone: está cumprida a diligência. Quanta economia de tempo...

PRAXEDES
E de papel!...

CARLOTA
Apoiado! (*tirando do bolso cartões e entregando a Praxedes*) Aqui tem para distribuir pelos seus amigos. (*o mesmo a Maria*) Peço-lhe, minha senhora, que advogue também a minha causa; vai nela hasteada a flâmula da emancipação feminina, que hei de defender até a morte com o gládio incandescente do meu humilde verbo!

PRAXEDES
(lendo os cartões)
"Para Deputado Geral pelo Primeiro Distrito da Corte: Bacharela Carlota Sinfrônia de Aguiar, advogada. – Telefone 2028." *(a Carlota)* Muito bem!

Cena XVII

Os mesmos e DOUTOR PEREIRA

CARLOTA
(ao Doutor Pereira, que entra)
Venho fazer-lhe uma visita e um pedido.

DR. PEREIRA
(apertando-lhe a mão)
Doutora. Estou às suas ordens!

CARLOTA
(entregando os cartões a Pereira)
Leia!

DR. PEREIRA
(lendo)
Já o sabia. E a propósito, incomodou-me bastante o artigo que li ontem *no Correio do Norte* a respeito da sua candidatura.

CARLOTA
Uma publicação *a pedido*.

Dr. Pereira
Sim. Que miserável!

Carlota
O meu amigo compreende que se eu fosse dar importância a todos esses cães que ladram nas vielas taludas, do jornalismo insalubre...

Dr. Pereira
Faz muito bem. Há coisas que não devem ser respondidas.

Cena XVIII

Os mesmos e Eulália

Eulália
(*para Maria*)
A senhora vá comer alguma coisinha, que o jantar hoje há de ser um pouco tarde. Venha também, patrão.

Praxedes
(*para Carlota*)
Quando quiser aparecer por aquela nossa casa...

Carlota
Vou vê-lo breve. (*aperta a mão de Manuel Praxedes, que sai*)

Maria
(*apertando a mão de Carlota*)
Doutora... (*sai*)

Cena XIX

Eulália, Carlota e Doutor Pereira

CARLOTA
(*ao Doutor Pereira*)
Esta sua criada pode também prestar-me serviços! Como se chama?

DR. PEREIRA
Eulália...

CARLOTA
(*a Eulália, que espana os trastes*)
Vem cá, Eulália!

EULÁLIA
Minha senhora!...

CARLOTA
Eu sou a Bacharela Carlota de Aguiar.

EULÁLIA
Vosmecê é quem diz.

CARLOTA
Como? Vosmecê é quem diz? Duvidas?

EULÁLIA
Não duvido, não senhora; mas lá na minha terra costuma-se dizer quando um homem fala muito: é um bacharel. Ora, se um bacharel é assim, faço idéia o que não há de ser uma bacharela!

CARLOTA
Tens graça. Toma estes cartões! (*dá-lhos*)

EULÁLIA
Para que é isto?

CARLOTA
A qualquer lugar onde fores, deixa dois pelo menos.

EULÁLIA
Não há dúvida; daqui a pouco vou à venda da esquina, posso deixá-los lá todos. (*continua a espanar*)

CARLOTA
(*ao Doutor Pereira*)
A sua senhora, não está?

DR. PEREIRA
Saiu. Há de vir logo.

CARLOTA
Vou então fazer uma visita ao meu colega ali defronte que pode dar-me grande parte da votação da Candelária e voltarei depois... Adeus! (*sai*)

Cena XX

DOUTOR PEREIRA *e* EULÁLIA

DR. PEREIRA
Vem cá, Eulália. (*tira do bolso uma seringa*)

EULÁLIA
O patrão deseja alguma coisa?

DR. PEREIRA
(*mostrando a seringa*)
Sabes o que é isto?

EULÁLIA
Sei, sim senhor; é uma seringa.

DR. PEREIRA
Mas o que tu não sabes, é o que está dentro dela.

EULÁLIA
Aí dentro não vejo nada.

DR. PEREIRA
Pois olhe, aqui dentro está o micróbio da febre amarela.

EULÁLIA
Cruz!!... Credo, meu amo!... *Abrenúncio!* Arrede-se para lá. Mas o que vem a ser isto de *sicróbio*?

DR. PEREIRA
É um bichinho.

EULÁLIA
Então a febre amarela é um bicho? Ora esta!

DR. PEREIRA
O que tu não sabes ainda é que metendo-se este bichinho no corpo de uma pessoa fica ela livre de ter o mal.

EULÁLIA
Pois então a febre é um bicho; mete-se o bicho no corpo da gente e a gente não tem febre? Tenha paciência, patrão, eu não engulo esta.

DR. PEREIRA
É muito simples.

EULÁLIA
E como se apanha o bichinho?

DR. PEREIRA
Com um instrumento que nós temos, chamado chupete esterilizado.

EULÁLIA
Chupete *esterelizado*, sim, senhor. (*prestando muita atenção*)

DR. PEREIRA
Tira-se uma gota de sangue de um doente de febre amarela quase a expirar. Esta gota é deitada em caldo apropriado. Aí o bichinho prolifera!

EULÁLIA
O que vem a ser prolifera, patrão?

DR. PEREIRA
Procria, desenvolve-se.

EULÁLIA
Dentro do caldo! Tudo aquilo? (*faz um gesto com as mãos como indicando formigação*) Jesus! que porcaria!

Dr. Pereira
Depois mete-se uma porção daquele caldo dentro desta seringa e injeta-se em um porquinho-da-índia ou em um coelho.

Eulália
Ai! O pobre bichinho, coitado, morre logo!

Dr. Pereira
Não; daí a alguns dias.

Eulália
E depois?

Dr. Pereira
Depois tira-se uma gota de sangue deste porquinho-da-índia e põe-se em um caldo idêntico. Deste caldo injeta-se ainda outros porquinhos que vão morrendo até que injetado num, ele tenha apenas a febre com caráter benigno. Com o caldo deste então é que se vacina o homem.

Eulália
Quanto caldo e quanta porcaria, meu amo. Já sei que hoje não janto com o diabo da conversa. Se já estou aqui engulhando...

Dr. Pereira
Eulália, a epidemia está grassando com muita intensidade, tu és estrangeira, além disto forte e robusta. Estás sujeita de um momento para outro a ter a febre...

EULÁLIA
O que é que o patrão quer?

DR. PEREIRA
Vacinar-te.

EULÁLIA
O quê? Meter essa seringa no meu corpo? Com caldo de febre amarela? Em mim o senhor não mete isto, não, mas é o mesmo. Chegue-se para lá, patrão.

DR. PEREIRA
Mas isto não dói, é uma coisa à toa. Não vés; é uma pequena seringa de Pravat.

EULÁLIA
É seringa *depravada* ainda de mais a mais.

DR. PEREIRA
Dá cá o braço, deixa-te de histórias.

EULÁLIA
(*gritando*)
Socorro! Socorro! Aqui del-Rei!

Cena XXI

Os mesmos, MANOEL, MARIA *e* LUÍSA

LUÍSA
(*entrando*)
O que é isto?

Praxedes
O que foi?

Maria
Eulália?

Eulália
(*para Luísa*)
Oh! senhora, tire aquela seringa *depravada* da mão do patrão, ou arrumo a minha trouxa e vou-me embora.

Dr. Pereira
Está bem; não te zangues.

Luísa
(*ao Doutor Pereira*)
Acho pouco curial que o senhor queira estender até as fâmulas desta casa a aplicação das suas teorias microbianas quando sabe que as não aceito. (*Pereira ri furioso*) Venho de casa de um doente seu.

Dr. Pereira
Está gracejando.

Luísa
De um doente seu. E vim correndo dar-lhe esta notícia, para dizer-lhe que, declarando-me ele que não depositava confiança no tratamento, discordei do seu diagnóstico e receitei.

Dr. Pereira
E quem é esse doente?

LUÍSA
O filho do Salazar, da Rua do Hospício.

EULÁLIA
O chamado foi para a senhora! Eu ouvi no telefone. (*voltando-se para Maria*) E a patroa também ouviu!...

MARIA
Eu ouvi bem claro; Doutora Luísa Pereira.

DR. PEREIRA
(*com raiva concentrada*)
Minha senhora! Eu disse-lhe que havia de dar-lhe uma lição. O que a senhora acaba de praticar é...

LUÍSA
Diga.

DR. PEREIRA
Não digo. Tenho ainda a generosidade de guardar para com o respeito que se deve ao seu sexo atenções que a senhora não teve para com a profissão que exerce. Depois do ato que acaba de praticar é impossível a nossa vida juntos. Vou deixar esta casa.

LUÍSA
Uma separação! Aceito-a! Mas quero que ela seja completa...

MARIA
Meus filhos!

LUÍSA
Vou mandar chamar meu advogado. (*sai*) (*Maria encosta-se à mesa*)

Cena XXII

Os mesmos, CARLOTA, *menos* LUÍSA

DR. PEREIRA
(*a Carlota, que entra*)
Doutora, preciso dos seus conselhos profissionais.

CARLOTA
É uma prova de confiança que me eleva ao *empyreo* do desvanecimento. Estou às suas ordens...

DR. PEREIRA
Espero-a, aqui, amanhã, às duas horas da tarde.

CARLOTA
Cá estarei. (*Doutor Pereira aperta-lhe a mão. Carlota sai pela esquerda, Pereira pela direita*)

Cena XXIII

EULÁLIA, MARIA *e* MANUEL PRAXEDES

EULÁLIA
(*chorando em altos gritos*)
Ah! meu Deus! que desgraça! E tudo por causa daquela seringação da febre amarela! Pelo amor de Deus, senhores, me desculpem, que eu não sou culpada!

PRAXEDES
(*pensando*)
Se eles ao menos tivessem um filho...

EULÁLIA
(*ainda chorando*)
Qual filhos, patrão! Se eles não têm tempo para isso... Se nunca pensaram nisso! (*sai a chorar pela esquerda*)

(*Cai o pano.*)

(*Fim do Ato Segundo.*)

ATO TERCEIRO

(*Sala regularmente mobiliada.*)

Cena I

· Luísa *e* Eulália

Eulália
(*a Luísa*)
Deste modo a menina está se matando. Não dormiu à noite, não comeu nada... Olhe que não vale a pena. A vida é tão curta que, quando a gente menos espera, está a viajar deitada, sem chapéu e de barriga pra o ar. Venha comer alguma coisita, sim?

Luísa
Não quero nada.

Eulália
Olhe, vou preparar-lhe uma gemada, ou então um mingau de tapioca daqueles que eu costumava fazer quando a menina era pequena, lembra-se?

LUÍSA
Já te disse, não quero nada.

EULÁLIA
A senhora está zangada comigo?

LUÍSA
Não estou.

EULÁLIA
Aquela maldita seringa *depravada* é que foi a causa de tudo. (*batem*)

LUÍSA
Vai ver quem é. (*Eulália vai mas volta logo*)

EULÁLIA
O Senhor Doutor Martins.

LUÍSA
Manda-o entrar.

EULÁLIA
Então a menina não quer tomar nada?

LUÍSA
Já te disse que não. Deixa-nos sós. (*Eulália introduz Martins e sai*)

Cena II

LUÍSA *e* MARTINS

MARTINS
(apertando a mão de Luísa)
Minha senhora!

LUÍSA
(indicando-lhe uma cadeira)
Doutor, tenha a bondade de se sentar.

MARTINS
Recebi ontem a sua carta.

LUÍSA
Abusando das nossas antigas relações de família, relações que muito prezo e venero, tomei a liberdade de pedir-lhe que viesse a esta sua casa para tratar de negócio que me diz respeito.

MARTINS
Estou às suas ordens, minha senhora! Questões relativas talvez à profissão que tão brilhantemente está desempenhando. Algum executivo por honorários médicos...

LUÍSA
Oh! por isto não valia a pena incomodá-lo.

MARTINS
Como não valia a pena? Invocando há pouco as nossas relações, creia que eu sentir-me-ia profundamente magoado se a senhora, precisando de serviços da profissão que exerço, ainda os mais insignificantes, fosse bater à porta de outro advogado. Trata-se então de negócio grave?

LUÍSA
Trata-se do meu divórcio.

MARTINS
Do seu divórcio?

LUÍSA
Sim.

MARTINS
Vamos lá, minha senhora, está gracejando!

LUÍSA
A minha existência e a de meu marido tornaram-se incompatíveis. Vivermos juntos por mais tempo sob o mesmo teto, fora prolongar uma situação humilhante para a qual me não sinto com forças e que terminaria pelo aniquilamento completo da minha individualidade, é impossível.

MARTINS
Seja-me lícito dar-lhe um conselho, minha senhora; não como advogado, mas como amigo dedicado da casa.

LUÍSA
Se vem falar-me em reconciliação, doutor, digo-lhe que entre nós dois, ela é um impossível. Conhece-me há muitos anos. Sabe que sou uma mulher superior a caprichos e a paixões e que não daria semelhante passo se não tivesse calculado bem uma a uma todas as conseqüências.

MARTINS
É então do Doutor Martins advogado, e não do amigo, que precisa?

LUÍSA
Preciso de ambos, porém, mais do advogado que do amigo. Uma simples separação amigável não me convém. Amanhã reunir-se-ão os parentes, os íntimos, os oficiosos que costumam aparecer em tais ocasiões e viria depois a comédia da reconciliação! Não. Para que a nossa situação se defina por uma vez, é preciso que ela seja pleiteada, embora com escândalo, nos tribunais.

MARTINS
Bem. A sua resolução pois, é...

LUÍSA
Inabalável.

MARTINS
Tenha a bondade então, minha senhora, de expor os fatos em que se baseia para dar este passo.

LUÍSA
Baseio-me apenas em um; mas este por si só é bastante para justificar o meu procedimento.

MARTINS
Qual é?

LUÍSA
A minha autonomia médica.

MARTINS

As causas do divórcio pelo nosso Direito, minha senhora, resumem-se em duas: adultério e sevícias.

LUÍSA

Então, fora deste antediluviano adultério e destas sevícias que deveriam antes fazer parte do Código Criminal, não existe para a mulher nas minhas condições outro recurso de desagravo de direitos?

MARTINS

O legislador não conhecia Doutoras, minha senhora. Imaginava que as mulheres fossem sempre as mesmas em todos os tempos e lugares.

LUÍSA

Sou casada com um homem que exerce profissão igual à minha. Ele aufere os lucros do meu trabalho, alegando, como o Leão da fábula, a posição de chefe. Não satisfeito com isto, procura por meio de subterfúgios e tricas ignóbeis afastar-me do plano em que me coloquei pela capacidade de profissional. Pois bem: hei de cruzar os braços, sofrer resignada todas as humilhações, só porque não posso alegar contra este homem procedimentos brutais para com minha pessoa e ele não pode lançar-me em rosto a infâmia de haver manchado o leito conjugal? Que lei é esta, Doutor? A que vêm este adultério e estas sevícias para o caso em que eu me acho?

MARTINS

O caso em que Vossa Excelência se acha, minha senhora, é todo excepcional. O Direito não podia prever estas lutas de interesses e autonomias científicas nas sociedades conjugais. O amor foi sempre a base da família.

Luísa

O amor, sempre esse eterno amor a humilhar a mulher, a transformá-la em máquina de procriação.

Martins

Ah! minha senhora, por mais que inovem, por maiores larguezas que dêem às aspirações do eterno feminino, ele há de girar fatalmente em torno do círculo do amor, porque não tem outro caminho a percorrer.

Luísa

Somos então as condenadas de Dante?! Fora desta órbita de ferro traçada por estúpidas convenções sociais – *Lasciate ogni speranza...*

Martins

Depende do ponto de vista, minha senhora!... O que Vossa Excelência chama Inferno, eu chamo Paraíso.

Luísa

Enfim, senhor, nesse Direito que o senhor estuda não há um remédio para o meu mal? Combatem-se as moléstias as mais violentas, o escapelo da cirurgia decepando partes gangrenadas do corpo humano, faz surgir das podridões dessa gangrena a vida, que é tudo quanto pode haver de mais precioso. Lutamos braço a braço contra a morte à cabeceira do doente e vencemos. E o senhor não tem na sua ciência um bálsamo, um alívio sequer para os meus sofrimentos. (*caindo num choro convulso nos braços de Martins*) Ah! Doutor, Doutor!... Não pode avaliar que dor pungente é a humilhação.

Cena III

Os mesmos e MARIA PRAXEDES

MARTINS
Acalme-se, minha senhora, acalme-se!

MARIA
(*entrando de chapéu*)
Luísa! Luísa!...

LUÍSA
Bom dia, minha mãe! (*Maria abraça-a*)

MARIA
Estás tão fraca, tão abatida! Por que não vais descansar?

LUÍSA
Não tenho nada.

Cena IV

Os mesmos e EULÁLIA

EULÁLIA
(*entrando*)
Lá está no consultório um doente à espera da senhora!... Eu quis dizer-lhe que a menina não estava em casa, mas se não quer ir vê-lo olhe que ainda está em tempo. Graças a Deus até hoje ainda ninguém me pilhou em mentira; mas sendo preciso, prega-se uma e até duas. Lá por isso não seja a dúvida. Olhe, vou dizer-lhe que a patroa não está. Está dito?

LUÍSA
Não, vou vê-lo.

MARTINS
(*a Luísa, que se despede dele*)
Calma e resignação.

LUÍSA
É o único remédio que me dá? Bem. Verei o partido que cumpre tomar. (*sai*)

EULÁLIA
Ai! meu Deus! que desgraça. (*sai*)

Cena V

MARIA PRAXEDES *e* DOUTOR MARTINS

MARIA
Acabo de certificar-me pelas suas últimas palavras, Doutor, que procedeu como um verdadeiro amigo! Nem era de esperar outra coisa de sua inteligência e sobretudo do caráter nobre e elevado.

MARTINS

O fato que me foi comunicado, minha senhora, encheu-me das mais tristes apreensões.

MARIA

Não há então possibilidade de uma reconciliação, Doutor?

MARTINS

Se as rixas fossem da natureza daquelas que se dão naturalmente entre marido e mulher; se se tratasse de um desses temporais originados pelo ciúme e que se desfazem aos primeiros beijos em aguaceiros de lágrimas, compreendo que a felicidade pudesse raiar hoje mesmo debaixo deste teto, mas o que foi exposto por sua filha...

MARIA

São rixas ocasionadas por choques de vaidade e interesses, bem o sei, Doutor!

MARTINS

E nestas rixas, minha senhora, não encontrei a mulher. Vi apenas uma criatura híbrida, que não é por certo a companheira do homem.

MARIA

Tem razão, Doutor!

MARTINS

E no entanto, eu, que assim penso e que assim falo, amo nas mesmas condições.

MARIA
A Bacharela Carlota de Aguiar! Já o tinha desconfiado!

MARTINS
Aquele demoninho pernóstico com os seus ares enfatuados de homem, mas em que a mulher transparece cheia de encantos, tem-me transtornado por tal forma a cabeça que, confesso, ainda mesmo vendo as barbas do vizinho a arder, não me sinto com forças de pôr as minhas de molho.

MARIA
Está então, como vulgarmente se diz, chumbado?

MARTINS
Chumbadíssimo. Amarrou-me para sempre, não há dúvida, aconteça o que acontecer.

Cena VI

Os mesmos e MANUEL PRAXEDES

PRAXEDES
(*entrando*)
Venho do seu escritório. Então, está resolvida a situação da minha doutora?

MARTINS
Uma situação daquelas não se resolve assim.

Praxedes
Aquilo não é nada, absolutamente nada! Minha mulher faz de qualquer coisa um bicho-de-sete-cabeças e vê tudo neste mundo pelo lado pior.

Maria
O divórcio! A desgraça de uma mulher. Não é nada?

Praxedes
Qual divórcio! Qual desgraça de uma filha! O que houve, Doutor, foi uma briga mais forte, mas uma briga muito natural. O rapaz, novo, formado há pouco tempo, a rapariga formada no mesmo dia... Ambos inteligentes, muito estudiosos e com o sangue na guelra. Um não quer ficar por baixo, a outra quer ficar por cima. Dizem-se muitas coisas reciprocamente. Engalfinham-se com todos aqueles termos técnicos; mas passada a trovoada voltam de novo à vida calma e serena do lar... como se nada tivesse acontecido.

Martins
O Senhor Manuel Praxedes é otimista!

Praxedes
Vejo as coisas como são.

Maria
Como são? Como um verdadeiro doente; é o que tu deves dizer.

Praxedes

Ah! Ah! Ah! Pois minha mulher não está a fazer trocadilhos, Doutor?... Tem graça... Tem graça... Ora, pois, estamos todos alegres; isto é o que eu quero!

Maria

Alegres?!...

Praxedes

Alegres, sim! Deixa o divórcio! (*a Martins*) Sabe, Doutor, que tenho uma idéia, um ideão?

Martins

Não é para admirar, com o seu gênio empreendedor!...

Praxedes

Chi!... Que empresa! que empresa, Doutor!

Maria

Há de ser igual à da fábrica de papel.

Praxedes

Já tardava. A senhora em vez de me admirar...

Martins

O que vem a ser então?

Praxedes

Imagine lá o que é.

Martins

Não sei.

Praxedes
Uma companhia galinocultora. (*abrindo um rolo de papel que traz na mão e mostrando a Martins*) Aqui estão os modelos dos fornos. Segundo os cálculos feitos, com meia dúzia de capões apenas, um galo vigilante e dois procriadores, estou habilitado a inundar de galinhas os mercados de toda a América!

Maria
E da Europa.

Praxedes
E não diga a senhora brincando; porque se até aqui temos importado ovos de Portugal, doravante, com a minha empresa, tomaremos a desforra exportando para lá galinhas. O lucro é certíssimo! Olhe, vou explicar-lhe. (*tirando do bolso um papel*)

Martins
(*tirando o relógio*)
Esperam-me no escritório...

Praxedes
Vai para baixo ou para cima?

Martins
Para baixo.

Praxedes
Acompanho-o.

Martins
Enganei-me, vou para cima!

Praxedes

Acompanho-o também. É indiferente. Em caminho mostrar-lhe-ei que isto é negócio que não falha. Está tudo calculado, muito bem calculado.

Maria
(*a Praxedes*)

Pois então abandonas tua filha no estado em que ela está?

Praxedes

Que estado? Pois eu já te disse que isto não é nada. Eu volto logo. Adeus. (*despedem-se os dois de Maria e saem*)

Cena VII

Maria *e* Eulália

Eulália

A senhora ainda de chapéu! (*tira-lho*) A menina lá está a dar consultas, coitadinha! Olhe que é forte! Benza-a Deus! (*tocam a campainha*) Estão batendo.

Eulália

Há de ser algum doente. Vou dizer-lhe que a menina não está em casa. Isto assim não pode continuar. A coitadita passou a noite no sofá do consultório a dar de vez em quando suspiros, muito ansiada... (*tocam*) Espere lá, não tenha pressa. Olhe, senhora, eu não devo meter-me nestas coisas, porque quem se mete nos negócios alheios sai sempre mal. O defunto meu pai, que Deus haja, costumava dizer:

cada um deve tratar da sua vida, que já não faz tão pouco. Mas, se numa comparação, eu fosse casada com um homem que me estimasse como o patrão estima a patroa, não estava cá a brigar todos os dias por causa desta cambada de doentes. (*tocam*) Espere lá, tem muita pressa? A senhora não acha que...

Maria
Vai ver quem bate! (*tocam*)

Eulália
Lá vou, lá vou!... (*sai*)

Maria
(*suspirando*)
Ai! Ai! (*segura o chapéu que Eulália pôs sobre a mesa e sai*)

Cena VIII

Eulália *e* Carlota

Eulália
A Senhora Bacharela tenha a bondade de assentar-se. Vou chamar meu amo. (*sai. Carlota que deve vir elegantemente vestida mira-se no espelho, endireita a rosa que traz no peito do casaco. Luísa entra, fica à porta a observá-la, por algum tempo. Carlota, vendo-a pelo espelho, volta-se para falar-lhe*)

Cena IX

Carlota *e* Luísa

CARLOTA

Apresento à ilustre Doutora a curvatura dos meus sinceros respeitos.

LUÍSA
(*secamente*)
Bom dia, minha senhora!

CARLOTA

Recebi ontem uma intimação do meu amigo Doutor Pereira.

LUÍSA

O seu amigo já vem.

CARLOTA

Creio que se trata de negócio pertencente à minha profissão.

LUÍSA

Ou outro qualquer, a senhora deve sabê-lo melhor do que eu!

Cena X

Os mesmos e DOUTOR PEREIRA

DR. PEREIRA
(*a Carlota*)
Doutora. Esperava-a ansiosamente. (*cumprimentando secamente Luísa*)

CARLOTA

Se fui serôdia, ou para servir-me da linguagem vulgar, se não cheguei à hora estipulada, peço-lhe mil desculpas.

DR. PEREIRA
(*para Luísa que não deixou de olhar Carlota*)
Preciso conferenciar nesta sala com a minha advogada. (*Luísa sai olhando sempre Carlota e esconde-se atrás da cortina da porta do fundo à esquerda, conservando-se ali durante o diálogo*)

Cena XI

DOUTOR PEREIRA *e* CARLOTA

DR. PEREIRA
Sentemo-nos.

CARLOTA
Trata-se...

DR. PEREIRA
Do meu divórcio.

CARLOTA
Um divórcio!!

DR. PEREIRA
Em duas palavras, resumo-lhe a situação! Sou médico da ponta dos pés até a raiz dos cabelos: minha mulher é médica da raiz dos cabelos até a

ponta dos pés. Viver, para mim, é clinicar, clinicar, para ela, é viver. Não podemos clinicar juntos, o que quer dizer que juntos não podemos viver. Diga-me agora que a sua ciência do Direito pensa a respeito.

CARLOTA
Difficelem rem postulasti. O nosso Direito, eivado de arcaísmos, não cogitou propriamente da hipótese.

DR. PEREIRA
Se não cogitou, estamos aqui a perder tempo.

CARLOTA
Perdão; eu disse não cogitou propriamente; mas a toda a lei se interpreta...

DR. PEREIRA
Se torce, é o que quer dizer.

CARLOTA
Scire leges non est verba carum tenere sed vim ac potestatem. Para prosseguir na concatenação lógica das linhas de clinicar, originavam-se rixas ou doestos domésticos?

DR. PEREIRA
Constantes. E é por causa deles...

CARLOTA
Bem. Nestas rixas trocaram-se talvez verbos incandescentes que escoriavam pelo menos a epiderme do amor-próprio de cada um.

Dr. Pereira
O amor-próprio e os interesses.

Carlota
O legislador assinalou apenas duas causas para o divórcio: adultério e sevícias. Há ainda uma causa que os canonistas chamam *impedimentos derimentes*, mas... está fora da questão.

Dr. Pereira
Não posso alegar a primeira.

Carlota
Mas havemos de ganhar a demanda pela segunda. Pela segunda, sim, porque constituindo injúrias esses verbos incandescentes das rixas, o que são essas injúrias senão verdadeiras sevícias morais?... O seu caso é o que os canonistas cognominam no idioma vernáculo incompatibilidade de caracteres.

Dr. Pereira
Aconselha-me então...

Carlota
Que proponha a ação. E havemos de ganhá-la.

Dr. Pereira
Bem. (*levanta-se*)

Carlota
Que sucesso piramidal! Vai ver como vou aureolar de glória o meu nome. Hei de mostrar a esses miseráveis apedeutas o que há debaixo desta arcada craniana. (*bate na testa*)

DR. PEREIRA
Decidido porém o divórcio, ficarei numa posição anômala.

CARLOTA
Anômala?

DR. PEREIRA
Quero dizer que não serei nem solteiro, nem casado, nem viúvo!

CARLOTA
Pode casar perfeitamente.

DR. PEREIRA
E a indissolubilidade do contrato?

CARLOTA
(*com indiferença*)
Desaparecerá... com uma simples mudança de religião.

DR. PEREIRA
Ah! (*fica pensativo*)

CARLOTA
E uma vez desembaraçado, o meu amigo escolherá para esposa não outra médica; mas sim uma engenheira... uma advogada... (*Luísa tem um ímpeto de indignação, quer entrar em cena, mas arrepende-se e esconde-se de novo*)

Dr. Pereira
Então, Doutora, posso dar uma lição em minha mulher?

Carlota
Pode.

Dr. Pereira
A que horas está amanhã no seu escritório?

Carlota
Amanhã é... Logo escrever-lhe-ei mandando dizer-lhe qual o dia e a hora em que deve procurar-me. (*apertando-lhe a mão*) Adeus! (*Pereira aperta-lhe a mão e ela sai*)

Cena XII

Doutor Pereira e Luísa

Luísa
(*sofreando a raiva*)
Esteve com a sua advogada?

Dr. Pereira
Sim, senhora.

Luísa
Uma advogada é sempre preferível a um advogado.

Dr. Pereira
As mulheres são mais inteligentes que os homens.

LUÍSA
Obrigada... pela parte que me toca!

DR. PEREIRA
Não há de quê!

LUÍSA
Sobretudo quando a advogada vem à casa do constituinte toda coquete, de rosa ao peito.

DR. PEREIRA
Isto então é ouro sobre azul.

LUÍSA
E que, sem o menor pudor ou respeito para com o decoro do seu sexo, aconselha ao cliente que mude de religião. (*Pereira olha para ela admirado*) Ouvi tudo daquela porta. E só Deus sabe o esforço que fiz, a luta que travei comigo para não esbofetear essa mulher e pô-la fora desta casa que ainda é minha.

DR. PEREIRA
A senhora esquece-se de que na posição em que nos achamos...

LUÍSA
Ah! ela queria vê-lo livre e desembaraçado... Para isto bastavam duas coisas apenas, duas coisas insignificantes, na opinião daquela miserável, torcer a lei e renegar as crenças!

Dr. Pereira
A minha resolução está tomada, minha senhora, não posso nem devo ouvi-la neste terreno. (*sai*)

Cena XIII

Luísa, Eulália *e* Maria
(*Luísa acompanha-o quase rompendo; detém-se e desce, caindo na cadeira à esquerda do sofá*)

Eulália
Um chamado para a senhora! Creio que é negócio urgente! O homem está lá embaixo. É um sujeito gordo, coitado! Muito esbaforido, quase que nem pode falar.

Maria
(*entrando e vendo Luísa a soluçar*)
Minha filha! (*abraçando-se ambas*)

Luísa
Ah! minha mãe! minha mãe! Sou uma desgraçada!

Eulália
O que é isto, a menina está a chorar?

Luísa
Passa-se dentro de mim qualquer coisa de estranho, de anormal, que eu não sei explicar!

EULÁLIA

Isto é flato, senhora: vou lá dentro, enquanto o diabo esfrega um olho, fazer-lhe um chazito de capim-limão. Esfregue-lhe os pulsos, patroa, esfregue-lhe os pulsos enquanto eu vou preparar-lhe o chá! Ai! Ai! Meu Deus, que desgraça! O que há de acontecer mais nesta casa. (*sai*)

Cena XIV

MARIA *e* LUÍSA

LUÍSA
(*agitada*)
Meu marido tem uma advogada.

MARIA
A Carlota de Aguiar?

LUÍSA
Uma miserável, uma infame, uma mulher sem pudor.

MARIA
(*alegre*)
Bravo, minha filha!...

LUÍSA
Que lhe aconselha que se divorcie, que mude de religião, que se lhe oferece até para substituir-me. Ouvi tudo daquela porta, minha mãe... Não sei como não morri. A minha cabeça estala! (*senta-se à esquerda*)

Cena XV

Os mesmos e Eulália

Eulália
(*entrando com o chá*)
Aqui está o chazito. Tome, patroa, enquanto está quente.

Maria
Leva isto para dentro!

Eulália
Tome o chá que é muito bom.

Maria
Leva, já te disse... (*Eulália sai*)

Cena XVI

Luísa *e* Maria Praxedes

Luísa
Eu imaginava que não pudesse haver neste mundo sofrimento mais terrível que a humilhação. Todos os golpes, porém, que me feriram a vaidade, são mil vezes mais ligeiros do que este que me fere diretamente aqui. (*aponta o coração*) E o coração da mulher, minha mãe.

Maria
Não é um músculo oco, como dizias, Luísa?!

Luísa
Não: há dentro dele sentimentos que eu fingia ignorar. Eu enlouqueço! Ai! minha cabeça! minha cabeça!

Cena XVII

As mesmas, Doutor Pereira *e depois* Eulália

Dr. Pereira
(*de chapéu na mão para Luísa*)
Disse-me há pouco, minha senhora, que esta casa ainda era sua... Fique em paz nos seus domínios. Eu me retiro.

Luísa
(*tomando-lhe a frente*)
Há então outra mulher que pretende substituir-me?

Eulália
(*entrando*)
Oh! patroa, que resposta devo dar ao homem que está lá todo esbaforido? Além deste chegaram mais dois com chamados urgentes.

Luísa
(*agitada*)
Manda-os embora, todos, entendes? Vai lá embaixo, arranca da porta da rua a placa que anuncia o meu nome. Já não sou a Doutora Luísa Pereira. Sou uma miserável mulher que não tem a dignidade precisa para repelir um homem que a repudia. Vai. (*Eulália sai*)

Cena XVIII

Os mesmos, menos EULÁLIA, *e* PRAXEDES

PRAXEDES
(*com uma carta*)
Deram-me esta carta da Doutora Carlota de Aguiar para entregar-lhe.

LUÍSA
Esta carta pertence-me. (*arranca-lhe a carta e lê*) Espero-o amanhã no meu escritório à uma hora da tarde. Estarei só. (*atirando a carta ao chão; a Pereira*) Saia, senhor... saia! (*desata em pranto convulso e tem um ataque*)

DR. PEREIRA
Luísa! (*segura-a e leva-a para o sofá*)

MARIA
Eulália! Eulália! (*a Manuel*) Vai ver qualquer coisa lá dentro depressa!

DR. PEREIRA
Não lhe dêem nada. Ela está no seu estado interessante. (*ajoelha-se e beija-lhe a mão*) Luísa!

MARIA
(*a Praxedes*)
Ouviste? Ah! Praxedes! que alegria! Estamos salvos! (*segura-lhe o rosto e dá-lhe uma porção de beijos*)

Cena XIX

Os mesmos e EULÁLIA

EULÁLIA
(*entrando com a placa onde se lê o seguinte letreiro: Doutora Luísa Pereira, médica. Especialidade: Moléstias de senhoras e crianças*)
Aqui está a placa! (*vendo Maria beijar o marido, puxa o avental e tapa a cara*) Oh! patroa!... Cruz! Credo!...

(*Cai o pano.*)

(*Fim do Ato Terceiro.*)

ATO QUARTO

(*Sala regularmente mobiliada. Ao lado um berço.*)

Cena I

Luísa e Eulália

Luísa
(*ninando ao colo uma criança, cantarolando*)
Tu, tu, ru, tu, tu, ru!...

Eulália
Deixe-me carregá-lo um poucochinho, a senhora deve estar cansada!

Luísa
Não sei o que ele tem hoje, está tão impertinente!

Eulália
(*tirando a criança do colo de Luísa e carregando-a*)
Não é nada, patroa!... (*olhando-a*) Como é boni-

tinho! Olhe, isto daqui para cima é a mãe, sem tirar nem pôr. (*mostrando o nariz e a testa*) Daqui para baixo, é o pai, escarradinho (*mostrando a boca e o queixo*), e as mãozinhas então, Jesus! Nunca vi nada tão parecido.

Luísa
De quem são as mãos?...

Eulália
Do avô, patroa. Até tem as unhas fêmeas como as dele.

Luísa
Neste andar acabarás por achá-lo parecido até com o meu defunto bisavô que nunca viste. (*segurando no queixo da criança e fazendo-lhe festas*) Estão caçoando com você, não é, meu negrinho?

Eulália
Olhe lá como ele ri!... Ai que gracinha!

Cena II

As mesmas e Maria

Maria
Dá cá, dá cá este ladrãozinho, que ainda não segurei nele hoje! (*tira-o do colo de Eulália e carrega-o*)

Luísa
Não o acha um pouco abatido, minha mãe?

MARIA
Qual, menina! Está tão coradinho!

EULÁLIA
A patroa permite que eu meta o meu bedelho onde não sou chamada?

LUÍSA
O que é?

EULÁLIA
Eu acho que dão banhos demais nesta criança!

MARIA
Querias então que ele não se lavasse?

EULÁLIA
Não, ora, mas é que esses banhos de corpo esfregado, zás, zás, que te zás, com uma esponja tiram muito a sustância duma pobre criatura. O que convém é um banho de sopapos.

LUÍSA
Mas que história é essa de banhos de sopapos?

EULÁLIA
Pois a patroa não sabe? Deita-se o pequenino dentro da bacia e a gente de longe, com a mão aberta, vai-lhe jogando água em cima. (*imitando o barulho d'água*) Xoque! Xoque! Xoque!

LUÍSA
Tens cada lembrança...

EULÁLIA
Eu cá nunca tomei banhos senão de sopapos, e olhe a senhora que tenho-me dado muito bem com eles!

Cena III

Os mesmos e PRAXEDES

PRAXEDES
(*entrando e querendo tirar a criança*)
Vem para o colo de vovô, meu bem!

MARIA
Deixa-o aqui. Ele está tão bem!

PRAXEDES
Mas há dois dias que não lhe faço uma festinha.

MARIA
(*falando com a criança*)
Com quem você quer ir? Com o vovô ou com a vovó?

EULÁLIA
Está rindo outra vez! Olhe que gracinha!

PRAXEDES
Se está rindo é porque quer vir comigo. (*tira-o e carrega-o*)

MARIA
És muito desajeitado! Não é assim que se carrega uma criança!

PRAXEDES
Então como é?! Quem é que carregava aquela quando era pequenina? (*indica Luísa*)

EULÁLIA
Lá isso é verdade, senhora! O patrão sempre teve muito jeito para ninar a menina. Todas as vezes que a carregava ao colo ela principiava a berrar que era um Deus nos acuda!

PRAXEDES
O que é isto lá?

EULÁLIA
A verdade manda Deus que se diga, patrão. De uma feita ainda me lembro que até lhe arranhou o nariz!

PRAXEDES
Não é tal, tu é que foste sempre muito bruta!

LUÍSA
Oh! papai, cuidado que está quase a cair. Não o segure assim.

Cena IV

Os mesmos e DOUTOR PEREIRA

Dr. Pereira
(*entrando*)
Venha cá, seu Luizinho... (*tira a criança dos braços de Praxedes*) Ainda não tomou hoje a bênção a seu papai. Como passou?

Praxedes
Não se pode estar aqui dois minutos com o menino.

Maria
É verdade! Vem um puxa, vem outro pega, vem outra segura...

Eulália
É a alegria desta casa, patroa!

Dr. Pereira
O pior, é que ele já começa a ficar manhoso.

Maria
Coitadinho.

Dr. Pereira
E quem lhe está pondo as manhas é a senhora! (*a Maria*) A senhora, sim! Por que é que ele quando está chorando no berço, cala a boca apenas o carregam ao colo? Por que é que quando está no colo chora e sossega logo que a pessoa que o está ninando começa a passear?

Maria
Ora, isto é próprio de toda a criança!

DR. PEREIRA
Não é tal. É porque a senhora habituou-o a dormir no colo e passeando.

MARIA
São os avós que perdem sempre os netos.

LUÍSA
Neste ponto, minha mãe, o Pereira tem razão!

DR. PEREIRA
Hoje foi isto; amanhã há de ser outra coisa.

LUÍSA
(*tomando a criança do colo de Pereira*)
Deixa-me levá-lo para o berço!

MARIA
(*apontando para Luísa*)
Aquela que ali está foi educada por mim!

DR. PEREIRA
Aquela não era neta, era filha. É muito diferente.

MARIA
Quer dizer que agora sou sogra!

DR. PEREIRA
Não se zangue comigo, minha mamãezinha, mas creia que daria o mais solene cavaco se a senhora, carinhosa e desarrazoada, como são em geral todas as avós, começasse desde já a contrariar o programa da educação que imaginei para o meu rapaz.

PRAXEDES
Então tem um programa já feito?

DR. PEREIRA
Por que não?

PRAXEDES
Bravo! Bravo!... Muito bem! Eu também assim o entendo. De pequenino é que se torce o pepino. Olhe, se eu não me metesse, é verdade que já foi um pouco tarde, na educação de Luísa...

MARIA
Cala a boca, cala a boca, que é melhor!

EULÁLIA
(*ao lado de Luísa, junto ao berço*)
Não acha que a cabecinha dele está um pouco alta? coitadito, é capaz de ficar com o pescoço torto. (*endireita o travesseiro*)

DR. PEREIRA
Enfim o meu programa é fazer deste rapaz um verdadeiro homem.

PRAXEDES
Foi o que eu fiz com a Luísa.

MARIA
Lá isso é verdade. Felizmente, porém, a Divina Providência meteu-se no meio e ela hoje é uma mulher...

Dr. Pereira

Veja se tenho ou não razão. A senhora começa a habituá-lo agora a dormir no calor do colo, mais tarde quando ele quiser saltar, pular, desenvolver-se, cumprir enfim as justas reclamações da natureza, há de dizer: – menino, fica quieto, menino, passa para aqui, há de amarrá-lo ao pé da mesa, prendê-lo na sala de costura. E não satisfeita com isto, incutir-lhe-á o medo do papão do quarto escuro, do pobre cego, do saci, do zumbi!... A criança educada nesta escola, onde, infelizmente, aliás, se tem formado muita gente, acabará por tornar-se um verdadeiro poltrão. Não quero isto. Meu filho há de ser um homem; mas um homem no rigor da palavra, preparado para as lutas físicas e morais da vida.

Praxedes

Sim, senhor!

Eulália

Parece-me que ele quer mamar, senhora.

Luísa

(*tirando-o do berço*)
Vamos dar um passeio. (*vai saindo com Eulália*)

Dr. Pereira

Até logo.

Luísa

Vais sair já?

Dr. Pereira

Tenho dois doentes na vizinhança!

LUÍSA
(*falando para o menino*)
Dá um beijinho em papai!

DR. PEREIRA
(*beijando-o*)
Adeus seu Luís, veja lá como se porta.

LUÍSA
(*falando pelo menino*)
Deixe estar, papai, que eu hei de portar-me muito bem. Eu já sou um homem de juízo. (*Pereira sai*)

EULÁLIA
(*acompanhando Luísa, que vai a sair*)
Olhe como ele abre a boca! Está-se espreguiçando, coitadinho. (*saem*)

Cena V

MARIA *e* MANUEL PRAXEDES

PRAXEDES
Deves estar contente. Já és sogra!

MARIA
Contentíssima!

PRAXEDES
Mas vamos a saber de uma coisa, e isto para mim é o mais importante: Luísa deixou definitivamente a clínica?

MARIA
Ainda o duvidas?

PRAXEDES
Pois então por um mero capricho, por uma fantasia, por uma caraminhola que se encaixou na cabeça, ela atira sem mais nem menos pela janela fora o seu futuro?

MARIA
Que futuro?

PRAXEDES
Ora que futuro? O futuro dela. Está visto que não há de ser o teu nem o meu.

MARIA
Mas o futuro dela é o presente que estamos vendo.

PRAXEDES
Carregar o filho e dar-lhe de mamar?...

MARIA
Sim.

PRAXEDES
Mas, para amamentar uma criança não era preciso cursar seis anos uma Academia. Se eu a tivesse destinado para isso, tinha dado outra orientação à sua vida.

Maria

Que queres? As leis da natureza são mais fortes que a vontade dos reformadores.

Praxedes

Não! Isto não pode continuar assim. A menina tinha uma carreira brilhante diante de si. O seu nome principiava a ser conhecido, a clínica aumentava de dia para dia, e com ela o interesse do casal...

Maria

O que pretendes fazer?

Praxedes

O que pretendo fazer?

Maria

Sim.

Praxedes

Vou ter uma conferência com Luísa.

Maria

Para quê?

Praxedes

Para dizer-lhe que não seja tola, que mande recolocar a placa na porta da rua e continue a clinicar, porque este é o seu meio de vida.

Maria

E quem dá de mamar ao filho, ao teu neto, pelo qual és um verdadeiro babão?

PRAXEDES
Ora, mulher, pois faltam por aí amas-de-leite para o netinho?

MARIA
E achas isso natural? Olha, meu amigo, se a galinocultura, com todos os seus galos vigilantes e procriadores, não é bastante para satisfazer a tua atividade, trata de arranjar outra empresa. Há tanta coisa por aí. Um elevador para o Pão de Açúcar por exemplo, um túnel submarino para a Praia Grande, um restaurante no Bico do Papagaio, uma nova fábrica de papel, se quiseres... Mas pelo amor de Deus, deixa em paz a vida de Luísa.

PRAXEDES
Paz! Paz! A vida é a luta, senhora. E o que a senhora chama de paz, não é paz!

MARIA
O que é então?

PRAXEDES
É pasmaceira. Não posso nem devo consentir que a Doutora Luísa Pereira, ou antes, que a Doutora Luísa Praxedes, como é conhecida, sacrifique a posição brilhante que já tinha conquistado.

MARIA
Aos deveres... de mãe!

PRAXEDES
Aí vem a senhora com a cantilena de todos os dias; os deveres de mãe... Pois ela não pode ser mãe e mé-

dica ao mesmo tempo? Não quer chamar uma ama, quer dar de mamar ao pequeno... Pois que dê de mamar e clinique... uma coisa não impede a outra...

MARIA
Com esta lógica prática...

PRAXEDES
E além disso sendo a especialidade dela moléstias de crianças, nada mais natural do que ser chamada para a clínica daquelas enfermidades a médica que tem filhos. Pelo menos está mais experimentada.

MARIA
Queres então fazer reviver nesta casa as lutas de outrora! Há um ano, pouco mais ou menos, quando me disseste: – se eles tivessem um filho, não entrava em tua mente o sonho de felicidade que presenciamos? O que sonhavas então?

PRAXEDES
Não sonhava coisa alguma; não tenho por hábito sonhar. Desejei-lhe um filho, porque sempre ouvi dizer que os filhos apertam mais os laços conjugais. Mas o que eu nunca podia prever, é que ele desse este resultado. Isto não está direito.

Cena VI

Os mesmos e LUÍSA (*carregando o filho*)

PRAXEDES
Não largas esse menino?

LUÍSA
Estou muito aflita, papai. Coitadinho! Esteve lá dentro a chorar, tão inquieto. Veja se ele tem febre!

PRAXEDES
A mim é que tu o perguntas?

LUÍSA
Veja, mamãe: a Eulália disse-me que o pulso estava regular.

PRAXEDES
Pois também foste consultar a Eulália! Ora, louvado seja Deus!!!

Cena VII

Os mesmos e EULÁLIA

EULÁLIA
(*entrando com um pires na mão*)
Cá está, patroa, cá está. Isto não é nada: o que o pequeno tem é uma dor de barriga.

MARIA
O que é que trazes aí no pires?

EULÁLIA
Algodão queimado com óleo de amêndoas doces, senhora! É um santo remédio. Chimpa-se isto no umbigo da criança e não há dor de barriga que lhe resista.

LUÍSA
Vamos, Eulália, vamos!

EULÁLIA
O melhor é levá-lo para o berço! (*Luísa leva a criança para o berço*)

MARIA
(*baixo a Praxedes*)
Vai ali junto àquele berço e se és capaz convence a tua doutora de todas essas belas teorias que pregaste há pouco. Anda, vai, meu reformador!

PRAXEDES
Parece incrível!

LUÍSA
Dir-se-ia que está mais aliviadinho.

EULÁLIA
(*aplicando o curativo*)
Ora, ora! Daqui a pouco está a dormir que é um gosto. É santo remédio, senhora! Quisera de contos de réis às vezes que fomentei o umbigo da menina com isto. Uma ocasião ainda me lembro.

LUÍSA
Não faças barulho, ele está dormindo!

PRAXEDES
(*consigo*)
Contado não se acredita!

Luísa

Psiu! Papai! Pode acordá-lo... (*a Maria, dirigindo-se para a esquerda*) Não faça barulho, mamãe! (*Maria sai nas pontas dos pés pela esquerda. Praxedes senta-se pensativo. Eulália e Luísa embalam o berço*)

Cena VIII

Luísa, Eulália, Praxedes e Doutor Pereira

Dr. Pereira

Acabo de estar neste instante com o Doutor Martins.

Praxedes

Ia com a senhora, a Carlota de Aguiar?

Dr. Pereira

Com a senhora e uma ama toda cheia de fitas e carregando o primeiro bebê.

Luísa

Já tem um filho a Carlota?

Dr. Pereira

Ora que admiração! Estão casados há um ano e tanto.

Luísa

É rapaz, ou menina?

Dr. Pereira
Uma menina e muito bonitinha. Quando me lembro que tiveste ciúmes... (*Luísa baixa a cabeça*) Confessa, vamos lá, que foste uma grande tolinha.

Luísa
Ainda está muito pedante?

Dr. Pereira
A mesma coisa.

Praxedes
Era uma rapariga inteligente.

Dr. Pereira
Viva...

Praxedes
E creio que abandonou o foro, porque há muito tempo não lhe tenho visto o nome nos jornais.

Dr. Pereira
Vive para a sua Luisinha. Ah! a pequena chama-se Luísa, é tua xará.

Luísa
E o nosso, Luís.

Dr. Pereira
É verdade, que coincidência!

Praxedes
(*pensando*)
Então abandonou tudo?

Dr. Pereira
Tudo. O marido foi nomeado Presidente para o Amazonas.

Praxedes
O Doutor Martins mandou-me participação de casamento. Eu e minha mulher não o fomos visitar... Também depois das cenas que se deram...

Dr. Pereira
Comuniquei que estávamos morando juntos. Mostrou grande desejo de ver-nos. "Por que não vai até lá em casa", disse-lhe eu. "Ora, não sei!", balbuciou. Afinal, disse-lhe a mulher: "Vamos, mas há de ser hoje, porque partimos amanhã." Daqui a pouco, portanto, devem estar aí. Fiz bem ou mal?

Luísa
Fizeste bem.

Dr. Pereira
És um anjo! (*tocam a campainha fora. A Eulália*) Vê quem toca.

Luísa
(*mostrando o pequeno a Pereira*)
Olha como está gordinho... Vou pôr-lhe ao pescoço duas figas.

Dr. Pereira
(*rindo*)
Para livrá-lo do mau-olhado?! Pois acreditas também nisso?!

LUÍSA
Não sei!

DR. PEREIRA
(*rindo*)
Aposto que acreditas!

LUÍSA
Acredito. (*esconde o rosto no peito de Pereira*)

DR. PEREIRA
Tolinha. (*saem os dois*)

Cena IX

MANUEL e EULÁLIA
(*Manuel fica pensativo por instantes; depois levanta-se, vai ao berço e embala a criança*)

EULÁLIA
(*entrando*)
Um chamado para a patroa.

PRAXEDES
(*levantando-se*)
Para Luísa?

EULÁLIA
Sim, senhor...

PRAXEDES
Vai já avisá-la.

Eulália
Avisá-la? Nessa não caio eu!

Praxedes
Vai avisá-la, já te disse.

Eulália
Quem eu vou chamar é o patrão, esse sim.

Praxedes
Mas o doente é para ela ou para ele?

Eulália
Agora não há aqui mais para ela, nem para ele! E admira-me bastante que o patrão morando nesta casa ainda não saiba que a menina abandonou de uma vez todos os doentes.

Praxedes
De uma vez não. Ficou assentado, logo que ela se sentiu no seu estado interessante, que deixaria a clínica por algum tempo.

Eulália
Pois deixou para sempre, senhor! O único doente que ela tem agora é estezinho. (*aponta para o berço*) E creia que este dá-lhe mais que fazer que todos os outros juntos.

Cena X

Os mesmos e Luísa

PRAXEDES
Se o chamado é para Luísa, não tens o direito de pregar uma mentira.

EULÁLIA
Mas eu não minto, senhor, nunca menti. Menos essa!

LUÍSA
(*que tem entrado e está junto ao berço*)
O que é isto, Eulália?

EULÁLIA
É o senhor que está aqui a dizer que eu minto. A senhora algum dia apanhou-me em mentira?

LUÍSA
Mas o que foi?

PRAXEDES
Nada mais, nada menos, que um chamado para ti.

LUÍSA
Para mim?

EULÁLIA
Sim, senhora!

LUÍSA
Então vai já avisar meu marido!

EULÁLIA
Era o que eu ia fazer. Mas o patrão pôs-se aqui com uma lengalenga muito grande, e sem mais nem

menos, zás! chimpa-me na bochecha: – Você é uma mentirosa! Ora, senhora, isto dói, é preciso confessar que dói muito, sim, porque, no fim de contas por mais baixa que seja uma pobre criatura de Deus...

Luísa
Está bem, vai chamar meu marido.

Eulália
Se eu já tivesse sido apanhada em mentira...

Luísa
Tens razão.

Eulália
Eu sou uma mulher honrada.

Luísa
Sim, sim.

Eulália
Fique a patroa sabendo que no Porto rejeitei propostas muito vantajosas e não era cá meia dúzia de melcatrefes. Eram viscondes e barões, sujeitos apatacados. Se quisesse escorregar, senhora, podia estar hoje muito bem!

Luísa
Já sei, já sei, Eulália.

Eulália
As injustiças doem.

LUÍSA
Sim, sim, sim; mas vai chamar teu amo! (*Eulália sai resmungando*)

Cena XI

LUÍSA *e* MANUEL PRAXEDES

LUÍSA
Coitada! É uma boa alma! E ultimamente tem sido tão carinhosa para meu filho!

PRAXEDES
Ora! Até dá-lhe remédios!

LUÍSA
É verdade!

PRAXEDES
O que me admira é que os aceites.

LUÍSA
E por que não?

PRAXEDES
Não valia a pena surrar durante seis anos os bancos de uma Academia e encetar brilhantemente a clínica, afrontando estúpidos preconceitos sociais para chegar a este triste resultado!

LUÍSA
Triste resultado?

Praxedes

Sim. Queres nada de mais triste, para uma mulher em tuas condições! que papel representas hoje?

Luísa

O único, meu pai, que pode e deve representar uma mulher.

Praxedes

Então o juramento que prestaste no dia do teu grau de socorrer todos aqueles que te viessem bater à porta...

Luísa

Meu pai: dizem que o cérebro da mulher é fraco. Pois bem, por um sentimento de vaidade, que dizem também ser inato em nosso sexo, eu enchi esse cérebro de tudo quanto a ciência pode ter de mais grandioso e mais útil. Percorri com coragem inaudita toda a escala do saber humano na minha especialidade. Calquei ódios e vaidades dos colegas, ergui a cabeça, sem corar, acima desses preconceitos sociais de que falou há pouco e que eu também considerava estúpidos! Venci. Entrei na sociedade triunfante com o meu título. O prestígio que se formou em torno do meu nome fez-me esquecer de que era uma mulher... A glória atordoava-me... Dentro de mim sentia, porém, qualquer coisa de vago, de estranho, que não sabia explicar! Eu que muitas vezes no anfiteatro havia apalpado o coração humano, que o tinha dissecado fibra por fibra, que pretendia conhecer-lhe a fundo a fisiologia! Desconhecia, entretanto, o sentimento mais sublime que enche todo esse órgão. Tudo quanto aprendi nos livros, tudo quanto a ciência podia dar-me de conforto, não vale o poema sublime do amor que se encerra neste pequeno berço!

PRAXEDES
Então esta criança...

LUÍSA
É bastante, meu pai, para encher toda a minha alma.

PRAXEDES
Mas minha filha, já não te falo em glórias, no prestígio do teu nome, nos compromissos que tomaste para com a sociedade, olha um pouco para os teus interesses, que não podes desprezar, por amor mesmo deste que aqui está (*aponta o berço*) e diz-me com toda a franqueza: é justo que abandones por um falso ponto de vista, a missão sublime que tinhas no teu casal, cooperando honestamente para a formação e o aumento do pecúlio dele?

LUÍSA
O pecúlio do casal, pelas leis naturais, meu pai, compete ao marido...

PRAXEDES
Então abandonas todos os teus direitos, todas as tuas obrigações, todos os teus deveres?

LUÍSA
Tudo; exceto a felicidade de criar e educar meu filho.

Cena XII

Os mesmos e o Doutor Pereira

Dr. Pereira
(*dirigindo-se ao berço*)
Este maganão ainda está dormindo?

Luísa
Ainda. Não o acordes. Recebeste um chamado?

Dr. Pereira
Já vou. É para o Luís Maria, o dispéptico mais maçante que tenho na minha clínica!

Cena XIII

Os mesmos e Eulália

Eulália
Oh! patroa, sabe quem está aí? Aposto que não adivinha.

Luísa
Quem é?

Dr. Pereira
É o Martins com a mulher.

Eulália
É verdade. A senhora não imagina como está engraçada a ama da menina. Tem uma touca deste ta-

manho (*indica*), com duas fitas enormes que arrastam até o chão. Mando-os entrar para aqui mesmo?

Dr. Pereira

Sim. (*Eulália sai*)

Luísa
(*para Pereira*)
Aposto em como a filhinha dele não é mais bonita que o nosso Luís.

Dr. Pereira

Vaidosa!

Cena XIV

Os mesmos, Martins, Carlota *e a ama* (*com uma criança*)

Martins
(*apertando a mão de Pereira*)
Já vês que cumprimos a nossa palavra!

Dr. Pereira

E que eu os recebo como amigos antigos, sem a menor cerimônia nesta sala onde Luísa passa os dias a namorar o seu bebê.

Carlota

Quero vê-lo! Quero vê-lo! (*Luísa leva-a ao berço*)

LUÍSA
Está acordado, felizmente. (*tira-o do berço e entrega-o a Carlota*)

CARLOTA
(*com a criança ao colo*)
É um querubim rafaelesco! Como está gordo e anafado! Dir-se-ia uma rósea aurora de maio!

DR. PEREIRA
Gosta muito de crianças?

CARLOTA
Adoro-as! (*mostra a Martins*) Olha, meu Lacinho.

PRAXEDES
Seu Lacinho?

MARTINS
É o poético diminutivo por que sou hoje conhecido lá casa.

LUÍSA
Deixe-me ver agora a sua. Já sei que é uma menina.

CARLOTA
É verdade.

LUÍSA
(*tirando a criança do colo da ama*)
Oh! É muito bonitinha!

MARTINS

Sai ao pai!

CARLOTA

Tem paciência, meu Lacinho, mas todos dizem que ela é sem tirar nem pôr a minha efígie.

LUÍSA

(*mostrando a Pereira*)

Olha!

DR. PEREIRA

É muito galante!...

LUÍSA

(*a Carlota*)

É a senhora que a esta amamentando?

CARLOTA

Sim, e a senhora também cria o seu?

LUÍSA

Também!

CARLOTA

Coitadinha! A minha veio chorando tanto no bonde. Creio que tem fome. Se me permitisse...

LUÍSA

Que lhe dê de mamar? Pois não! Vou fazer o mesmo ao meu. (*trocam as crianças: Luísa senta-se de um lado e dá de mamar ao filho; Carlota faz o mesmo do outro lado*)

Praxedes
(*a Carlota*)
Então o foro, a candidatura, a Deputação Geral pela corte, os projetos grandiosos da reforma da nossa legislação...

Carlota
Chi!... Está toda molhada! (*para a ama*) Vê aí um cueiro. (*a ama tira um cueiro que deve trazer dentro de uma cesta e entrega-o a Carlota que vai pô-lo na criança, entregando o molhado à ama*)

Martins
(*a Praxedes*)
Quer resposta mais eloqüente? O senhor pergunta-lhe pelos sonhos de ontem, ela responde-lhe com o cueiro da sua Luisinha.

Praxedes
Afinal tudo isto acabou em cueiros!

Cena XV

Os mesmos, Maria *e* Eulália

Maria
Bravo! Bravo! As duas doutoras amamentando os filhinhos! (*para Carlota que quer levantar-se para falar-lhe*) Não se incomode. (*a Martins*) Dê-me um abraço. (*Martins abraça-a*) É, na realidade, feliz!

EULÁLIA
(*entrando*)
Ele não quer mamar, senhora! Eu o carrego! (*toma do colo de Luísa a criança*)

MARIA
(*a Praxedes*)
Olha, meu amigo, em que deu o teu programa filosófico, político, moral e social, a tua evolução do futuro.

PRAXEDES
Sim, mas não perdi de todo o meu latim. (*tomando a criança e mostrando-a a todos*) Aqui está um médico de raça! (*dá-lhe muitos beijos*)

EULÁLIA
De raça! Ai que reinação! Ah! Ah! Ah!

(*Cai o pano.*)

FIM

Artur Azevedo

A CAPITAL FEDERAL

Comédia-opereta de costumes brasileiros, em três
atos e doze quadros

Representada pela primeira vez no
Teatro Recreio Dramático, Rio de Janeiro,
no dia 9 de fevereiro de 1873.

Música de Nicolino Milano, Assis Pacheco
e Luís Moreira

A
Eduardo Garrido
Mestre e amigo
O. D. C.
ARTUR AZEVEDO

PERSONAGENS	ATORES
LOLA	Dona Pepa Ruiz
DONA FORTUNATA	Dona Clélia Araújo
BENVINDA	Dona Olímpia Amoedo
QUINOTA	Dona Estefânia Louro
JUQUINHA	Dona Adelaide Lacerda
MERCEDES	Dona Maria Mazza
DOLORES	Dona Marieta Aliverti
BLANCHETTE	Dona Madalena Vallet
UM LITERATO UMA SENHORA UMA HÓSPEDE *do Grande Hotel da Capital Federal*	} Dona Maria Granada Dona Olívia
EUSÉBIO	Senhor Brandão
FIGUEIREDO	Senhor Colas
GOUVEIA	Senhor H. Machado
LOURENÇO	Senhor Leonardo
DUQUINHA	Senhor Zeferino
RODRIGUES PINHEIRO	} Senhor Portugal

UM PROPRIETÁRIO	
UM FREQÜENTADOR DO BELÓDROMO	Senhor Pinto
OUTRO LITERATO	
O GERENTE *do Grande Hotel da Capital Federal*	Senhor Lopes
S'IL-VOUS-PLAIT, *amador de bicicleta*	Senhor Louro
MOTA	
LEMOS	Senhor Azevedo
UM CONVIDADO	
GUEDES	Senhor Oliveira
UM INGLÊS	Senhor Peppo
UM FAZENDEIRO	Senhor Montani
O *CHASSEUR*	N.N.

Hóspedes e criados do Grande Hotel da Capital Federal, vítimas de uma agência de alugar casas, amadores de bicicleta, convidados, pessoas do povo, soldados, etc.

AÇÃO: no Rio de Janeiro, no fim do século passado.

ATO PRIMEIRO

Quadro 1

(*Suntuoso vestíbulo do Grande Hotel da Capital Federal. Escadaria ao fundo. Ao levantar o pano, a cena está cheia de hóspedes de ambos os sexos, com malas nas mãos, e criados e criadas que vão e vêm. O gerente do hotel anda daqui para ali na sua faina.*)

Cena I

Um Gerente, *um* Inglês, *uma* Senhora,
um Fazendeiro *e um* Hóspede

Coro e Coplas

Os Hóspedes
De esperar estamos fartos
Nós queremos descansar!

Sem demora aos nossos quartos
Faz favor de nos mandar!

OS CRIADOS
De esperar estamos fartos!
Precisamos descansar!
Um hotel com tantos quartos
O topete faz suar!

UM HÓSPEDE
Um banho quero!

UM INGLÊS
Aoh! *Mim quer come*!

UMA SENHORA
Um quarto espero!

UM FAZENDEIRO
Eu estou com fome!

O GERENTE
Um poucochinho de paciência!
Servidos, todos vão ser, enfim!
Fiem-se em mim!

CORO
Pois paciência,
Uma vez que assim quer a gerência!

Coplas

I

O GERENTE
Este hotel está na berra!
Coisa é muito natural!
Jamais houve nesta terra
Um hotel assim mais tal!
Toda a gente, meus senhores,
Toda a gente, ao vê-lo, diz:
Que os não há superiores
Na cidade de Paris!
Que belo hotel excepcional!
O Grande Hotel da Capital Federal

CORO
Que belo hotel excepcional, etc.

II

O GERENTE
Nesta casa não é raro
Protestar algum freguês:
Acha bom, mas acha caro
Quando chega o fim do mês.
Por ser bom precisamente,
Se o freguês é do bom-tom
Vai dizendo a toda a gente
Que isto é caro mas é bom.
Que belo hotel excepcional!
O Grande Hotel da Capital Federal!

CORO
Que belo hotel excepcional, etc.

O GERENTE
(*aos Criados*)
Vamos! Vamos! Aviem-se! Tomem as malas e encaminhem estes senhores! Mexam-se! Mexam-se!... (*vozeria. Os Hóspedes pedem quarto, banhos, etc. Os Criados respondem. Tomam as malas. Saem todos, uns pela escadaria, outros pela direita*)

Cena II

O GERENTE, *depois*, FIGUEIREDO

O GERENTE
(*só*)
Não há mãos a medir! Pudera! Se nunca houve no Rio de Janeiro um hotel assim! Serviço elétrico de primeira ordem! Cozinha esplêndida, música de câmara durante as refeições da mesa-redonda! Um relógio pneumático em cada aposento! Banhos frios e quentes, duchas, sala de natação, ginástica e massagem! Grande salão com um *plafond* pintado pelos nossos primeiros artistas! Enfim, uma verdadeira novidade! Antes de nos estabelecermos aqui, era uma vergonha! Havia hotéis em São Paulo superiores aos melhores do Rio de Janeiro! Mas em boa hora foi organizada a Companhia do Grande Hotel da Capital Federal, que dotou esta cidade com um melhoramento tão reclamado! E o caso é que a empresa está dando ótimos dividendos e as ações andam por em-

penhos! (*Figueiredo aparece no topo da escada e começa a descer*) Ali vem o Figueiredo. Aquele é o verdadeiro tipo do carioca: nunca satisfeito. Aposto que vem fazer alguma reclamação.

Cena III

O Gerente, Figueiredo

Figueiredo
Ó seu Lopes, olhe que, se isto continuar assim, eu mudo-me!

O Gerente
(*à parte*)
Que dizia eu?

Figueiredo
Esta vida de hotel é intolerável! Eu tinha recomendado ao criado que me levasse o café ao quarto às sete horas, e hoje...

O Gerente
O meliante lhe apareceu um pouco mais tarde.

Figueiredo
Pelo contrário. Faltavam dez minutos para as sete... Você compreende que isto não tem lugar.

O Gerente
Pois sim, mas...

FIGUEIREDO
Perdão; eu pedi o café para as sete e não para as seis e cinqüenta!

O GERENTE
Hei de providenciar.

FIGUEIREDO
E que idéia foi aquela ontem de darem lagostas ao almoço?

O GERENTE
Homem, creio que lagosta...

FIGUEIREDO
É um bom petisco, não há dúvida, mas faz-me mal!

O GERENTE
Pois não coma!

FIGUEIREDO
Mas eu não posso ver lagostas sem comer!

O GERENTE
Não é justo por sua causa privar os demais hóspedes.

FIGUEIREDO
Felizmente até agora não sinto nada no estômago... É um milagre! E sexta-feira passada? Apresentaram-me ao jantar maionese. Maionese! Quase atiro com o prato à cara do criado!

O Gerente

Mas comeu!

Figueiredo

Comi, que remédio! Eu posso lá ver maionese sem comer? Mas foi uma coisa extraordinária não ter tido uma indigestão!...

Cena IV

Os mesmos, Lola

Lola
(*entrando arrebatadamente da esquerda*)
Bom dia! (*ao Gerente*) Sabe me dizer se o Gouveia está?

O Gerente

O Gouveia?

Lola

Sim, o Gouveia, um cavalheiro que está aqui morando desde a semana passada.

O Gerente
(*indiscretamente*)
Ah! o jogador... (*tapando a boca*) Oh!... Desculpe!...

Lola

O jogador, sim, pode dizer! Porventura o jogo é hoje um vício inconfessável?

O Gerente
Creio que esse cavalheiro está no seu quarto; pelo menos ainda o não vi descer.

Lola
Sim, o Gouveia é jogador, e essa é a única razão que me faz gostar dele.

O Gerente
Ah! A senhora gosta dele?

Lola
Se gosto dele? Gosto, sim, senhor! Gosto, e hei de gostar, pelo menos enquanto der a primeira dúzia!

O Gerente
(*sem entender*)
Enquanto der...

Lola
Ele só aponta nas dúzias – ora na primeira, ora na segunda, ora na terceira, conforme o palpite. Há perto de um mês que está apontando na primeira.

Figueiredo
(*à parte*)
É um jogador das dúzias!

Lola
Enquanto der a primeira, amá-lo-ei até o delírio!

Figueiredo
A senhora é franca!

LOLA
Fin de siècle, meu caro senhor, *fin de siècle*.

Valsa

Eu tenho uma grande virtude:
Sou franca, não posso mentir!
Comigo somente se ilude
Quem mesmo se queira iludir!
Porque quando apanho um sujeito
Ingênuo, simplório, babão,
Necessariamente aproveito,
Fingindo por ele paixão!

    Engolindo a pílula,
    Logo esse imbecil
    Põe-se a fazer dívidas
    E loucuras mil!
    Quando enfim, o mísero
    Já nada mais é,
    Eu sem dó aplico-lhe
    Rijo pontapé!

Eu tenho uma linha traçada,
E juro que não me dou mal...
Desfruto uma vida folgada
E evito morrer no hospital.

    Descuidosa,
    Venturosa,
    Com folias
    Sem amar.
    Passo os dias
    A folgar!

Só conheço as alegrias,
Sem tristezas procurar!
Eu tenho uma grande virtude, etc.

Mas vamos, faça o favor de indicar-me o quarto do Gouveia.

O Gerente
Perdão, mas a senhora não pode lá ir.

Lola
Por quê?

O Gerente
Aqui não há disso...

Figueiredo
(à parte)
Toma!

O Gerente
Os nossos hóspedes solteiros não podem receber nos quartos senhoras que não estejam acompanhadas.

Lola
Caracoles! Sou capaz de chamar o Lourenço para acompanhar-me.

O Gerente
Quem é o Lourenço?

Lola
O meu cocheiro. Ah! Mas que lembrança a minha! Ele não pode abandonar a caleça!

O GERENTE
O que a senhora deve fazer é esperar no salão. Um belo salão, vai ver, com um *plafond* pintado pelos nossos primeiros artistas!

LOLA
Onde é?

O GERENTE
(*apontando para a direita*)
Ali.

LOLA
Pois esperá-lo-ei. Oh! Estes prejuízos! Isto só se vê no Rio de Janeiro!... (*vai a sair e lança um olhar brejeiro a Figueiredo*)

FIGUEIREDO
Deixe-se disso, menina! Eu não jogo na primeira dúzia! (*Lola sai pela direita*)

Cena V

FIGUEIREDO, O GERENTE, *depois* O CHASSEUR

O GERENTE
Oh! Senhor Figueiredo! Não se trata assim uma mulher bonita!...

FIGUEIREDO
Não ligo importância a esse povo.

O GERENTE
Sim, eu sei... é como a lagosta... Faz-lhe mal, talvez, mas atira-se-lhe que...

FIGUEIREDO
Está enganado. Essas estrangeiras não têm o menor encanto para mim.

O GERENTE
Não conheço ninguém mais pessimista que o senhor.

FIGUEIREDO
Fale-me de uma trigueira... bem carregada...

O GERENTE
Uma mulata?

FIGUEIREDO
Uma mulata, sim! Eu digo trigueira por ser menos rebarbativo. Isso é que é nosso, é o que vai com o nosso temperamento e o nosso sangue! E quanto mais dengosa for a mulata, melhor! Ioiô, eu posso? entrar de caixeiro, sair como sócio?... Você já esteve na Bahia, seu Lopes?

O GERENTE
Ainda não. Mas com licença: vou mandar chamar o tal Gouveia. (*chamando*) *Chasseur!* (*entra da direita um menino fardado*) Vá ao quarto nº 135 e diga ao hóspede que está uma senhora no salão à sua espera. (*o menino sai a correr pela escada*)

FIGUEIREDO
Chasseur! Pois não havia uma palavra em português para...

O GERENTE
Não havia, não senhor. *Chasseur* não tem tradução.

FIGUEIREDO
Ora essa! *Chasseur* é...

O GERENTE
É caçador, mas *chasseur* de hotel não tem equivalente. O Grande Hotel da Capital Federal é o primeiro no Brasil que se dá ao luxo de ter um *chasseur*! Mas como ia dizendo... a Bahia?...

FIGUEIREDO
Foi lá que tomei predileção pelo gênero. Ah, meu amigo! É preciso conhecê-las! Aquilo é que são mulatas! No Rio de Janeiro não as há!

O GERENTE
Perdão, mas eu tenho visto algumas que...

FIGUEIREDO
Qual! Não me conte histórias. Nós não temos nada! Mulatas na Bahia!...

Coplas

I

As mulatas da Bahia
Têm decerto a primazia

No capítulo mulher;
O sultão lá na Turquia
Se as apanha um belo dia,
De outro gênero não quer!
Ai! gentes! Que bela,
Que linda não é
A fada amarela
De trunfa enroscada,
De manta traçada,
Mimosa chinela
Levando calçada
Na ponta do pé!...

II

As formosas georgianas,
As gentis circassianas
São as flores dos haréns;
Mas, seu Lopes, tais sultanas,
Comparadas às baianas,
Não merecem dois vinténs
Ai! gentes! Que bela, etc.

Seu Lopes, você já viu a *Mimi Bilontra?**

O GERENTE
Isso vi, mas a *Mimi Bilontra* não é mulata.

---

* O autor faz um caco proposital com o nome do ator Lopes, que fazia O Gerente na estréia da peça.

Figueiredo

Não, não é isso. Na *Mimi Bilontra* há um tipo que gosta de lançar mulheres. Você sabe o que é lançar mulheres?

Lopes

Sei, sei.

Figueiredo

Pois eu também gosto de lançá-las! Mas só mulatas! Tenho lançado umas poucas!

Lopes

Deveras?

Figueiredo

Todas as mulatas bonitas que têm aparecido por aí arrastando as sedas foram lançadas por mim. É a minha especialidade.

O Gerente

Dou-lhe os meus parabéns.

Figueiredo

Que quer? Sou solteiro, aposentado, independente: não tenho que dar satisfações a ninguém. (*outro tom*) Bom: vou dar uma volta antes do jantar. Não se esqueça de providenciar para que o criado não continue a levar-me o café às seis e cinqüenta!

O Gerente

Vá descansado. A reclamação é muito justa.

FIGUEIREDO

Até logo. (*sai*)

O GERENTE
(*só*)

Gaba-lhe o gosto de lançar mulatas! Imaginem se um tipo assim tem capacidade para apreciar o Grande Hotel da Capital Federal!

Cena VI

O GERENTE, LOLA, *depois* GOUVEIA,
depois O GERENTE

LOLA
(*entrando*)
Então? Estou esperando há uma hora!...

O GERENTE
Admirou o nosso *plafond*?

LOLA
Não admirei nada! O que eu quero é falar ao Gouveia!

O GERENTE
Já o mandei chamar. (*vendo o Gouveia, que desce a escada*) E ele aí vem descendo a escada. (*à parte*) Pois a esta não se me dava de lançá-la. (*sai*)

GOUVEIA
(*que tem descido*)
Que vieste fazer? Não te disse que não me procurasses aqui? Este hotel...

LOLA
Bem sei: não admite senhoras que não estejam acompanhadas; mas tu não me apareceste ontem nem anteontem, e quando tu não me apareces, dir-se-ia que eu enlouqueço! Como te amo, Gouveia! (*abraça-o*)

GOUVEIA
Pois sim, mas não dês escândalo! Olha o *chasseur*. (*o chasseur tem efetivamente descido a escada, desaparecendo por qualquer um dos lados*)

LOLA
Então? A primeira dúzia?

GOUVEIA
Tem continuado a dar que faz gosto! 5... 11... 9... 5... Ontem saiu o 5 três vezes seguidas!

LOLA
Continuas então em maré de felicidade?

GOUVEIA
Uma felicidade brutal!... Tanto assim, que tinha já preparado este envelope para ti...

LOLA
Oh! dá cá! dá cá!...

Gouveia
Pois sim, mas com uma condição: vai para casa, não estejas aqui.

Lola
(*tomando o envelope*)
Oh! Gouveia, como eu te amo! Vais hoje jantar comigo, sim?

Gouveia
Vou, contanto que saia cedo. É preciso aproveitar a sorte! Tenho certeza de que a primeira dúzia continuará hoje a dar!

Lola
(*com entusiasmo*)
Oh! Meu amor!... (*quer abraçá-lo*)

Gouveia
Não! Não!... Olha o gerente!...

Lola
Adeus! (*sai muito satisfeita*)

O Gerente
(*que tem entrado, à parte*)
Vai contente! Aquilo é que deu a tal primeira dúzia! (*inclinando-se diante de Gouveia*) Doutor...

Gouveia
Quando aqui vier esta senhora, o melhor é dizer-lhe que não estou. É uma boa rapariga, mas muito inconveniente.

O GERENTE
Vou transmitir essa ordem ao porteiro, porque eu posso não estar na ocasião. (*sai*)

Cena VII

[GOUVEIA, *só*]

GOUVEIA
(*só*)
É adorável esta espanhola, isso é... não choro uma boa dúzia de contos de réis gastos com ela, e que, aliás, não me custaram a ganhar... mas tem um defeito: é muito *colante*... Estas ligações são o diabo... Mas como acabar com isto? Ah! Se a Quinota soubesse! Pobre Quinota! Deve estar queixosa de mim... Oh! Os tempos mudaram... Quando estive em Minas, era um simples caixeiro de cobranças... É verdade que hoje nada sou, porque um jogador não é coisa nenhuma... mas ganho dinheiro, sou feliz, muito feliz! A Quinota, no final das contas, é uma roceira... mas tão bonita! E daí, quem sabe? talvez já se tivesse esquecido de mim.

Cena VIII

GOUVEIA, PINHEIRO, *depois* O GERENTE

PINHEIRO
(*entrando*)
Oh! Gouveia!

Gouveia
Oh! Pinheiro! Que andas fazendo?

Pinheiro
Venho a mandado do patrão falar com um sujeito que mora neste hotel... Mas que luxo! Como estás abrilhantado! Vejo que as coisas têm te corrido às mil maravilhas!

Gouveia
(*muito seco*)
Sim... deixei de ser caixeiro... Embirrava com isso de ir a qualquer parte a mandado de patrão... Atirei-me a umas tantas especulações... Tenho arranjado para aí uns cobres...

Pinheiro
Vê-se... Estás outro, completamente outro!

Gouveia
Devo lembrar-te que nunca me viste sujo.

Pinheiro
Sujo não digo... mas vamos lá, já te conheci pau de laranjeira! Por sinal que...

Gouveia
Por sinal que uma vez me emprestaste dez mil-réis. Fazes bem em lembrar-me essa dívida.

Pinheiro
Eu não te lembrei coisa nenhuma!

Gouveia
Aqui tens vinte mil-réis. Dou-te dez de juros.

Pinheiro
Vejo que tens a esmola fácil, mas – que diabo! guarda o teu dinheiro e não o dês a quem to não pede. Fico apenas com os dez mil-réis que te emprestei com muita vontade e sem juros. Quando precisares deles, vem buscá-los. Cá ficam.

Gouveia
Oh! Não hei de precisar, graças a Deus!

Pinheiro
Homem, quem sabe? O mundo dá tantas voltas!

Gouveia
Adeus, Pinheiro. (*sai pela esquerda*)

Pinheiro
Adeus, Gouveia. (*só*) Umas tantas especulações... Bem sei quais são elas... Pois olha, meu figurão, não te desejo nenhum mal, mas conto que ainda hás de vir buscar estes dez mil-réis, que ficam de prontidão.

O Gerente
(*entrando*)
Deseja alguma coisa?

Pinheiro
Sim, senhor, falar a um hóspede... Eu sei onde é, não se incomode. (*sobe a escada e desaparece*)

O Gerente
(*só*)

E lá vai sem dar mais cavaco! A esta gente há de custar-lhe habituar-se a um hotel de primeira ordem como é o Grande Hotel da Capital Federal!

Cena IX

O Gerente, Eusébio, Fortunata, Quinota, Benvinda, Juquinha, *dois carregadores da Estrada de Ferro com malas, depois* O Chasseur, *criados e criadas*

(*A família traz maletas, trouxas, embrulhos, etc.*)

O Gerente

Olá! Temos hóspedes! (*chamando*) *Chasseur*! Vá chamar gente! (*o chasseur aparece e desaparece, e pouco depois volta com alguns criados e criadas*)

Eusébio
(*entrando à frente da família, fechando uma enorme carteira*)

Ave Maria! Trinta mil-réis pra nos *trazê* da estação da estrada de ferro aqui. Esta gente pensa que dinheiro se cava! (*aperta a mão ao Gerente. O resto da família imita-o, apertando também a mão ao* chasseur *e à criadagem*) Deus Nosso *Sinhô* esteje nesta casa!... (*vai pagar aos carregadores, que saem*)

FORTUNATA
É um casão!

JUQUINHA
Eu *tou* com fome! Quero *jantá*!

BENVINDA
Espera, nhô Juquinha!

FORTUNATA
Menino, não começa a *reiná*!

O GERENTE
Desejam quartos?

EUSÉBIO
Sim, *sinhô*!... Mas antes disso deixe *dizê* quem sou.

O GERENTE
Não é preciso. O seu nome será escrito no registro dos hóspedes.

EUSÉBIO
Pois, sim, *sinhô*, mas ouça...

Coplas-lundu

I

EUSÉBIO
Sinhô, eu sou fazendeiro
Em São João do Sabará,

E venho ao Rio de Janeiro
De coisas graves *tratá*.
    Ora aqui está!
Tarvez leve um ano inteiro
Na *Capitá Federá*!

CORO
Ora aqui está! etc.

II

EUSÉBIO
Apareceu um janota
Em São João do Sabará;
Pediu a mão de Quinota
E vei' se embora pra cá.
    Ora aqui está!
Hei de *achá* esse janota
Na *Capitá Federá*!

CORO
Ora aqui está! etc.

Esta é minha *muié*, Dona Fortunata.

FORTUNATA
Uma sua serva. (*faz uma mesura*)

O GERENTE
Folgo de conhecê-la, minha senhora. E esta moça? É sua filha?...

EUSÉBIO
Nossa.

FORTUNATA
Nome dela é Quinota... *Joquina*... mas a gente chama *ela* de Quinota.

QUINOTA
Cala a boca, mamãe. O senhor não perguntou nada.

EUSÉBIO
É muito *estruída*. Teve três *professô*... Este é meu filho... (*procurando Juquinha*) Onde está ele? Juquinha! (*vai buscar pela mão o filho, que traquinava ao fundo*) *Tá* aqui ele. Tem cabeça, *qué vê*? Diz um verso, Juquinha!

JUQUINHA
Ora, papai!

FORTUNATA
Diz um verso, menino! Não ouve teu pai *tá* mandando?

JUQUINHA
Ora, mamãe!

QUINOTA
Diz o verso, Juquinha! Você parece tolo!..

JUQUINHA
Não digo!

BENVINDA
Nhô Juquinha, diga aquele de *lá vem a lua saindo*!

JUQUINHA
Eu não sei verso!

FORTUNATA
Diz o verso, diabo! (*dá-lhe um beliscão. Juquinha faz grande berreiro*)

EUSÉBIO
(*tomando o filho e acariciando-o*)
Tá bom! não chora! não chora! (*ao Gerente*) *Tá* muito cheio de vontade... Ah! mas eu hei de endireitar *ele*!

O GERENTE
Não será melhor subirem para os seus quartos?

EUSÉBIO
Sim, *sinhô*. (*examinando em volta de si*) O hotelzinho parece bem *bão*.

O GERENTE
O hotelzinho? Um hotel que seria de primeira ordem em qualquer parte do mundo! O Grande Hotel da Capital Federal!

FORTUNATA
E diz que é só de família.

O GERENTE
Ah! Por esse lado podem ficar tranqüilos.

Cena X

Os mesmos, Figueiredo

(*Figueiredo volta; examina os circunstantes
e mostra-se impressionado por Benvinda,
que repara nele.*)

O Gerente
(*aos Criados*)
AcompanhEm estas senhoras e estes senhores...
para escolherem os seus quartos à vontade. (*vai saindo e passa por perto de Figueiredo*)

Figueiredo
(*baixinho*)
Que boa mulata, seu Lopes! (*o Gerente sai*)

Os Criados e Criadas
(*tomando as malas e embrulhos*)
Façam favor... Venham!... Subam!...

Eusébio
(*perto da escada*)
Suba, Dona Fortunata! Sobe, Quinota! Sobe, Juquinha! (*todos sobem*) Vamo! (*sobe também*) Sobe, Benvinda! (*quando Benvinda vai subindo, Figueiredo dá-lhe um pequeno beliscão no braço*)

Figueiredo
Adeus, gostosura!

BENVINDA
Ah! Seu assanhado! (*sobe*)

O GERENTE
(*que entrou e viu*)
Então, que é isso, senhor Figueiredo? olhe que está no Grande Hotel da Capital Federal!

FIGUEIREDO
Ah! Seu Lopes, aquela hei de eu lançá-la! (*sobe a escada*)

O GERENTE
(*só*)
Queira Deus não vá arranjar uma carga de pau do fazendeiro! (*sai*)

(*Mutação.*)

Quadro 2

(*Corredor. Na parede uma mão pintada, apontando para este letreiro: "Agência de alugar casas. Preço de cada indicação 5$000 Rs., pagos adiantados." Ao fundo um banco, encostado à parede.*)

Cena I

Vítimas, entrando furiosas da esquerda, depois,
MOTA, FIGUEIREDO

CORO
Que ladroeira!
Que maroteira!
Que bandalheira!
Pasmado estou!
Viu toda a gente
Que o tal agente
Cinicamente
Nos enganou!

MOTA

(*entrando da esquerda também muito zangado*)
Cinco mil-réis deitados fora!... Cinco mil-réis roubados!... Mas deixem estar que... (*vai saindo e encontra-se com Figueiredo, que entra da direita*)

FIGUEIREDO
Que é isto, seu Mota? Vai furioso!

MOTA
Se lhe parece que não tenho razão! Esta agência indica onde há casas vazias por cinco mil-réis.

FIGUEIREDO
Casas por cinco mil-réis? Barata feira!

MOTA
Perdão; indica por cinco mil-réis...

FIGUEIREDO
(*sorrindo*)
Bem sei, e é isso justamente o que aqui me traz. Resolvi deixar o Grande Hotel da Capital Federal e

montar casa. Esgotei todos os meios para obter com que naquele suntuoso estabelecimento me levassem o café ao quarto às sete horas em ponto. Como não estou para me zangar todas as manhãs, mudo-me. O diabo é que não acho casa que me sirva. Dizem-me que nesta agência...

Mota

Volte, seu Figueiredo, volte, se não quer que lhe aconteça o mesmo que me sucedeu e tem sucedido a muita gente! Indicaram-me uma casa no Morro do Pinto, com todas as acomodações que eu desejava... Você sabe o que é subir ao Morro do Pinto?

Figueiredo

Sei, já lá subi uma noite por causa de uma trigueira.

Mota

Pois eu subi ao Morro do Pinto e encontrei a casa ocupada.

Figueiredo

Foi justamente o que me aconteceu com a trigueira.

Mota

Volto aqui, faço ver que a indicação de nada me serviu e peço que me restituam os meus ricos cinco mil-réis. Respondem-me que a agência nada me restitui, porque não tem culpa de que a casa se tivesse alugado.

Figueiredo
E não lhe deram outra indicação?

Mota
Deram. Cá está. (*tira um papel*)

Figueiredo
(*à parte*)
Vou aproveitá-la!

Mota
Mas provavelmente vale tanto como a outra!

Figueiredo
(*depois de ler*)
Oh!

Mota
Que é?

Figueiredo
Esta agora não é má! Rua dos Arcos, n.º 100. Indicaram a casa da Minervina!

Mota
Que Minervina?

Figueiredo
Uma trigueira.

Mota
A do Morro do Pinto?

FIGUEIREDO
Não. Outra. Outra, que eu lancei há quatro anos. Mudou-se para a Rua dos Arcos não há oito dias.

MOTA
Então? Quando lhe digo!

FIGUEIREDO
Oh! As trigueiras têm sido o meu tormento!

MOTA
As trigueiras são...

FIGUEIREDO
As mulatas. Eu digo trigueiras por ser menos rebarbativo... Ainda agora está lá no hotel uma família de Minas que trouxe consigo uma mucama... Ah, seu Mota...

MOTA
Pois atire-se!

FIGUEIREDO
Não tenho feito outra coisa, mas não me tem sido possível encontrá-la a jeito. Só hoje consegui meter-lhe uma cartinha na mão, pedindo-lhe que vá ter comigo ao Largo da Carioca. Quero lançá-la!

MOTA
Mas vamos embora! Estamos numa caverna!

FIGUEIREDO
E é tudo assim no Rio de Janeiro... Não temos nada, nada, nada, nada... Vamos...

Cena II

Os mesmos, uma Senhora, *depois um* Proprietário

A Senhora
(*vindo da esquerda*)
Um desaforo! Uma pouca-vergonha!

Mota
Foi também vítima, minha senhora?

A Senhora
Roubaram-me cinco mil-réis!

Figueiredo
Também – justiça se lhes faça – eles nunca roubam mais do que isso!

A Senhora
Indicaram-me uma casa... Vou lá, e encontro um tipo que me pergunta se quero um quarto mobiliado! Vou queixar-me...

Mota
Ao bispo, minha senhora! Queixemo-nos todos ao bispo!... (*o Proprietário entra e vai atravessando, da cena da direita para a esquerda, cumprimentando as pessoas presentes*)

Figueiredo
(*embargando-lhe a passagem*)
Não vá lá, não vá lá, meu caro senhor! Olhe que lhe roubam cinco mil-réis.

O Proprietário

Nada! Eu não pretendo casa. O que eu quero é alugar a minha.

Os Três

Ah! (*cercam-no*)

A Senhora

Talvez não seja preciso ir à agência. Eu procuro uma casa.

Mota

E eu.

Figueiredo

E eu também.

A Senhora

A sua onde é?

O Proprietário

Ora essa! Por que é que a agência há de cobrar e eu não?

Mota

A agência paga impostos e é, apesar dos pesares, um estabelecimento legalmente autorizado.

O Proprietário

Bem; como eu não sou um estabelecimento legalmente autorizado, dou a indicação por três mil-réis.

Mota
Guarde-a!

Figueiredo
Dispenso-a!

A Senhora
Aqui tem os três mil-réis. A necessidade é tão grande, que me submeto a todas as patifarias!

O Proprietário
(*calmo*)
Patifaria é forte, mas como a senhora paga... (*guarda o dinheiro*)

Mota
Vamos!

O Proprietário
A minha casa é na Praia Formosa.

Mota e Figueiredo
Que horror!

O Proprietário
Um sobrado com três janelas de peitoril. Os baixos estão ocupados por um açougue.

Mota e Figueiredo
Xi!

Mota
Deve haver muito mosquito!

O Proprietário
Mosquitos há em toda a parte. Sala, três quartos, sala de jantar, despensa, cozinha, latrina na cozinha, água, gás, quintal, tanque de lavar e galinheiro.

A Senhora
Não tem banheiro?

O Proprietário
Terá, se o inquilino o fizer. A casa foi pintada e forrada há dez anos; está muito suja. Aluguel, duzentos e cinqüenta mil-réis por mês. Carta de fiança passada por negociante matriculado, trezentos mil-réis de posse e contrato por três anos. O imposto predial e de pena d'água é pago pelo inquilino.

A Senhora
Com os três mil-réis que me surripiou compre uma corda e enforque-se! (*sai*)

Figueiredo
(*enquanto ela passa*)
Muito bem respondido, minha senhora!

Mota
Com efeito!

O Proprietário
Mas os senhores...

Figueiredo
(*tirando um apito do bolso*)
Se diz mais uma palavra, apito para chamar a polícia!

O Proprietário
Ora vá se catar! (*vai saindo*)

Figueiredo
Que é? Que é?... (*segue-o*)

O Proprietário
Largue-me!

Figueiredo
Este tipo merecia uma lição! (*empurrando-o*) Vamos embora! Deixá-lo!

Mota
Vamos!

O Proprietário
(*voltando e avançando para eles*)
Mas eu...

Os Dois
Hein? (*atiram-se ao Proprietário, que foge, desaparecendo pela esquerda. Mota e Figueiredo encolhem os ombros e saem pela direita, encontrando-se à porta com Eusébio, que entra. O Proprietário volta e, enganado, dá com o guarda-chuva em Eusébio, e foge. Eusébio tira o casaco para persegui-lo*)

Cena III

Eusébio, *só, depois*, Fortunata, Quinota, Juca, Benvinda

EUSÉBIO

Tratante! Se eu te agarro, tu *havia* de *vê* o que *é purso* de mineiro! Que terra esta, minha Nossa Senhora, que terra esta em que um *home* apanha sem *sabê* por quê? Mas onde ficou esta gente? Aquela Dona Fortunata não presta pra subir escada! (*indo à porta da direita*) Entra! É aqui! (*entra a família*)

FORTUNATA
(*entrando apoiada no braço de Quinota*)
Deixe-me *arrespirá* um bocadinho! *Virge* Maria! Quanta escada!

EUSÉBIO
E ainda é no outro *andá*! Olhe! (*aponta para o letreiro*)

JUCA
(*vendo Eusébio a vestir o casaco*)
Mamãe, papai se despiu!

AS TRÊS
É verdade!

EUSÉBIO
Tirei o casaco pra *brigá*! Não foi nada.

FORTUNATA
Não posso mais co'esta história de casa!

QUINOTA
É um inferno!

BENVINDA
Uma desgraça!

EUSÉBIO
Paciência. Nós não *podemo ficá* naquele *boté*... Aquilo é luxo demais e custa os *óio* da cara! Como *temo* que *ficá argum* tempo na *Capitá Federá*, o *mió* é *precurá* uma casa. A gente compra uns *traste* e alguma louça... Benvinda vai pra cozinha...

BENVINDA
(*à parte*)
Pois sim!

EUSÉBIO
E Quinota trata dos *arranjo* da casa.

QUINOTA
Mas a coisa é que não se arranja casa.

EUSÉBIO
Desta vez tenho esperança de *arranjá*. Diz que essa agência é muito séria. *Vamo*!

FORTUNATA
Eu não subo mais escada! Espero aqui no *corredô*.

EUSÉBIO
Tudo fica! Eu vou e *vorto*. (*vai saindo*)

JUCA
(*chorando e batendo o pé*)
Eu quero *i* com papai! eu quero *i* com papai!

FORTUNATA

Pois vai, diabo!...

EUSÉBIO

Vem! vem! não chora! Dá cá a mão! (*sai com o filho pela esquerda*)

Cena IV

FORTUNATA, QUINOTA *e* BENVINDA

QUINOTA

Mamãe, por que não se senta naquele banco?

FORTUNATA

Ah! é verdade! não tinha *arreparado*. Estou moída. (*senta-se e fecha os olhos*)

BENVINDA

Sinhá vai *dromi*.

QUINOTA

Deixa.

BENVINDA
(*em tom confidencial*)
Ó *nhanhã*?

QUINOTA

Que é?

BENVINDA
Nhanhã arreparou naquele *home* que ia descendo pra baixo quando a gente vinha subindo pra cima?

QUINOTA
Não. Que homem?

BENVINDA
Aquele que mora lá no *hoté* em que a gente mora...

QUINOTA
Olha mamãe! (*dona Fortunata ressona*)

BENVINDA
Já está *dromindo*. *Nhanhã arreparou*?

QUINOTA
Reparei, sim.

BENVINDA
Sabe o que ele fez hoje de *menhã*? Me meteu esta carta na mão!

QUINOTA
Uma carta? E tu ficaste com ela? Ah! Benvinda! (*pausa*) É para mim?

BENVINDA
Pra quem *havera* de *sê*?

QUINOTA
Não está sobrescritada.

BENVINDA
(à parte, enquanto Quinota se certifica de que Fortunata dorme)
Bem sei que a carta é minha... O que eu quero é que ela leia pra eu *ouvi.*

QUINOTA
Dá cá. (*toma a carta e vai abri-la, mas arrepende-se*) Que asneira ia eu fazendo!

Duetino

QUINOTA
Eu gosto do seu Gouveia:
Com ele quero casar;
O meu coração anseia
Pertinho dele pulsar;
    Portanto a epístola
    Não posso abrir!
    Sérios escrúpulos
    Devo sentir!

BENVINDA
Está longe seu Gouveia;
Aqui agora não vem...
Abra a carta, a carta leia...
Não digo nada a ninguém!

QUINOTA
Não! não! a epístola
Não posso abrir!
Sérios escrúpulos
Devo sentir!

Entretanto, é verdade
Que tenho tal ou qual curiosidade.
Mamãe – eu tremo! –

BENVINDA
Sim, e ela *memo*
Respondeu já.
(*Fortunata tem ressonado.*)

QUINOTA
É feio,
Mas que importa? Abro e leio!
(*abre a carta*)

Juntas

QUINOTA	BENVINDA
Eu sou curiosa!	É bem curiosa!
Não sei me conter!	Não há que *dizê*!
A carta amorosa	A carta amorosa
Depressa vou ler!	Depressa vai *lê*!...

AMBAS
Uê!...

QUINOTA
(*lendo a carta*)
"Minha bela mulata."

AMBAS
Uê!

QUINOTA
(*lendo*)
"Minha bela mulata. Desde que estás morando neste hotel, tenho debalde procurado falar-te. Tu não passas de uma simples mucama..." (*dá a carta a Benvinda*) A carta é para ti. (*à parte*) Fui bem castigada.

BENVINDA
Leia pra eu *ouvi*, *nhanhã*.

QUINOTA
(*lendo*)
"Se queres ter uma posição independente e uma casa tua..."

BENVINDA
Gentes!

QUINOTA
"... deixa o hotel, e vai ter comigo terça-feira, às quatro horas da tarde, no Largo da Carioca, ao pé da charutaria do Machado."

BENVINDA
(*à parte*)
Terça-feira... quatro *hora*...

QUINOTA
"Nada te faltará. Eu chamo-me Figueiredo."

BENVINDA
Rasga essa carta, *nhanhã*! Veja só que sem-vergonhice de *home*!

QUINOTA
(*rasgando a carta*)
Se papai soubesse...

BENVINDA
(*à parte*)
Figueiredo...

Cena V

As mesmas, EUSÉBIO, JUQUINHA

EUSÉBIO
Já tenho uma indicação!

DONA FORTUNATA
(*despertando*)
Ah! quase pego no sono! (*erguendo-se*) Já *temo* casa.

EUSÉBIO
Parece. O dono dela é o *home* com quem eu briguei indagorinha. Tinha me tomado por outro. *Vamo à* Praia *Fermosa* pra vê se a casa serve.

DONA FORTUNATA
Ora graça!

BENVINDA
(*à parte*)
Perto da charutaria.

####### Eusébio
(*que ouviu*)

Não sei se é perto da charutaria, mas diz que o *logá* é *aprazive*; a casa *munto* boa... Fica *pro* cima de um açougue, o que *qué dizê* que nunca *fartará* carne! *Vamo*!

####### Quinota
É muito longe?

####### Eusébio
É; mas a gente vai no bonde...

####### Benvinda
(*à parte*)
Largo da Carioca...

####### Eusébio
(*que ouviu*)
Que Largo da Carioca! É os *bondinho* da Rua Direita! *Vamo*!

####### Juquinha
Eu quero *i* com Benvinda!

####### Fortunata
Vai, vai com Benvinda! É *perciso munta* paciência para *aturá* este demônio deste menino! (*saem todos*)

####### Benvinda
(*saindo por último, com Juquinha pela mão*)
Terça-feira... quatro *hora*... Figueiredo...

Cena VI

[O Proprietário, *só*]

O Proprietário
(*vindo da esquerda*)
Queira Deus que o mineiro fique com a casa...
mas não lhe dou dois meses para apanhar uma febre
palustre! (*sai pela direita*)

(*Mutação.*)

Quadro 3

(*O Largo da Carioca. Muitas pessoas estão à espera de bonde. Outras passeiam.*)

Cena I

Figueiredo, Rodrigues, *pessoas do povo*

Coro
À espera do bonde elétrico
Estamos há meia hora!
Tão desusada demora
Não sabemos explicar!
Talvez haja algum obstáculo,
Algum descarrilamento,
Que assim possa o impedimento
Da linha determinar!

(*Figueiredo e Rodrigues vêm ao proscênio.
Rodrigues está carregado de pequenos embrulhos.*)

RODRIGUES
Que estopada, hein?

FIGUEIREDO
É tudo assim no Rio de Janeiro! Este serviço de bondes é terrivelmente malfeito! Não temos nada, nada, absolutamente nada!

RODRIGUES
Que diabo! Não sejamos tão exigentes! Esta companhia não serve mal. Não é por culpa dela esse atraso. Ali na estação me disseram. Na Rua do Passeio está uma fila de bondes parados diante de um enorme caminhão, que levava uma máquina descomunal não sei para onde, e quebrou as rodas. É ter um pouco de paciência.

FIGUEIREDO
Eu felizmente não estou à espera de bonde, mas de coisa melhor. (*consultando o relógio*) Estamos na hora.

RODRIGUES
Ah! seu maganão... alguma mulher... Você nunca há de tomar juízo!

FIGUEIREDO
Uma trigueira... uma deliciosa trigueira!

RODRIGUES
Continua então a ser um grande apreciador de mulatas?

FIGUEIREDO
Continuo, mas eu digo trigueiras por ser menos rebarbativo.

RODRIGUES
Pois eu cá sou o homem da família, porque entendo que a família é a pedra angular de uma sociedade bem organizada.

FIGUEIREDO
Bonito!

RODRIGUES
Reprovo incondicionalmente esses amores escandalosos, que ofendem a moral e os bons costumes.

FIGUEIREDO
Ora não amola! Eu sou solteiro... não tenho que dar satisfações a ninguém.

RODRIGUES
Pois eu sou casado, e todos os dias agradeço a Deus a santa esposa e os adoráveis filhinhos que me deu! Vivo exclusivamente para a família. Veja como vou para·casa cheio de embrulhos! E é isto todos os dias! Vão aqui empadinhas, doces, queijo, chocolate Andaluza, sorvetes de viagem, o diabo!... Tudo gulodices!...

FIGUEIREDO
(que, preocupado, não lhe tem prestado grande atenção)
Não imagina você como estou, impaciente! É curioso! Não varia aos quarenta anos esta sensação

esquisita de esperar uma mulher pela primeira vez! Note-se que não tenho certeza de que ela venha, mas sinto uns formigueiros subirem-me pelas pernas! (*vendo Benvinda*) Oh! diabo! não me engano! Afaste-se, afaste-se que lá vem ela!...

RODRIGUES
Seja feliz. Para mim não há nada como a família. (*afasta-se e fica observando de longe*)

Cena II

Os mesmos, BENVINDA

BENVINDA
(*aproximando-se com uma pequena trouxa na mão*)
Aqui estou.

FIGUEIREDO
(*disfarçando o olhar para o céu*)
Disfarça, meu bem. (*pausa*) Estás pronta a acompanhar-me?

BENVINDA
(*disfarçando e olhando também para o céu*)
Sim, *sinhô*, mas eu quero *sabê* se é verdade o que o *sinhô* disse na sua carta...

FIGUEIREDO
(*disfarçando por ver um conhecido que passa e o cumprimenta*)
Como passam todos lá por casa? As senhoras estão boas?

BENVINDA
(*compreendendo*)
Boas, muito obrigado... Sinhá Miloca é que tem andado com enxaqueca.

FIGUEIREDO
(*à parte*)
Fala mal, mas é inteligente.

BENVINDA
O *sinhô* me dá *memo* casa para mim *morá*?

FIGUEIREDO
Uma casa muito chique, muito bem mobiliada, e uns vestidos muito bonitos. (*passa outro conhecido. O mesmo jogo de cena*) Mas por que esta demora com a minha roupa lavada?

BENVINDA
É porque choveu *munto*... não se pôde *corá*... (*outro tom*) Não me *fartará* nada?

FIGUEIREDO
Nada! Não te faltará nada! Mas aqui não podemos ficar. Passa muita gente conhecida, e eu não quero que me vejam contigo enquanto não tiveres outra encadernação. Acompanha-me e toma o mesmo bonde que eu. (*vai se afastando pela direita e Benvinda também*) Espera um pouco, para não darmos na vista. (*passa um conhecido*) Adeus, hein? Lembranças à Baronesa.

BENVINDA
Sim, *sinhô*, farei presente. (*Figueiredo afasta-se, disfarçando, e desaparece pela direita. Durante a fala que se segue, Rodrigues a pouco e pouco se aproxima de Benvinda*) Ora! Isto sempre deve *sê mió* que aquela vida enjoada lá da roça! Ah! seu *Borge*! seu *Borge*! Você abusou porque era *feitô* lá da fazenda; fez o que fez e me prometeu casamento... Mas casará ou não? *Sinhá e nhanhã ondem ficá danada...* Pois que *fique*!... Quero a minha liberdade! (*vai afastar-se na direção que tomou Figueiredo e é abordada pelo Rodrigues, que não a tem perdido de vista um momento*)

RODRIGUES
Adeus, mulata!

BENVINDA
Viva!

RODRIGUES
(*disfarçando*)
Dá-me uma palavrinha?

BENVINDA
Agora não posso.

RODRIGUES
Olhe, aqui tem o meu cartão... Se precisar de um homem sério... de um homem que é todo família...

BENVINDA
(*tomando disfarçadamente o cartão*)
Pois sim. (*saindo, à parte*) O que não *farta* é *home*... Assim queira uma *muié*... (*sai*)

RODRIGUES
(*consigo*)
Sim... lá de vez em quando... para variar... não quero dizer que... (*outro tom*) E o maldito bonde que não chega! (*afasta-se pela direita e desaparece*)

Cena III

LOLA, MERCEDES, BLANCHETTE, DOLORES, GOUVEIA,
pessoas do povo

(*As quatro mulheres entram da esquerda, trazendo Gouveia quase à força.*)

Quinteto

AS MULHERES
Ande pra frente,
Faça favor!
Está filado,
Caro senhor!
Queira ou não queira,
Daqui não sai!
Janta conosco!
Conosco vai!

LOLA
Há tantos dias
Tu não me vias,
E agora qu'rias
Deixar-me só!
A tua Lola,

Meu bem, consola!
Dá-me uma esmola!
De mim tem dó!

As Outras
Há tantos dias
Tu não a vias,
E agora qu'rias
Deixá-la só!
A tua Lola,
Meu bem, consola!
Dá-lhe uma esmola!
Tem dó, tem dó!

Gouveia
Não me aborreçam!
Não me enfureçam!
Desapareçam!
Quero estar só!
Isto me amola!
Perco esta bola!
Querida Lola,
De mim tem dó!

Lola
Ingrato – já não me queres!
Tu já não gostas de mim!

Gouveia
São terríveis as mulheres!
Gosto de ti, gosto, sim!
Mas não serve este lugar
Pra tais assuntos tratar!

LOLA
Então daqui saiamos,
Vamos!

TODAS
Vamos!
Há tantos dias, etc.

LOLA
Vamos a saber: por que não tens aparecido?

GOUVEIA
Tu bem sabes por quê.

LOLA
A primeira dúzia falhou?

GOUVEIA
Oh! não! Ainda não falhou, graças a Deus, e por isso mesmo é que não a tenho abandonado noite e dia! Não vês como estou pálido? Como tenho as faces desbotadas e os olhos encovados? É porque já não durmo, é porque já me não alimento, é porque não penso noutra coisa que não seja a roleta!

LOLA
Mas é preciso que descanses, que te distraias, que espaireças o espírito. Por isso mesmo exijo que venhas jantar hoje comigo, quero dizer, conosco, porque, como vês, terei à mesa estas amigas, que tu conheces: a Dolores, a Mercedes e a Blanchette.

AS TRÊS
Então, Gouveia? Venha, venha jantar!...

GOUVEIA
Já deve ter começado a primeira banca!

LOLA
Deixa lá a primeira banca! Tenho um pressentimento de que hoje não dá a primeira dúzia.

AS TRÊS
Então, Gouveia, então? (*querem abraçá-lo*)

GOUVEIA
(*esquivando-se*)
Que é isto? Vocês estão doidas! Reparem que estamos no Largo da Carioca!

LOLA
Vem! Não te faças rogado!

AS TRÊS
(*implorando*)
Gouveia!...

GOUVEIA
Pois sim, vamos lá! Vocês são o diabo!

LOLA
Ai! E o meu leque?! Trouxeste-o, Dolores?

DOLORES
Não.

BLANCHETTE
Nem eu.

MERCEDES
Tu deixaste-o ficar sobre a mesa, no Braço de Ouro.

GOUVEIA
Que foi?

LOLA
Um magnífico leque, comprado, não há uma hora, no *Palais-Royal*. Querem ver que o perdi?

GOUVEIA
Se queres, vou procurá-lo ao Braço de Ouro.

LOLA
Pois sim, faze-me esse favor. (*arrependendo-se*) Não! Se tu vais à Rua do Ouvidor, és capaz de encontrar lá algum amigo que te leve para o jogo.

MERCEDES
E esta é a hora do recrutamento.

LOLA
Vamos nós mesmas buscar o leque. Fica tu aqui muito quietinho à nossa espera. É um instante.

GOUVEIA
Pois vão e voltem.

LOLA
Vamos! (*sai com as três amigas*)

Cena IV

GOUVEIA, *depois*, EUSÉBIO, FORTUNATA,
QUINOTA e JUQUINHA

GOUVEIA

Com esta não contava eu. Daí – quem sabe? – como ando em maré de felicidade, talvez seja uma providência lá não ir hoje. (*Eusébio entra descuidado, acompanhado pela família, e, ao ver Gouveia, solta um grande grito*)

EUSÉBIO

Oh! seu Gouveia! (*chamando*) Dona Fortunata!... Quinota!... (*cercam Gouveia*)

AS SENHORAS e JUQUINHA

Ó seu Gouveia! (*apertam-lhe a mão*)

EUSÉBIO

Seu Gouveia! (*abraça-o*)

GOUVEIA

(*atrapalhado*)

Senhor Eusébio... Minha senhora... Dona Quinota... (*à parte*) Maldito encontro!...

Quarteto

EUSÉBIO, FORTUNATA, QUINOTA e JUQUINHA

Seu Gouveia, finalmente,
Seu Gouveia apareceu!

Seu Gouveia está presente!
Seu Gouveia não morreu!

EUSÉBIO
Andei por todas as *rua*,
Toda a cidade bati;
Mas de *tê* notícias *sua*
As *esperança* perdi!

QUINOTA
Mas ao meu anjo da guarda
Em sonhos dizer ouvi:
Sossega, que ele não tarda
A aparecer por aí!

TODOS
Seu Gouveia, finalmente, etc.

FORTUNATA
Ora, seu Gouveia! o *sinhô* chegou lá na fazenda feito cometa, e começou a *namorá* Quinota. Pediu *ela* em casamento, veio se embora dizendo que vinha *tratá* dos *papé*, e nunca mais deu *siná* de si! Isto se faz, seu Gouveia?

QUINOTA
Mamãe...

EUSÉBIO
Como Quinota andava apaixonada, coitadinha! que não comia, nem bebia, nem *dromia*, nem nada, nós *arresorvemo vi le procurá*... porque *le* escrevi três *carta* que *ficou* sem resposta...

GOUVEIA
Não recebi nenhuma.

EUSÉBIO
Então entreguei a fazenda a seu *Borge*, que *é home* em que a gente pode *confiá*, e aqui *estemo*!

FORTUNATA
O *sinhô* sabe que com moça de família não se brinca... Se seu Eusébio não *soubé sê* pai, aqui estou eu que hei de *sabê sê* mãe!

QUINOTA
Mamãe, tenha calma... seu Gouveia é um moço sério...

GOUVEIA
Obrigado, Dona Quinota. Sou, realmente, um moço sério, e hei de justificar plenamente o meu silêncio. Espero ser perdoado.

QUINOTA
Eu há muito tempo lhe perdoei.

GOUVEIA
(*à parte*)
Está ainda muito bonita! (*alto*) Onde moram?

EUSÉBIO
No Grande *Hoté* da *Capitá Federá*.

GOUVEIA
(*à parte*)
Oh! diabo! no meu hotel!... Mas eu nunca os vi!

QUINOTA
Mas andamos à procura de casa: não podemos ficar ali.

FORTUNATA
É muito caro.

GOUVEIA
Sim, aquilo não convém.

EUSÉBIO
Mas é muito *difice achá* casa. Uma agência nos indicou uma, na Praia *Fermosa*...

FORTUNATA
Que chiqueiro, seu Gouveia!

EUSÉBIO
Paguemo cinco *mi*-réis pra nos *enchê* de *purga*!

QUINOTA
E era muito longe.

GOUVEIA
Descansem, há de se arranjar casa. (*à parte*) E a Lola, que não tarda!

EUSÉBIO
Como diz?

GOUVEIA
Nada... Mas, ao que vejo, veio toda a família?

EUSÉBIO
Toda! Dona Fortunata... Quinota.... o Juquinha...

JUQUINHA
A Benvinda.

EUSÉBIO
Ah! é verdade! nos aconteceu uma desgraça!

FORTUNATA
Uma grande desgraça!

GOUVEIA
Que foi? Ah! já sei... o senhor foi vítima do conto-do-vigário!

EUSÉBIO
Eu?... Então eu sou *argum* matuto?... Não *sinhô*, não foi isso.

JUQUINHA
Foi a Benvinda que fugiu!

QUINOTA
Cale a boca!

JUQUINHA
Fugiu *cum home*!

EUSÉBIO
Cala a boca, menino!

JUQUINHA
Foi Quinota que disse!

FORTUNATA
Cala a boca, diabo!

EUSÉBIO
O *sinhô* se lembra da Benvinda?

FORTUNATA
Aquela mulatinha? cria da fazenda?

GOUVEIA
Lembro-me.

EUSÉBIO
Hoje de *menhã*, a gente *se acorda-se... precura...*

FORTUNATA
Quê dê Benvinda?

GOUVEIA
Pode ser que ainda a encontrem.

FORTUNATA
Mas em que estado, seu Gouveia!

EUSÉBIO
E seu *Borge* já estava *arresorvido* a *casá* com ela... Mas não *fiquemo* aqui...

GOUVEIA
(*inquieto*)
Sim, não fiquemos aqui.

EUSÉBIO

Temo muito que *conversá*, seu Gouveia. Não quero que Dona Fortunata diga que não sei *sê* pai... Quero *sabê* se o *sinhô* está ou não está disposto a cumprir o que tratou!

GOUVEIA

Certamente. Se Dona Quinota ainda gosta de mim...

QUINOTA
(*baixando os olhos*)

Eu gosto.

GOUVEIA

Mas vamos! Em caminho conversaremos. São contos largos!

EUSÉBIO

Vamos *jantá* lá no *hoté*.

GOUVEIA

No hotel? A linha está interrompida. (*à parte*) Era o que faltava! Ela lá iria! (*alto*) Vamos ao Internacional.

EUSÉBIO

Onde é isso?

GOUVEIA

Em Santa Teresa. Toma-se aqui o bonde elétrico.

FORTUNATA

O *tá* que vai *pro* cima do arco?

GOUVEIA
Sim, senhora.

FORTUNATA
Xi!

GOUVEIA
Não há perigo. Mas vamos! Vamos! (*dá o braço a Quinota*)

FORTUNATA
(*querendo separá-los*)
Mas...

EUSÉBIO
Deixe. Isto aqui é moda. A senhora se *alembre* que não *estamo* em São João do Sabará.

JUQUINHA
Eu quero *i co* Quinota!

FORTUNATA
Principia! principia! Que menino, minha Nossa Senhora!

GOUVEIA
(*vendo Lola*)
Ela! Vamos! Vamos! (*retira-se precipitadamente*)

EUSÉBIO
Espere aí, seu Gouveia! Ande, Dona Fortunata.

JUQUINHA
(*chorando*)
Eu quero ir com Quinota! (*saem todos a correr pela direita*)

Cena V

LOLA, MERCEDES, DOLORES, BLANCHETTE, RODRIGUES, *pessoas do povo*

LOLA
Então? O Gouveia? Não lhes disse? Bem me arrependi de o ter deixado ficar! Não teve mão em si e lá se foi para o jogo!

MERCEDES
Que tratante!

DOLORES
Que malcriado!

BLANCHETTE
Que grosseirão!

LOLA
E nada de bondes!

MERCEDES
Que fizeste do teu carro?

LOLA

Pois não te disse já que o meu cocheiro, o Lourenço, amanheceu hoje com uma pontinha de dor de cabeça?

BLANCHETTE
(*maliciosa*)
Poupas muito o teu cocheiro.

LOLA

Coitado! é tão bom rapaz! (*vendo Rodrigues, que se tem aproximado aos poucos*) Olá, como vai você?

RODRIGUES
(*disfarçando*)
Vou indo, vou indo... Mas que bonito ramilhete franco-espanhol! A Dolores... a Mercedes... a Blanchette... *Viva la gracia*!

LOLA
(*às Outras*)
Uma idéia, uma fantasia: vamos levar este tipo para jantar conosco?

AS OUTRAS

Vamos! Vamos!

BLANCHETTE
Substituirá o Gouveia! Bravo!

LOLA
(*a Rodrigues*)
Você faz-nos um favor? Venha jantar com o ramilhete franco-espanhol!

Rodrigues
Eu? Não posso, filha: tenho a família à minha espera.

Lola
Manda-se um portador à casa com esses embrulhos.

Mercedes
Os embrulhos ficam, se é coisa que se coma.

Rodrigues
Vocês estão me tentando, seus demônios.

Lola
Vamos! anda! um dia não são dias!

Rodrigues
Eu sou um chefe de família!

Todas
Não faz mal!

Rodrigues
Ora adeus! Vamos! (*olhando para a esquerda*) Ali está um carro. O próprio cocheiro levará depois um recado à minha santa esposa... disfarcemos... Vou alugar o carro. (*sai*)

Todas
Vamos! (*acompanham-no*)

Pessoas do povo
Lá vem afinal um bonde! Tomemo-lo! Avança! (*correm todos. Música na orquestra até o fim do ato*)

(*Mutação.*)

Quadro 4

(*A passagem de um bonde elétrico sobre os arcos. Vão dentro do bonde, entre outros passageiros, Eusébio, Gouveia, Dona Fortunata, Quinota e Juquinha. Ao passar o bonde em frente ao público, Eusébio levanta-se entusiasmado pela beleza do panorama.*)

EUSÉBIO
Oh! a *Capitá Federá*! a *Capitá Federá*!...

(*Cai o pano.*)

ATO SEGUNDO

Quadro 5

(*O Largo de São Francisco.*)

Cena I

BENVINDA, *pessoas do povo, depois* FIGUEIREDO

(*Benvinda está exageradamente vestida à última moda e cercada por muitas pessoas do povo, que lhe fazem elogios irônicos.*)

CORO
Ai, Jesus! que mulata bonita!
Como vem tão janota e faceira!
Toda a gente por ela palpita!
Ninguém há que adorá-la não queira!
Ai, mulata!
Não há peito que ao ver-te não bata!

BENVINDA
Vão andando seu caminho,
Deixe a gente assossegada!

CORO
Pára ao menos um instantinho!
Não te mostres irritada!

BENVINDA
Gentes! meu Deus! que maçada!

CORO
Dize o teu nome, benzinho!

Coplas

BENVINDA
Meu nome não digo!
Não quero, aqui está!
Não bulam comigo!
Me deixem passar!
Jesus! quem me acode?
Já vejo que aqui
As moças não pode
Sozinha *saí*!
Sai da frente,
Minha gente!
Sai da frente *pro favô*!
  Tenho pressa!
  Vou depressa!
Vou pra Rua do *Ouvidô*!

CORO
Sai da frente!
Minha gente!
Sai da frente *pro favô*!
Vai com pressa!
Vai depressa!
Vai à Rua do Ouvidor.

BENVINDA
Não digo o meu nome!
Não *tou* de maré!
Diabo dos *home*
Que *insurta* as *muié*!
Quando eu vou sozinha,
Só ouço *dizê*:
"Vem cá, mulatinha,
Que eu vou com você!"
Sai da frente, etc.
Sai da frente, etc.

CORO

(*Figueiredo aparece e coloca-se ao lado de Benvinda.*)

FIGUEIREDO
Meus senhores, que é isto?
Perseguição assim é caso nunca visto!...
Mas saibam que esta fazenda
Tem um braço que a defenda!

BENVINDA
Seu Figueiredo
Eu tava aqui com muito medo!

Coro
(*à meia voz*)
Este é o marchante...
Deixá-los, pois, no mesmo instante!
Provavelmente o tipo é tolo,
E há querer armar um rolo!

(*a toda vez, cumprimentando ironicamente Figueiredo*)

Feliz mortal, parabéns
Pelo tesouro que tens!
Ah! ah! ah! ah! ah! ah! ah! ah!
Mulher mais bela aqui não há!

(*Todos se retiram. Durante as cenas que seguem, até o fim do quadro, passam pessoas do povo.*)

Cena II

Figueiredo, Benvinda

Figueiredo
(*repreensivo*)
Já vejo que há de ser muito difícil fazer alguma coisa de ti!

Benvinda
Eu não tenho *curpa* que esses *diabo*...

FIGUEIREDO
(*atalhando*)
Tens culpa, sim! Em primeiro lugar, essa toalete é escandalosa! Esse chapéu é descomunal!

BENVINDA
Foi o *sinhô* que escolheu ele!

FIGUEIREDO
Escolhi mal! Depois, tu abusas do *face-en-main*.

BENVINDA
Do... do quê?

FIGUEIREDO
Disto, da luneta! Em francês chama-se *face-en-main*. Não é preciso estar a todo o instante... (*faz o gesto de quem leva aos olhos o* face-en-main) Basta que te sirvas disso lá uma vez por outra, e assim, olha, assim, com certo ar de sobranceria. (*indica*) E não sorrias a todo instante, como uma bailarina... A mulher que sorri sem cessar é como o pescador quando atira a rede: os homens vêm aos cardumes, como ainda agora! E esse andar? Por que gingas tanto? Por que te remexes assim?

BENVINDA
(*chorosa*)
Oh! meu Deus! Eu ando bem direitinha... não olho pra ninguém... Estes *diabo* é que *intica* comigo. "Vem cá, mulatinha! Meu bem, ouve aqui uma coisa!"

Figueiredo
Pois não respondas! Vai olhando sempre para a frente! Não tires os olhos de um ponto fixo, como os acrobatas, que andam na corda bamba... Olha, eu te mostro... Faze de conta que eu sou tu e estou passando... Tu és um gaiato, e me dizes uma gracinha quando eu passar por ti. (*afasta-se, e passa pela frente de Benvinda muito sério*) Vamos, dize alguma coisa!...

Benvinda
Dizê o quê?

Figueiredo
(*à parte*)
Não compreendeu! (*alto*) Qualquer coisa! Adeus, meu bem! Aonde vai com tanta pressa! Olha o lenço, que caiu!

Benvinda
Ah! bem!

Figueiredo
Vamos, outra vez. (*repete o movimento*)

Benvinda
Adeus, seu Figueiredo.

Figueiredo
Que Figueiredo! Eu agora sou Benvinda! E a propósito: hei de arranjar-te um nome de guerra.

Benvinda
De guerra? Uê!...

FIGUEIREDO
Sim, um nome de guerra. É como se diz. *Benvinda* é nome de preta velha. Mas não se trata agora disso. Vou passar de novo. Não te esqueças de que eu sou tu. Já compreendeste?

BENVINDA
Já, sim, *sinhô*.

FIGUEIREDO
Ora muito bem! – Lá vou eu. (*repete o movimento*)

BENVINDA
(*enquanto ele passa*)
Ouve uma coisa, mulata! Vem cá, meu coração!...

FIGUEIREDO
(*que tem passado imperturbável*)
Viste? Não se dá troco! Arranja-se um olhar de mãe de família! E diante desse olhar, o mais atrevido se desarma! Vamos! anda um bocadinho até ali! Quero ver se aprendeste alguma coisa!

BENVINDA
Sim, *sinhô*. (*anda*)

FIGUEIREDO
Que o quê! Não é nada disso! Não é preciso fazer projeções do holofote para todos os lados! Assim, olha... (*anda*) Um movimento gracioso e quase imperceptível dos quadris...

BENVINDA
(*rindo*)
Que *home* danado!

FIGUEIREDO
É preciso também corrigir o teu modo de falar, mas a seu tempo trataremos desse ponto, que é essencial. Por enquanto, o melhor que tens a fazer é abrir a boca o menor número de vezes possível, para não dizeres *home* em vez de *homem* e quejandas parvoíces... Não há elegância sem boa prosódia. Aonde ias tu?

BENVINDA
Ia na Rua do *Ouvidô*.

FIGUEIREDO
(*emendando*)
Ouvidorr... Ouvidorr... Não faças economia nos erres, porque apesar da carestia geral, eles não aumentarão de preço. E sibila bem os esses. Assim... Bom. Vai e até logo! Mas vê lá: nada de olhadelas, nada de respostas! Vai!

BENVINDA
Inté logo.

FIGUEIREDO
Que *inté* logo! Até logo é que é! Olha, em vez de *inté* logo, dize: *Au revoir*! Tem muita graça de vez em quando uma palavra ou uma expressão francesa.

BENVINDA
Ó revoá!

FIGUEIREDO

Antes isso! (*Benvinda afasta-se*) Não te mexas tanto, rapariga! Ai! Ai! Isso! Agora foi demais! Ai! (*Benvinda desaparece*) De quantas tenho lançado, nenhuma me deu tanto trabalho. Há de ser difícil coisa lapidar este diamante! É uma vergonha! Não pode estar ao pé de gente! (*Lola vai atravessando a cena; vendo Figueiredo, encaminha-se para ele*)

Cena III

FIGUEIREDO, LOLA

LOLA

Oh! Estimo encontrá-lo! Pode dar-me uma palavra?

FIGUEIREDO
Pois não, minha filha!

LOLA
Não o comprometo?

FIGUEIREDO
De forma alguma! Vossemecê já está lançada!

LOLA
Como?

FIGUEIREDO

Vossemecês só envergonham a gente antes de lançadas.

Lola
Não entendo.

Figueiredo
Nem é preciso entender. Que desejava?

Lola
Lembra-se de mim?

Figueiredo
Perfeitamente. Encontramo-nos um dia no vestíbulo do Grande Hotel da Capital Federal.

Lola
(*apertando-lhe a mão*)
Nunca mais me esqueci da sua fisionomia. O senhor não é bonito... oh! não! mas é muito insinuante.

Figueiredo
(*modestamente*)
Oh! filha!...

Lola
Lembra-se do motivo que me levava àquele hotel?

Figueiredo
Lembra-me. Vossemecê ia à procura de um moço que apontava na primeira dúzia.

Lola
Vejo que tem boa memória. Pois é na sua qualidade de hóspede do Grande Hotel da Capital Federal que me atrevo a pedir-lhe uma informação.

FIGUEIREDO

Mas eu há muitos dias já lá não moro! Era um bom hotel, não nego, mas que quer? Não me levavam o café ao quarto às sete horas em ponto! Entretanto, se for coisa que eu saiba...

LOLA

Queria apenas que me desse notícias do Gouveia.

FIGUEIREDO

Do Gouveia?

LOLA

O tal da primeira dúzia.

FIGUEIREDO

Mas eu não o conheço.

LOLA

Deveras?

FIGUEIREDO

Nunca o vi mais gordo!

LOLA

Que pena! Supus que o conhecesse!

FIGUEIREDO

Pode ser que o conheça de vista, mas não ligo o nome à pessoa.

Lola

Tenho-o procurado inúmeras vezes no hotel... não há meio! Não está! Saiu! Há três dias não aparece cá. Um inferno!...

Figueiredo

Continua a amá-lo?

Lola

Sim, continuo, porque a primeira dúzia, pelo menos até a última vez que lhe falei, não tinha ainda falhado; mas como não o vejo há muitos dias, receio que a sorte afinal se cansasse.

Figueiredo

Então o seu amor regula-se pelos caprichos da bola da roleta?

Lola

É como diz. Ah! eu cá sou franca!

Figueiredo

Vê-se!

Coplas

I

Lola

Este afeto incandescente
Pela bola se regula
Que vertiginosamente
Na roleta salta e pula!

Figueiredo
Vossemecê o moço estima
Dando a bola de um a doze;
Mas de treze para cima
Ce n'est pas la même chose!

II

Lola
É Gouveia um bom pateta
Se supõe que inda o quisesse,
Quando a bola da roleta
A primeira já não desse!

Figueiredo
A mulata brasileira
De carinhos é fecunda,
Embora dando a primeira,
Embora dando a segunda!

Lola
E por outro lado, ando apreensiva...

Figueiredo
Por quê?

Lola
Porque... O senhor não estranhe estas confidências por parte de uma mulher que nem ao menos sabe o seu nome.

Figueiredo
Figueiredo...

LOLA
Mas, como já disse, a sua fisionomia é tão insinuante... simpatizo muito com o senhor.

FIGUEIREDO
Creia que lhe pago na mesma moeda. Digo-lhe mais: se eu não tivesse a minha especialidade... (*à parte*) Deixem lá! Se o moreno fosse mais carregado...

LOLA
Ando apreensiva porque a Mercedes me contou que há dias viu o Gouveia no teatro com uma família que pelos modos parecia gente da roça... e ele conversava muito com uma moça que não era nada feia... Tenho eu que ver se o tratante se apanha com uma boa bolada, arranja casório e eu fico a chuchar no dedo!

FIGUEIREDO
(*à parte*)
Ela exprime-se com muita elegância!

LOLA
Dos homens tudo há que esperar!

FIGUEIREDO
Tudo, principalmente quando dá a primeira dúzia.

LOLA
(*estendendo a mão, que ele aperta*)
Adeus, Figueiredo.

FIGUEIREDO
Adeus... Como te chamas?

LOLA
Lola.

FIGUEIREDO
Adeus, Lola.

LOLA
(*com uma idéia*)
Ah! uma coisa: você é homem que vá a uma festa?

FIGUEIREDO
Conforme.

LOLA
Eu faço anos sábado...

FIGUEIREDO
Este agora?

LOLA
Não; o outro.

FIGUEIREDO
Sábado de aleluia?

LOLA
Sábado de aleluia, sim. Faço anos e dou um baile à fantasia.

FIGUEIREDO
Bravo! Não faltarei!

LOLA
Contanto que vá fantasiado! Se não vai, não entra!

Figueiredo
Irei fantasiado.

Lola
Aqui tem você a minha morada. (*dá-lhe um cartão*)

Figueiredo
Aceito com muito prazer, mas olhe que não vou sozinho...

Lola
Vai com quem quiseres.

Figueiredo
Levo comigo uma trigueira que estou lançando, e que precisa justamente de ocasiões como essa para civilizar-se.

Lola
Aquela casa é tua, meu velho! (*vendo Gouveia, que entra do outro lado, cabisbaixo, e não repara nela*) Olha quem vem ali!

Figueiredo
Quem?

Lola
Aquele é que é o Gouveia.

Figueiredo
Ah! é aquele?... Conheço-o de vista... É um moço do comércio.

LOLA
Foi. Hoje não faz outra coisa senão jogar. Mas como está cabisbaixo e pensativo! Querem ver que a primeira dúzia...

FIGUEIREDO
Adeus! Deixo-te com ele. Até sábado de aleluia!

LOLA
Não faltes, meu velho! (*apertam-se as mãos*)

FIGUEIREDO
(*à parte*)
Dir-se-ia que andamos juntos na escola! (*sai*)

Cena IV

LOLA, GOUVEIA

GOUVEIA
(*descendo cabisbaixo ao proscênio*)
Há três dias dá a segunda dúzia... Consultei hoje a escrita: perdi em noventa e cinco bolas o que tinha ganho em perto de mil e duzentas! Decididamente aquele famoso padre do Pará tinha razão quando dizia que não se deve apontar a roleta nem com o dedo, porque o próprio dedo pode lá ficar!

LOLA
(*à parte, do outro lado*)
Fala sozinho!

Gouveia
Hei de achar a forra! O diabo é que fui obrigado a pôr as jóias no prego. Venho neste instante da casa do judeu. É sempre pelas jóias que começa a esbodegação...

Lola
(*à parte*)
Continua... Aquilo é coisa...

Gouveia
Com certeza vão dar por falta dos meus brilhantes... Pobre Quinota! Se ela soubesse! Ela, tão simples, tão ingênua, tão sincera!

Lola
(*aproximando-se inopinadamente*)
Tu estás maluco?

Gouveia
Hein?... Eu... Ah! és tu? Como vais?...

Lola
Estavas falando sozinho?

Gouveia
Fazendo uns cálculos...

Lola
Aconteceu-te alguma coisa desagradável? Tu não estás no teu natural!

GOUVEIA

Sim... aconteceu-me... fui roubado... um gatuno levou as minhas jóias... e eu estava aqui planejando deixar hoje a primeira dúzia e atacar dois esguichos, o esguicho de sete a 12 e o esguicho de 25 a 30, a dobrar, a dobrar!

LOLA
(*num ímpeto*)
A primeira dúzia falhou?

GOUVEIA
Falhou... (*a gesto de Lola*) Mas descansa: eu já a tinha abandonado antes que ela me abandonasse.

LOLA
Tens então continuado a ganhar?

GOUVEIA
Escandalosamente!

LOLA
Ainda bem, porque sábado de aleluia faço anos...

GOUVEIA
É verdade... fazes anos no sábado de aleluia...

LOLA
É preciso gastar muito dinheiro! Tenho te procurado um milhão de vezes! No hotel dizem-me que lá nem apareces!

GOUVEIA
Exageração.

Lola

E outra coisa: quem era uma família com quem estavas uma noite destas no São Pedro? Uma família da roça?

Gouveia

Quem te disse?

Lola

Disseram-me. Que gente é essa?

Gouveia

Uma família muito respeitável que eu conheci quando andei por Minas.

Lola

Gouveia, Gouveia, tu enganas-me!

Gouveia

Eu! Oh! Lola! Nunca te autorizei a duvidares de mim!...

Lola

Nessa família há uma moça que... Oh! o meu coração adivinha uma desgraça, e... (*desata a chorar*)

Gouveia
(*à parte*)

É preciso, realmente, que ela me ame muito, para ter um pressentimento assim! (*alto*) Então? Que é isso? Não chores! Vê que estamos na rua!...

LOLA
(*à parte*)
Pedaço d'asno!

GOUVEIA
Eu irei logo lá à casa, e conversaremos.

LOLA
Não! não te deixo. Hás de ir agora comigo, hás de acompanhar-me, senão desapareces como aquela vez, no Largo da Carioca!

GOUVEIA
Mas...

LOLA
Ou tu me acompanhas, ou dou um escândalo!

GOUVEIA
Bom, bom, vamos. Tens aí o carro?

LOLA
Não, que o Lourenço, coitado, foi passar uns dias em Caxambu. Vamos a pé. Bem sei que tu tens vergonha de andar comigo em público, mas isso são luxos que deves perder!

GOUVEIA
Vamos! (*à parte*) Hei de achar meio de escapulir...

LOLA
Vamos! (*à parte*) Ou eu me engano, ou está liquidado! (*afastam-se. Entram pelo outro lado Eusé-*

bio, Fortunata e Quinota, que os vêem sem serem vistos por eles)

Cena V

EUSÉBIO, FORTUNATA, QUINOTA

FORTUNATA
Olhe! Lá vai! É ele! É seu Gouveia, com a mesma espanhola com quem estava aquela noite no Jardim do Recreio! (*correndo a gritar*) Seu Gouveia, seu Gouveia!...

EUSÉBIO
(*agarrando-a pela saia*)
Ó senhora! não faça escândalo! Que maluquice de *muié*!...

QUINOTA
(*abraçando o pai, chorosa*)
Papai, eu sou muito infeliz!

EUSÉBIO
Aqui está! É o que a senhora queria!...

FORTUNATA
Aquilo é um desaforo que eu não posso *admiti*! O diabo do *home* é noivo de nossa filha e anda por toda a parte *cuma* pelintra!

EUSÉBIO
Que pelintra, que nada!... Não acredita, *fia* da minha *bença*. É uma prima dele. Coitadinha! Chorando! (*beija-lhe os olhos*)

QUINOTA
Eu gosto tanto daquele ingrato!

EUSÉBIO
Ele também gosta de ti... e há de *casá* contigo...
e há de *sê* um bom marido!

FORTUNATA
(*puxando Eusébio de lado*)
É *perciso* que você tome uma *porvidência quaqué*, seu Eusébio, senão, faço uma estralada!...

EUSÉBIO
(*baixo*)
Descanse... Eu já tomei informação... Já sei
onde mora essa espanhola... Agora mesmo vou *pro-*
• *curá ela. Vá* as duas. Vá pra casa! Eu já vou.

FORTUNATA
E Juquinha? Por onde anda aquele menino?

EUSÉBIO
Deixe, que o pequeno não se perde... Está lá no
tal Belódromo, aprendendo a *andá* naquela coisa...
Cumo chama?

QUINOTA
Bicicleta.

EUSÉBIO
É. Diz que é bom pra *desenvorvê* os *músquios*!

FORTUNATA
Desenvorvê a vadiação, é que é!

QUINOTA
Ele é tão criança!

EUSÉBIO
Deixa o menino se *adiverti*. Vão para casa.

QUINOTA
Lá vamos para aquele forno!

EUSÉBIO
Tem paciência, Quinota! Enquanto não se arranja coisa *mió*, a gente deve se *contentá* c'aquele *sote*.

FORTUNATA
Vamo, Quinota!

QUINOTA
Não se demore, papai!

EUSÉBIO
Não.

FORTUNATA
(*saindo*)
Eu *tô* mas é doida pra me *apanhá* na fazenda! (*Eusébio leva as senhoras até o bastidor e, voltando-se, vê pelas costas Benvinda*)

Cena VI

EUSÉBIO, BENVINDA

BENVINDA
(*consigo*)
Parece que assim o meu *andá tá* direito...

EUSÉBIO
(*consigo*)
Xi que tentação! (*seguindo Benvinda*) Psiu!... ó Dona!... Dona!...

BENVINDA
(*à parte*)
Esta voz... (*volta-se*) *Sinhô* Eusébio!

EUSÉBIO
Benvinda!...

BENVINDA
(*assestando o* face-en-main)
Ó revoá.

EUSÉBIO
A mulata de luneta, minha Nossa Senhora! Este mundo *tá* perdido!...

BENVINDA
(*dando-se ares e sibilando os esses*)
Deseja alguma coisa? Estou às suas *ordes*!

EUSÉBIO
Ah! ah! ah! que mulata pernóstica! Quem havia de *dizê*! Vem cá, diabo, vem cá; me conta tua vida!

BENVINDA
(*mudando de tom*)
V*am'cê* não *tá* zangado comigo?

EUSÉBIO
Eu não! Tu era senhora do teu nariz! O que tu podia *tê* feito era se *despedi* da gente... Dona Fortunata não te perdoa! E seu *Borge*, quando *soubé*, há de *ficá* danado, porque ele gosta de ti.

BENVINDA
Se ele gostasse de mim, tinha se casado comigo.

EUSÉBIO
Ele um dia me deu a *entendê* que se eu te desse um dote...

BENVINDA
V*am'cês* ainda *mora* no *hoté*?

EUSÉBIO
Não. Nós *mudemo* para um *sote* da Rua dos *Inválido*. *Paguemo* sessenta *mi*-réis.

BENVINDA
Seu Gouveia já apareceu?

EUSÉBIO
Apareceu e tudo *tá* combinado... (*à parte*) O diabo é a espanhola!

BENVINDA
Sinhá? *nhanhã*? *nhô* Juquinha? tudo *tá* bom?

Eusébio
Tudo! Tudo *tá* bem!

Benvinda
Nhô Juquinha eu vejo *ele* às *vez passá* na Rua do Lavradio... com outros *menino*...

Eusébio
Tá aprendendo a *andá* no... n... nesses *carro* de duas *roda*, uma atrás outra adiante, que a gente trepa em cima e tem um nome esquisito...

Benvinda
Eu sei.

Eusébio
E tu, mulata?

Benvinda
Eu *tô* com seu Figueiredo.

Eusébio
Sei lá quem é seu Figueiredo.

Benvinda
Tou morando na Rua do Lavradio, canto da Rua da Relação. (*assestando o* face-en-main) Se *quisé aparecê* não faça cerimônia. (*sai requebrando-se*) Ó *revoá*!

Eusébio
Aí, mulata!

Cena VII

Eusébio, *depois* Juquinha

Eusébio
O *curpado* fui eu... Quando me *alembro* que *seu Borge* queria *casá* com ela... Bastava um dote, *quaqué* coisa... dois ou três *conto* de réis... Mas deixa *está*: ele não sabe de nada, e *tarvez* que a coisa ainda se arranje. Quem não sabe é como quem não vê. (*vendo passar Juquinha montado numa bicicleta*) Eh! Juquinha... Menino, vem cá!

Juquinha
Agora não posso, não, *sinhô*! (*desaparece*)

Eusébio
Ah! menino! Espera lá! (*corre atrás do Juquinha. Gargalhada dos circunstantes*)

(*Mutação.*)

Quadro 6

(*Saleta em casa de Lola.*)

Cena I

Lola *e* Gouveia

(*Lola entra furiosa. Traz vestida uma elegante bata. Gouveia acompanha-a. Vem vestido de Mefistófeles.*)

Lola

Não! Isto não se faz! E o senhor escolheu o dia dos meus anos para me fazer essa revelação! Devia esperar pelo menos que acabasse o baile! Com que mau humor vou agora receber os meus convidados. (*caindo numa cadeira*) Oh! os meus pressentimentos não me enganavam!...

Gouveia

Esse casamento é inevitável; quando estive em São João do Sabará, comprometi-me com a família de minha noiva e não posso faltar à minha palavra!

Lola

Mas por que não me disse nada? Por que não foi franco?

Gouveia

Supus que essa dívida tivesse caído em exercícios findos; mas a pequena teve saudades minhas, e tanto fez, tanto chorou, que o pai se viu obrigado a vir procurar-me! Como vês, é uma coisa séria!

Lola

Mas o senhor não pode procurar um subterfúgio qualquer para evitar esse casamento? Que idéia é essa de se casar agora, que está bem, que tem sido feliz no jogo? E eu? que papel represento eu em tudo isto?

Gouveia

(*puxando uma cadeira*)
Lola, vou ser franco, vou dizer-te toda a verdade. (*senta-se*) Há muito tempo não faço outra coisa

senão perder... O outro dia tive uma aragem passageira, um sopro de fortuna, que serviu apenas para pagar as despesas da tua festa de hoje e mandar fazer esta roupa de Mefistófeles! Estou completamente perdido! As minhas jóias não foram roubadas, como eu te disse. Deitei-as no prego e vendi as cautelas. Para fazer dinheiro, eu, que aqui vês coberto de seda, tenho vendido até a roupa do meu uso... Nessas casas de jogo já não tenho a quem pedir dinheiro emprestado. Os banqueiros olham-me por cima dos ombros porque eu tornei-me um piaba... Sabes o que é um piaba? É um sujeito que vai jogar com muito pouco bago. Estou completamente perdido!

LOLA
(*erguendo-se*)
Bom. Prefiro essa franqueza. É muito mais razoável.

GOUVEIA
(*erguendo-se*)
Esse casamento é a minha salvação; eu...

LOLA
Não precisa dizer mais nada. Agora sou eu a primeira a aconselhar-te que te cases, e quanto antes melhor...

GOUVEIA
Mas, minha boa Lola, eu sei que com isso vais padecer bastante, e...

Lola
Eu? Ah! ah! ah! ah!... Só esta me faria rir!... Ah! ah! ah! ah!... Sempre me saíste um grande tolo! Pois entrou-te na cabeça que eu algum dia quisesse de ti outra coisa que não fosse o teu dinheiro?

Gouveia
(*horrorizado*)
Oh!

Lola
E realmente supunhas que eu te tivesse amor?

Gouveia
(*caindo em si*)
Compreendo e agradeço o teu sacrifício, minha boa Lola. Tu estás a fingir uma perversidade e um cinismo que não tens, para que eu saia desta casa sem remorsos! Tu és a Madalena, de Pinheiro Chagas!

Lola
E tu és um asno! O que te estou dizendo é sincero! Estava eu bem aviada se me apaixonasse por quem quer que fosse!

Gouveia
Dar-se-á caso que te saíssem do coração todos aqueles horrores?

Lola
Do coração? Sei lá o que isso é. O que afianço é que sou tão sincera, que me comprometo a amar-te ainda com mais veemência que da primeira vez no

dia em que resolveres dar cabo do dote da tua futura esposa!

Gouveia
(*com uma explosão*)
Cala-te, víbora danada! Olha que nem o jogo, nem os teus beijos me tiraram totalmente o brio! Eu posso fazer-te pagar bem caro os teus insultos!

Lola
Ora, vai te catar! Se julgas amedrontar-me com esses ares de galã de dramalhão, enganas-te redondamente! Depois repara que estás vestido de Mefistófeles! Esse traje prejudica os teus efeitos dramáticos! Vai, vai ter com a tua roceira. Casem-se, sejam muito felizes, tenham muitos Gouveiazinhos, e não me amoles mais! (*Gouveia avança, quer dizer alguma coisa, mas não acha uma palavra. Encolhe os ombros e sai*)

Cena II

Lola, *depois*, Lourenço

Lola
(*só*)
Faltou-lhe uma frase, para o final da cena, coitado! A respeito de imaginação, este pobre rapaz foi sempre uma lástima! Os homens não compreendem que o seu único atrativo é o dinheiro! Este pascácio devia ser o primeiro a fazer uma retirada em regra, e não se sujeitar a tais sensaborias! Bastavam quatro li-

nhas pelo correio. Oh! Também a mim, quando eu ficar velha e feia, ninguém me há de querer! Os homens têm o dinheiro, nós temos a beleza; sem aquele e sem esta, nem eles nem nós valemos coisa nenhuma. (*entra Lourenço, trajando uma libré de cocheiro. Vem a rir-se*)

LOURENÇO

Que foi aquilo?

LOLA

Aquilo quê?

LOURENÇO

O Gouveia! Veio zunindo pela escada abaixo e, no saguão, quando eu me curvei respeitosamente diante dele, mandou-me ao diabo, e foi pela rua fora, a pé, vestido de Satanás de mágica! Ah! ah! ah!

LOLA

Daquele estou livre!

LOURENÇO

Eu não dizia a você? Aquilo é bananeira que já deu cacho!

LOLA

Que vieste fazer aqui? Não te disse que ficasses lá embaixo?

LOURENÇO

Disse, sim, mas é que está aí um matuto, pelos modos fazendeiro, que deseja falar a você.

Lola

A ocasião é imprópria. São quase horas, ainda tenho que me vestir!

Lourenço

Coitado! o pobre diabo já aqui veio um ror de vezes a semana passada, e parece ter muito interesse nesta visita. Demais... você bem sabe que nunca se manda embora um fazendeiro.

Lola

Que horas são?

Lourenço

Oito e meia. Já estão na sala alguns convidados.

Lola

Bem! num quarto de hora eu despacho esse matuto. Faze-o entrar.

Lourenço

É já. (*sai assoviando*)

Lola
(*só*)

Como anda agora lépido o Lourenço! Voltou de Caxambu que nem parece o mesmo! Ele tem razão: um fazendeiro nunca se manda embora.

Lourenço

(*introduzindo* Eusébio *muito corretamente*)
Tenha Vossa Excelência a bondade de entrar. (*Eusébio entra muito encafifado e Lourenço sai fechando a porta*)

Cena III

Lola, Eusébio

Eusébio
Boa *nôte*, madama! Deus esteja nesta casa!

Lola
Faz favor de entrar, sentar-se e dizer o que deseja. (*oferece-lhe uma cadeira. Sentam-se ambos*)

Eusébio
Na *sumana* passada eu *precurei* a madama um *bandão* de *vez* sem conseguir *le falá*...

Lola
E por que não veio esta semana?

Eusébio
Dona Fortunata não quis, por *sê Sumana* Santa... Eu então esperei que rompesse as *aleluia*! (*uma pausa*) Eu pensei que a madama embrulhasse língua comigo, e eu não entendesse nada que a madama dissesse, mas *tô* vendo que fala muito bem o português...

Lola
Eu sou espanhola e... o senhor sabe... o espanhol parece-se muito com o português; por exemplo: *hombre*, homem; *mujer*, mulher.

Eusébio
(*mostrando o chapéu que tem na mão*)
E como é chapéu, madama?

LOLA

Sombrero.

EUSÉBIO

E guarda-chuva?

LOLA

Paraguas.

EUSÉBIO

É! Parece quase a mesma coisa! E cadeira?

LOLA

Silla.

EUSÉBIO

E janela?

LOLA

Ventana.

EUSÉBIO

Muito parecida!

LOLA

Mas, perdão, creio que não foi para aprender espanhol que o senhor veio à minha casa...

EUSÉBIO

Não, madama, não foi para *aprendê* espanhol: foi para *tratá* de coisa *munto* séria!

LOLA

De coisa séria? Comigo! É esquisito!...

Eusébio

Não é esquisito, não, madama; eu sou o pai da noiva de seu Gouveia!...

Lola

Ah!

Eusébio

Cumo minha *fia* anda *munto* desgostosa *pru* via da madama, eu me *alembrei* de vi na sua casa para *sabê*... sim, para *sabê* se é *possive* a madama se *separá* de seu Gouveia. Se *fô possive, munto* que bem; se não *fô*, paciência: a gente *arruma* as *mala*, e *amenhã memo vorta* pra fazenda. Minha *fia* é bonita e é rica: não há de *sê* defunto sem choro!...

Lola

Compreendo: o senhor vem pedir a liberdade de seu futuro genro!

Eusébio

Sim, madama; eu quero o moço livre e desembaraçado de *quaqué* ônus! (*Lola levanta-se, fingindo uma comoção extraordinária; quer falar, não pode, e acaba numa explosão de lágrimas. Eusébio levanta-se*) Que é isso? A madama *tá* chorando?!...

Lola

(*entre lágrimas*)

Perder o meu adorado Gouveia! Oh! o senhor pede-me um sacrifício terrível! (*pausa*) Mas eu compreendo... Assim é necessário... Entre a mulher perdida e a menina casta e pura; entre o vício e a virtude, é o vício que deve ceder... Mas o senhor não imagina como eu amo aquele moço e quantas lágrimas preciso verter para apagar a lembrança do meu amor desgraçado! (*abraça Eusébio, escondendo o rosto nos ombros dele, e soluça*) Sou muito infeliz!

Eusébio
(*depois de uma pausa, em que faz muitas caretas*)
Então, madama? sossegue... A Madama não perde nada... (*à parte*) Que cangote cheiroso!...

Lola
(*olhando para ele, sem tirar a cabeça
do ombro*)
Não perco nada? que quer o senhor dizer com isso!

Eusébio
Quero *dizê* que... sim... quero *dizê*... *Home*, madama, tira a cabeça daí, porque assim eu não acerto c'as palavras!

Lola
(*sem tirar a cabeça*)
Sim, a minha porta se fechará ao Gouveia... Juro-lhe que nunca mais o verei... Mas onde irei achar consolação?... Onde encontrarei uma alma que me compreenda, um peito que me abrigue, um coração que vibre harmonizado com o meu?

Eusébio
Nós *podemo entrá* num ajuste.

LOLA

(*afastando-se dele com ímpeto*)

Um ajuste?! Que ajuste? O senhor quer talvez propor-me dinheiro!... Oh! por amor dessa inocente menina, que é sua filha, não insulte, senhor, os meus sentimentos, não ofenda o que eu tenho de mais sagrado!...

EUSÉBIO

(*à parte*)

É um pancadão! Seu Gouveia teve bom gosto!...

LOLA

O senhor quer que eu deixe o Gouveia, porque sua filha o ama e é amada por ele, não é assim? Pois bem: é seu o Gouveia; dou-lho, mas dou-lho de graça, não exijo a menor retribuição!

EUSÉBIO

Mas o que vinha *propô* à madama não era um pagamento, mas uma... *Cumo* chama aquilo que se falou *cando* foi o Treze de Maio? Uma... ora, *sinhô* (*lembrando-se*) Ah! uma indenização! O caso muda muito de figura!

LOLA

Não! nenhuma indenização pretendo! Mas de ora em diante fecharei o meu coração aos mancebos da capital, e só amarei (*enquanto fala vai arranjando o laço da gravata e a barba de Eusébio*) algum homem sério... de meia-idade... filho do campo... ingênuo... sincero... incapaz de um embuste... (*alisando-lhe o cabelo*) Oh! Não exigirei que ele seja belo... Quanto mais feio for, menos ciúmes terei! (*Eusébio cai como desfalecido numa cadeira, e Lola senta-se no colo dele*) A esse hei de amar com frenesi... com delírio!... (*enche-o de beijos*)

Eusébio
(*resistindo e gritando*)
Eu quero *i* me embora! (*ergue-se*)

Lola
Cala-te, criança louca!...

Eusébio
Criança louca! Uê!...

Lola
(*com veemência*)
Desde que transpuseste aquela porta, senti que uma força misteriosa e magnética me impelia para os teus braços! Ora o Gouveia! Que me importa a mim o Gouveia se és meu, se estás preso pela tua Lola, que não te deixará fugir?

Eusébio
Isso tudo é verdade?

Lola
Estes sentimentos não se fingem! Eu adoro-te!

Eusébio
Eu me conheço... já sou um *home* de idade... não sei *falá* como os *doutô* da *Capitá Federá*...

LOLA

Mas é isso mesmo o que mais me encanta na tua pessoa!

EUSÉBIO

Quando a esmola é *munta*, o pobre desconfia.

LOLA

Põe à prova o meu amor! Já te não sacrifiquei o Gouveia?

EUSÉBIO

Isso é verdade.

LOLA

Pois sacrifico-te o resto!... Queres que me desfaça de tudo quanto possuo, e que vá viver contigo numa ilha deserta?... Oh! bastam-me o teu amor e uma choupana! (*abraça-o*) Dá-me um beijo! Dá-mo como um presente do céu! (*Eusébio limpa a boca com o braço e beija-a*) Ah! (*Lola fecha os olhos e fica como num êxtase*)

EUSÉBIO

(*à parte*)

Seu Eusébio *tá* perdido! (*dá-lhe outro beijo*)

LOLA

(*sem abrir os olhos*)

Outro... outro beijo ainda... (*Eusébio, beija-a e ela afasta-se, esfregando os olhos*) Oh! Não será isto um sonho?

EUSÉBIO
Bom, madama, com sua licença: eu vou me embora...

LOLA
Não; não consinto! Faço hoje anos e dou uma festa. A minha sala já está cheia de convidados.

EUSÉBIO
Ah! por isso é que quando eu entrei subia uns *mascarado*...

LOLA
Sim; é um baile à fantasia. Precisas de um vestuário.

EUSÉBIO
Que vestuário, madama?

LOLA
Espera. Tudo se arranjará. (*vai à porta*) Lourenço!

EUSÉBIO
Que vai *fazê*, madama?

LOLA
Vais ver.

Cena IV

Os mesmos, LOURENÇO

LOLA

(*Lourenço, que se apresenta muito respeitosamente*)
Vá com este senhor a uma casa de alugar vestimentas à fantasia a fim de que ele se prepare para o baile.

EUSÉBIO

Mas...

LOLA
(*súplice*)
Oh! não me digas que não! (*a Lourenço*) Dê ordem ao porteiro para não deixar entrar o Senhor Gouveia. Esse moço morreu para mim!

LOURENÇO
(*à parte*)
Que diabo disto será aquilo?

LOLA
(*baixo a Eusébio*)
Estás satisfeito? (*antes que ele responda*) Vou preparar-me também. Até logo! (*sai pela direita*)

Cena V

EUSÉBIO, LOURENÇO

EUSÉBIO
(*consigo*)
Sim, *sinhô*; isto é o que se chama *vi buscá* lá e *saí* tosquiado! Se Dona Fortunata soubesse... (*dando*

com o Lourenço) Vamos lá, seu... *cumo o sinhô* se chama?

Lourenço
Lourenço, para servir a Vossa Excelência.

Eusébio
Vamos lá, seu Lourenço... (*sem arredar pé de onde está*) Isto é o diabo! Enfim!... Mas que espanhola danada! (*encaminha-se para a porta e faz lugar para Lourenço passar*) Faz *favô*!

Lourenço
(*inclinando-se*)
Oh! meu senhor... isso nunca... eu, um cocheiro!... Então? Por obséquio!

Eusébio
Passe, seu Lourenço, passe, que o *sinhô* é de casa e está fardado! (*Lourenço passa e Eusébio acompanha-o*)

(*Mutação.*)

Quadro 7

(*Rico salão de baile profusamente iluminado.*)

Cena I

Rodrigues, Dolores, Mercedes, Blanchette,
convidados

(*Estão todos vestidos à fantasia.*)

CORO
Que lindo baile! que bela festa!
Luzes e flores em profusão!
A nossa Lola não é modesta!
Eu sinto aos pulos o coração!

MERCEDES, DOLORES *e* BLANCHETTE
Senhores e senhoras,
Divirtam-se a fartar!
Alegremente as horas
Vejamos deslizar!
A mocidade é sonho
Esplêndido e risonho
Que rápido se esvai;
Portanto, a mocidade
Com voluptuosidade
Depressa aproveitai!

BLANCHETTE
Dancemos, que a dança,
Se o corpo nos cansa,
A alma nos lança
Num mundo melhor!

DOLORES
Bebamos, que o vinho,
Com doce carinho,
Nos mostra o caminho
Fulgente do amor!

Mercedes
Amemos, embora
Chegadas à hora
Da fúlgida aurora,
Deixemos de amar!
Que em nós os amores,
Tal como, nas flores,
Perfumes e cores,
Não possam durar!

As Três
Dancemos!
Bebamos! Amemos!

Rodrigues
(*que está vestido de Arlequim*)
Então? Que me dizem desta fantasia? Vocês ainda não me disseram nada!...

Mercedes
Deliciosa!

Dolores
Magnífica.

Blanchette
Épatante!

Rodrigues
Saiu baratinha, porque foi feita em casa pelas meninas. Como sabem, sou o homem da família.

MERCEDES
Você confessou em casa que vinha ao baile da Lola?

RODRIGUES
Não, que isso talvez aborrecesse minha senhora. Eu disse-lhe que ia a um baile dado em Petrópolis pelo Ministro Inglês...

TODAS
Ah! ah! ah!...

RODRIGUES
(*continuando*)
... baile a que não podia faltar por amor de uns tantos interesses comerciais...

BLANCHETTE
Ah! seu patife!

DOLORES
De modo que, neste momento, a sua pobre senhora julga-o em Petrópolis.

RODRIGUES
(*confidencialmente, muito risonho*)
Saí hoje de casa com a minha bela fantasia dentro de uma mala de mão, e fingi que ia tomar a barca das quatro horas. Tomei, mas foi um quarto de hotel, onde o austero negociante jantou e onde à noite se transformou no polícromo Arlequim que estão vendo. E depois, metendo-me num carro fechado, voei a esta deliciosa mansão de encantos e prazeres. Tenho por mim toda a noite e parte do dia de ama-

nhã, pois só tenciono voltar à tardinha. Ah! não imaginam vocês com que saudade estou da família, e com que satisfação abraçarei a esposa e os filhos quando vier de Petrópolis!

MERCEDES
Você é na realidade um pai de família modelo!

DOLORES
Um exemplo de todas as virtudes!

BLANCHETTE
Esse vestuário de Arlequim não lhe fica bem! Você devia vestir-se de Catão!

RODRIGUES
Trocem à vontade, mas creiam que não há no Rio de Janeiro um chefe de família mais completo do que eu. (*afastando-se*) Em minha casa não falta nada. (*afasta-se*)

MERCEDES
Nada, absolutamente nada, a não ser o marido.

DOLORES
É um grande tipo.

BLANCHETTE
E a graça é que a senhora paga-lhe na mesma moeda!

MERCEDES
É mais escandalosa que qualquer de nós.

####### DOLORES
Não quero ser má língua, mas há dias encontrei-a num bonde da Vila Isabel muito agarradinha ao Lima Gama!

####### BLANCHETTE
Aqueles bondes da Vila Isabel são muito comprometedores.

####### RODRIGUES
(*voltando*)
Que estão vocês aí a cochichar?

####### MERCEDES
Falávamos da vida alheia.

####### BLANCHETTE
Dolores contava que há dias encontrou num bonde da Vila Isabel uma senhora casada que mora em Botafogo.

####### RODRIGUES
Isso não tira! Talvez fosse ao Jardim Zoológico.

####### DOLORES
Talvez; mas o leão ia ao lado dela no bonde...

####### RODRIGUES
Há, efetivamente, senhoras casadas que se esquecem do decoro que devem a si e à sociedade!

####### AS TRÊS
(*com convicção*)
Isso há...

Rodrigues
Por esse lado posso levantar as mãos para o céu! Tenho uma esposa virtuosa!

Mercedes
Deus lha conserve tal qual tem sido até hoje.

Rodrigues
Amém.

Blanchette
E Lola, que não aparece?

Dolores
Está se vestindo: não tarda.

Um Convidado
Oh! que bonito par vem entrando!

Todos
É verdade!

O Convidado
Façamos alas para recebê-lo!

Rodrigues
Propomos que o recebamos com um rataplã!

Todos
Apoiado! Um rataplã!... (*formam-se duas alas*)

CORO
Rataplã! Rataplã! Rataplã!
Oh, que elegância! que lindo par!...
Todos os outros vem ofuscar!

Cena II

Os mesmos, FIGUEIREDO *e* BENVINDA

(*Entra Figueiredo, vestido de Radamés, trazendo pela mão Benvinda, vestida de Aída.*)

Coplas

I

FIGUEIREDO
Eis Aída,
Conduzida
Pela mão de Radamés!
Vem chibante,
Coruscante,
Da cabeça até os pés!...
Que lindeza!
Que beleza!
Meus senhores, aqui está
A trigueira
Mais faceira
De São João do Sabará!

CORO
A trigueira, etc.

II

FIGUEIREDO
Diz tolices,
Parvoíces,
Se abre a boca pra falar;
Se se cala,
Se não fala,
Pode as pedras encantar!
Eu a lanço
Sem descanso!
Na pontíssima estará
A trigueira
Mais faceira
De São João do Sabará!

CORO
A trigueira, etc.

FIGUEIREDO
Minhas senhoras e meus senhores, apresento a Vossas Excelências e Senhorias, Dona Fredegonda, que – depois, bem entendido, das damas que se acham aqui presentes – é a estrela mais cintilante do *demi-monde* carioca!

TODOS
(*inclinando-se*)
Dona Fredegonda!

FIGUEIREDO
(*baixo a Benvinda*)
Cumprimenta.

BENVINDA

Ó revoá!

FIGUEIREDO
(*baixo*)
Não. *Au revoir* é quando a gente vai se embora e não quando chega.

BENVINDA

Entonces...

FIGUEIREDO
(*baixo*)
Cala-te! Não digas nada!... (*alto*) Convidado pela gentilíssima Lola para comparecer a este forrobodó elegante, não quis perder o magnífico ensejo, que se me oferecia, de iniciar a formosa Fredegonda nos insondáveis mistérios da galantaria fluminense! Espero que Vossas Excelências e Senhorias queiram recebê-la com benevolência, dando o necessário desconto às clássicas emoções da estréia, e ao fato de ser Dona Fredegonda uma simples roceira, quase tão selvagem como a princesa etíope que o seu vestuário representa.

TODOS
(*batendo palmas*)
Bravo! Bravo! Muito bem!

BLANCHETTE
(*a Figueiredo*)
Descanse. A iniciação desta neófita fica por nossa conta. (*às outras*) Não é assim?

DOLORES e MERCEDES
Certamente. (*as três cercam Benvinda, que se mostra muito encafifada*)

FIGUEIREDO
(*vendo Rodrigues aproximando-se dele*)
Oh! Que vejo! Você aqui!... Você, o homem da família, o moralista retórico e sentimental, o palmatória do mundo!...

RODRIGUES
Sim... é que... são coisas... estou aqui por necessidade... por incidente... por uma série de circunstâncias que... que...

FIGUEIREDO
Deixe-se disso! Não há nada mais feio que a hipocrisia! Naquela tarde em que o encontrei no Largo da Carioca, a mulata mostrou-me seu cartão de visitas...

RODRIGUES
O meu? Ah! sim, dei-lhe o meu cartão... para...

FIGUEIREDO
Para quê?

RODRIGUES
Para...

FIGUEIREDO
Olhe, cá entre nós, que ninguém nos ouve: quer você tomar conta dela?

RODRIGUES
Quê! Pois já se aborreceu?

FIGUEIREDO
Todo o meu prazer é lançá-las, lançá-las e nada mais. Você viu a *Mimi Bilontra*?

RODRIGUES
Não.

FIGUEIREDO
Mas sabe o que é lançar uma mulher?

RODRIGUES
Nesses assuntos sou hóspede... você sabe... sempre fui um homem da família... mas quer me parecer que lançar uma mulher é como quem diz atirá-la na vida, iniciá-la neste meio...

FIGUEIREDO
Ah! qui qui! Infelizmente não creio que desta se possa fazer alguma coisa mais que uma boa companheira. É uma mulher que lhe convinha.

RODRIGUES
Mas eu não preciso de companheira! Sou casado, e, graças a Deus, a minha santa esposa...

FIGUEIREDO
(*atalhando*)
E o cartão?

RODRIGUES

Que cartão? Ah! sim, o cartão do Largo da Carioca... Mas eu não me comprometi a coisa nenhuma!

FIGUEIREDO

Bom; então não temos nada feito... mas veja lá! se quer...

RODRIGUES

Querer, queria... mas não com caráter definitivo!

FIGUEIREDO

Ora vá pentear macacos!

(*Às últimas deixas, Eusébio tem entrado, vestido com uma dessas roupas que vulgarmente se chamam de princês. Eusébio aperta a mão aos convidados um por um. Todos se interrogam com os olhos admirados de tão estranho convidado.*)

Cena III

Os mesmos, EUSÉBIO

EUSÉBIO

(*depois de apertar a mão a muitos dos circunstantes*)

Tá tudo *oiando* uns pros *outro*, admirado de me *vê* aqui! Eu fui convidado pela madama dona da casa!

BENVINDA
(*à parte*)

Sinhô Eusébio!...

FIGUEIREDO
(*a quem Eusébio aperta a mão, à parte*)
Oh! diabo! É o patrão da Benvinda!...

BLANCHETTE
Donde saiu esta figura?

DOLORES
É um homem da roça!

BLANCHETTE
Não será um doido?

EUSÉBIO
(*indo apertar por último a mão de Benvinda, reconhecendo-a*)
Benvinda!

BENVINDA
Ó revoá!

FIGUEIREDO
(*à parte*)
E ela a dar-lhe!...

EUSÉBIO
Tu também *tá* de fantasia, mulata! O mundo *tá* perdido!...

Benvinda
Eu vim com seu Figueiredo... mas *vancê* é que me admira!

Eusébio
Eu vim *falá ca* madama *pro mode* seu Gouveia... e ela me convidou pra festa... e eu tive que *alugá* esta vestimenta, mas vim de *tilbo* porque hoje é *sabo* de aleluia e eu não quero embrulho comigo!

Figueiredo
(*à parte*)
Oh! bom! foi o seu professor de português!

Benvinda
Se *sinhá* soubesse...

Eusébio
Cala a boca! nem *pensá* nisso é *bão*; mas onde *tá* o *tá* seu Figueiredo? Eu sempre quero *oiá* pra cara dele!

Benvinda
É aquele.

Eusébio
(*indo a Figueiredo*)
Pois foi o *sinhô* que me desencaminhou a mulata? O *sinhô*, um *home* branco e que já começa a *pintá*? Agora me *alembro* de *vê* o *sinhô* lá no *hoté* só rondando a porta da gente!...

FIGUEIREDO
Estou pronto a dar-lhe todas as satisfações em qualquer terreno que me peça... mas há de convir que este lugar não é o mais próprio para...

EUSÉBIO
(*atalhando*)
Ora viva! Eu não quero satisfação! A mulata não é minha *fia* nem parenta minha! mas lá em São João do Sabará há um *home* chamado seu *Borge*, que se souber... um! um!... é capaz de *vi* na *Capitá Federá*!

FIGUEIREDO
Pois que venha!...

MERCEDES
Aí chega a Lola!

TODOS
Oh! a Lola!... viva a Lola!... viva!...

Cena IV

Os mesmos, LOLA

CORO
Até que enfim Lola aparece!
Até que enfim Lola cá está!
Vem tão bonita que entontece!
Lola vem cá! Lola vem já!...

(*Lola entra ricamente fantasiada à espanhola.*)

LOLA
Querem todos ver a Lola!
Aqui está ela!

CORO
Aqui está ela!

LOLA
Oh, que esplêndida manola
Não há mais bela!

CORO
Não há mais bela!

LOLA
Vejam que graça
Tem a manola!
Não é chalaça!
Não é parola!
Como se agita!
Como rebola!
Isto os excita!
Isto os consola!
O olhar brejeiro
De uma espanhola
Do mais matreiro
Transtorna a bola,
E sem pandeiro,
Nem castanhola!

CORO
Vejam que graça, etc.

(*Dança geral.*)

FIGUEIREDO
Gentilíssima Lola, permite que Radamés te apresente Aída!

LOLA
Folgo muito de conhecê-la. Como se chama?

BENVINDA
Benv... (*emendando*) Fredegonda.

EUSÉBIO
(*à parte*)
Fredegonda? Uê! Benvinda mudou de nome!...

FIGUEIREDO
Espero que lhe emprestes um raio da tua luz fulgurante!

LOLA
Pode contar com a minha amizade.

FIGUEIREDO
Agradece.

BENVINDA
Merci.

EUSÉBIO
(*à parte*)
Ai, mulata!...

LOLA
(*vendo Eusébio*)
Bravo! Não imagina como lhe fica bem essa fatiota!

EUSÉBIO
Diz que é vestuário de conde.

LOLA
Está irresistível!

EUSÉBIO
Só a madama podia me *metê* nestas funduras!

BLANCHETTE
(*a Lola*)
Onde foste arranjar aquilo?

LOLA
Cala-te! É um tesouro, um roceiro rico... e primitivo!

BLANCHETTE
Tiraste a sorte grande!

LOLA
Meus amigos, espera-os na sala de jantar um ponche, um ponche monumental, que mandei preparar no intuito de animar as pernas para a dança e os corações para o amor!

TODOS
Bravo! Bravo!...

FIGUEIREDO
Um ponche! Nesse caso, é preciso apagar as luzes!

LOLA
Já devem estar apagadas. (*a Eusébio*) Fica. Preciso falar-te.

MERCEDES
Ao ponche, meus senhores!

TODOS
Ao ponche!...

LOLA
Vão indo. Eu já vou. Manda-me aqui algumas taças.

DOLORES
Ao ponche!

CORO
Vamos ao ponche flamejante!
Vamos ao ponche sem tardar!
O ponche aquece um peito amante
E as cordas da alma faz vibrar!

(*Saem todos, menos Lola e Eusébio.*)

Cena V

EUSÉBIO, LOLA

LOLA
Oh! finalmente estamos sós um instante!

EUSÉBIO
(*em êxtase*)
Como a madama *tá* bonita!

LOLA
Achas?

EUSÉBIO
Juro por esta luz que nos *alumeia* que nunca vi uma *muié* tão *fermosa*!...

LOLA
Hei de pedir a Deus que me conserve assim por muito tempo para que eu nunca te desagrade! (*entra Lourenço com uma bandeja cheia de taças de ponche chamejante*)

Cena VI

Os mesmos, LOURENÇO

EUSÉBIO
Adeusinho, seu Lourenço. Como passou de *ind'agorinha* pra cá?

LOURENÇO
(*imperturbável e respeitoso*)
Bem; agradecido a Vossa Excelência.

LOLA
Deixe a bandeja sobre essa mesa e pode retirar-se. (*Lourenço obedece e vai a retirar-se*)

EUSÉBIO
Até logo, seu Lourenço. (*aperta-lhe a mão*)

LOURENÇO
Oh! Excelentíssimo! (*faz uma mesura e sai, lançando um olhar significativo a Lola*)

LOLA
(*à parte*)
É um bruto!

Cena VII

LOLA, EUSÉBIO

EUSÉBIO
Este seu Lourenço é muito delicado. Arruma *incelência* na gente que é um gosto!

LOLA
(*oferecendo-lhe uma taça de ponche*)
À nossa saúde!

EUSÉBIO
Bebida de fogo? Não! não é o *fio* de meu pai!...

LOLA
Prova, que hás de gostar. (*Eusébio prova*) Então, que tal? (*ele bebe toda a taça*)

EUSÉBIO
Home, é *munto bão*! *Cumo* chama isto?

LOLA
Ponche.

EUSÉBIO
Uê! Ponche não é aquela que a gente veste *cando amonta* a cavalo?

LOLA
Aqui tens outra taça.

EUSÉBIO
Isto não faz *má*? Eu não tenho cabeça forte!

LOLA
Podes beber sem receio.

EUSÉBIO
Então à nossa, pra que Deus nos livre de alguma coça! (*bebe*)

LOLA
Dize... dize que hás de ser meu... dá-me a esperança de ser um dia amada por ti!...

EUSÉBIO
Eu já gosto da madama *cumo* quê!

LOLA
Não digas a madama. Trata-me por tu.

EUSÉBIO
Não me ajeito... pode *sê* que *despois*...

LOLA

Depois do quê?

EUSÉBIO
(*com riso tolo e malicioso*)

Ah! ah!

LOLA
(*dando-lhe outra taça*)

Bebe!

EUSÉBIO

Ainda?

LOLA

Esgotemos juntos esta taça! (*bebe um gole e dá a taça a Eusébio*)

EUSÉBIO

Vou *sabê* dos seus *segredo*. (*bebe*)

LOLA

E eu dos teus. (*bebe*) Oh! o teu segredo é delicioso... tu gostas muito de mim... da tua Lola... mas receias que eu não seja sincera... tens medo de que eu te engane...

EUSÉBIO
(*indo a dar um passo e cambaleando*)

Minha Nossa Senhora! Eu *tou* fora de mim! Parece que *tou* sonhando!... O *tá* ponche tem feitiço... mas é *bão*... é muito *bão*!... Quero mais!

Dueto

LOLA
Dize mais uma vez! Dize que me amas!

EUSÉBIO
Eu já disse e *arrepito*!

LOLA
O coração me inflama!
Vem aos meus braços! vem!
Assim como eu te amo,
Ai! nunca amei ninguém!
Se deste afeto duvidas,
Se me imaginas perjura,
Com essas mãos homicidas
Me cavas a sepultura!
Será o golpe certeiro,
A morte será horrenda!
Tu és o meu fazendeiro!
E eu sou a tua fazenda!

EUSÉBIO
Se é moda a bebedeira, *tou* na moda,
Pois vejo toda a casa andando à roda!

LOLA
Bebe ainda uma taça
Agora pode ser que bem te faça.

EUSÉBIO
(*depois de beber*)
Não posso mais! (*atira a taça*)
Oh, Lola, eu *tou* perdido!

LOLA
Vem cá, meu bem querido!

Juntos

LOLA	EUSÉBIO
Vem aos meus braços,	*Tou* nos seus *braço*!
Eusébio, vem!	Aqui me tem!
Os meus abraços	Mas os *abraço*
Te fazem bem!	Não me *faz* bem!

EUSÉBIO
Oh! *tou cuma* fogueira aqui dentro! mas é tão *bão*! (*abraçando Lola*) Lola, eu sou teu... só teu... faz de mim o que tu *quiser*, minha negra!

LOLA
Meu? Isso é verdade? Tu és meu? Meu?

EUSÉBIO
Sim, sou teu! *Tá* aí! E agora? Sou teu e de mais ninguém...

LOLA
Então, esta casa é tua! És o meu senhor, o meu dono, e como tal, quero que todos te reconheçam! (*indo à porta e batendo palmas*) Eh! Olá! Venham todos!... venham todos! (*música na orquestra*)

Cena VIII

Todos os personagens do ato

CORO FINAL
Lola nos chama!
Que aconteceu?
Que nos quer Lola?
Que sucedeu?

LOLA
Meus amigos, desejo neste instante
Apresentar-lhes o meu novo amante!
Ele aqui está! Eu o amo e ele me ama.

EUSÉBIO
Sim! Aqui está o *home* da madama!

TODOS
Ele!... (*admiração geral*)

LOLA
És o meu novo dono!
Pode dizer-me: És minha!
É teu, é teu somente
O meu sincero amor!
Eu dava-te o meu trono
Se fosse uma rainha!
Tu, exclusivamente,
És hoje o meu senhor!

Juntos

EUSÉBIO
Sou eu seu novo dono!
Posso dizer: É minha!
É meu unicamente
O seu sincero *amô*!

Por ela eu me apaixono!
A Lola é bonitinha!
Eu, exclusivamente,
Sou hoje o seu *sinhô*!

LOLA
És o meu novo dono! etc.

CORO
Eis o seu novo dono!
Pode dizer: É minha!
É dele unicamente
O seu sincero amor!
Gostar assim de um moço
É sorte bem mesquinha!
Ele, exclusivamente,
É hoje o seu senhor!...

FIGUEIREDO
(*a Eusébio*)
Nossos cumprimentos
Meu amigo, aos centos
Queira receber!
E como hoje é trunfo,
Levado em triunfo
Agora vai ser!

(*Figueiredo e Rodrigues carregam Eusébio. Organiza-se uma pequena marcha, que faz uma volta pela cena, levando o fazendeiro em triunfo.*)

CORO
Viva! viva o fazendeiro
Bonachão e prazenteiro

495

Que de um peito bandoleiro
Os rigores abrandou,
Conquistando a linda Lola,
Essa esplêndida espanhola
Que o país da castanhola
Generoso nos mandou!

(*Eusébio é posto sobre uma mesa ao centro da cena.*)

EUSÉBIO
Obrigado!
Obrigado!
Mas eu *tô* muito chumbado!
Vejo tudo dobrado!

LOLA
Dancem! dancem! tudo dance!
Ninguém canse
No cancã,
Pois quem se acha aqui presente
Tudo é gente
Folgazã!

CORO
Sim! dancemos! tudo dance!
Ninguém canse
No cancã,
Pois quem se acha aqui presente
Tudo é gente
Folgazã!

(*Cancã desenfreado em volta da mesa.*)

(*Cai o pano.*)

ATO TERCEIRO

Quadro 8

(*A saleta de Lola.*)

Cena I

Eusébio, Lola

(*Eusébio, ridiculamente vestido à moda, prepara um enorme cigarro mineiro. Lola, deitada no sofá, lê um jornal e fuma.*)

Eusébio

Isto *tá o* diabo! Não sei de Dona Fortunata... não sei de Quinota... não sei de Juquinha... não sei de seu Gouveia... Não tenho *corage* de *entrá* em casa!... Se eu me confessar, não encontro um padre que me *absorva*!... Lola, Lola, que diabo de feitiço foi este?... tu *fez* de mim o que tu bem *quis*!

LOLA

Estás arrependido?

EUSÉBIO

Não, arrependido, não *tou*, porque a coisa não se pode *dizê* que não *seje* boa... Mas minha pobre *muié* deve *está* furiosa!... E então quando ela me *vi* assim, todo janota, co'esta roupa de *arfaiate* francês, feito *monsiú* da Rua do *Ouvidô*... Oh! Lola! Lola! as *muié é os tormento dos home!... (Lola, que se tem levantado e que tem ido, um tanto inquieta, até à porta da esquerda, volta ao proscênio e vem encostar-se ao ombro de Eusébio)*

LOLA

O tormento! Oh! não...

Coplas

I

Meu caro amigo, esta vida
Sem a mulher nada val!
É sopa desenxabida.
Sem uma pedra de sal!
Se a dor torna um homem triste,
Tem ele cura, se quer;
A própria dor não resiste
Aos beijos de uma mulher!

II

Ao lado meu, queridinho,
Serás ditoso e feliz;

Terás todo o meu carinho,
É o meu amor que to diz.
Se tu me amas como eu te amo,
Se respondes aos meus ais,
Nada mais de ti reclamo,
Não te peço nada mais!

Eusébio
Mas... me diz uma coisa, diabo, fala tua verdade... Tu *tá* inteiramente curada de seu Gouveia?

Lola
Não me fales mais nisso! Foi um sonho que passou. (*pausa*) A propósito de sonho... foste ver na vitrine do Luís de Resende o tal broche* com que eu sonhei?

Eusébio
(*coçando a cabeça*)
Fui... sabe quanto custa?

Lola
(*com indiferença*)
Sei... uma bagatela... um conto e oitocentos...
(*sobe e vai de novo observar à porta da esquerda*)

Eusébio
(*à parte*)
Sim, é uma bagatela... a espanhola gosta de mim, é verdade, mas em tão poucos dias já me custa cinco contos de réis! e agora o colar!...

---
* Há aqui um qüiproqüó do texto-base: ora os personagens falam em "broche", ora em "colar".

Lola

(*à parte*)

Que demora! (*alto, descendo*) Mas enfim? o colar? Se é um sacrifício, não quero!

Eusébio

O *home* ficou de *fazê* um abatimento e me *mandá* a resposta.

Lola

(*à parte*)

É meu!

Eusébio

Se ele *deixá* por um conto e *quinhento*, compro! Não dou nem mais um vintém.

Lola

(*à parte*)

Sobem a escada. É ele!...

Eusébio

Parece que vem gente. (*batem com força à porta*) Quem é?

Lola

Deixa. Eu vou ver. (*vai abrir a porta. Lourenço entra arrebatadamente. Traz óculos azuis, barbas postiças, chapéu desabado e veste um sobretudo com a gola erguida. Lola finge-se assustada*)

Cena II

Os mesmos, LOURENÇO

LOURENÇO
Minha rica senhora, folgo de encontrá-la!

EUSÉBIO
Que é isto?

LOURENÇO
Fui entrando para não lhe dar tempo de me mandar dizer que não estava em casa! É esse o seu costume!

LOLA
Senhor!

EUSÉBIO
Quem é este *home* danado?

LOURENÇO
Quem sou?... Um credor que quer o seu dinheiro! Quer saber também quem é esta senhora? Quer saber? É uma caloteira!

LOLA
Que vergonha! (*cai sentada e cobre o rosto com as mãos*)

EUSÉBIO
O *sinhô* é ùm grande *marcriado*! Não se *insurta* assim uma fraca *muié* que está em sua casa! Faça *favô* de *saí...*

LOURENÇO
Sair? Eu não saio daqui sem o meu rico dinheiro! O senhor, que tem cara de homem sério, naturalmente há de julgar que sou um grosseirão, um bruto; mas não imagina a paciência que tenho tido até hoje! (*batendo com a bengala no chão*) Venho disposto a receber o meu dinheiro!...

LOLA
(*descobrindo o rosto muito chorosa*)
Com juros de sessenta por cento ao ano!

LOURENÇO
Eu dispenso os juros! Isto prova que não sou nenhum agiota! O que eu quero, o que eu exijo, é o meu capital, os meus dois contos de réis, que me saíram limpinhos da algibeira e seriam quase o dobro com juros acumulados!

LOLA
(*suplicante*)
Senhor, eu pagarei esse dinheiro logo que puder... Poupe-me tamanha vergonha diante deste cavalheiro que estimo e respeito!

LOURENÇO
Ora deixe-se de partes! Se a senhora não se quisesse sujeitar a estas cenas, solveria os seus compromissos! Mas não passa, já disse, de uma reles caloteira!...

EUSÉBIO
Home, o *sinhô arrepare* que eu *tou* aqui! Faça *favô* de *vê* como fala!...

LOURENÇO

Quem é o senhor? É marido desta senhora? É seu pai? É seu tio? É seu padrinho? É seu parente? Com que direito intervém? Eu tenho ou não tenho razão? Fui ou não fui caloteado?

EUSÉBIO

Home, o *sinhô* se cale! Olhe que eu sou mineiro!

LOURENÇO

Não me calo, ora aí está! E declaro que não me retiro daqui sem estar pago e satisfeito! (*senta-se*)

EUSÉBIO
Seu *home*, olhe que eu!...

LOURENÇO
(*erguendo-se*)
Eh! lá! Eh! lá! Agora sou eu que lhe digo que se cale! O senhor não tem o direito de abrir o bico!...

LOLA
(*chorando*)
Que vergonha! Que vergonha!

EUSÉBIO
(*à parte*)

Coitadinha!...

LOURENÇO

A princípio supus que o senhor fosse o amante desta senhora. Vejo que me enganei... Se o fosse, já teria pago por ela, e não consentiria que eu a insultasse!...

EUSÉBIO

Hein?

LOLA

(*erguendo-se e correndo a Eusébio*)

Não! Não! Sou eu que não consinto que tu pagues!... Não! Não tires a carteira! Eu mesma pagarei essa dívida!

LOURENÇO

Mas há de ser hoje, porque eu não me levanto desta cadeira. (*torna a sentar-se*)

EUSÉBIO

Mas eu...

LOLA

Não! não pagues! Esse dinheiro pedi-o para mandá-lo a minha mãe, que está em Valladolid... Eu é que devo pagá-lo... (*voltando suplicante para Lourenço*) ... mas não hoje!...

LOURENÇO

(*batendo com a bengala*)

Há de ser hoje!...

LOLA

Não posso! não posso!...

LOURENÇO

Não pode?... Dê-me esse par de bichas que traz nas orelhas e ficarei satisfeito!

LOLA
Estas bichas custaram três contos!

LOURENÇO
São os juros.

LOLA
Pois bem! (*vai a tirar as bichas*)

EUSÉBIO
(*pegando-lhe no braço*)
Não *tira* as bichas, Lola!... (*ao credor*) Seu desgraçado, não tenho dois *conto* aqui no *borso*, mas me acompanha *na* casa do meu correspondente, na Rua de São Bento... vem *recebê* o teu *mardito* dinheiro!

LOURENÇO
(*batendo com a bengala*)
Já disse que daqui não saio!

LOLA
(*abraçando Eusébio*)
Não, Eusébio, meu querido Eusébio! Não!...

EUSÉBIO
(*sem dar ouvidos a Lola*)
Pois não sai, não sai, desgraçado! (*desvencilhando-se de Lola*) Espera aí sentado, que eu vou *buscá* teu dinheiro! (*sai arrebatadamente. Lola, depois de certificar-se de que ele realmente saiu, volta, e desata a rir às gargalhadas. Lourenço levanta-se, tira os óculos, as barbas e o chapéu, e também ri às gargalhadas*)

Cena III

LOLA, LOURENÇO

LOLA
Soberbo! Soberbo! Foi uma bela idéia! Toma um beijo! (*dá-lhe um beijo*)

LOURENÇO
Aceito o beijo, mas olhe que não dispenso os vinte por cento.

LOLA
Naturalmente.

LOURENÇO
Você há de convir que sou um grande artista!

LOLA
E então eu?

LOURENÇO
Você também, mas se eu me houvesse feito cômico em vez de me fazer cocheiro, estava a estas horas podre de rico!

Tango

I

Ai! que jeito pro teatro
Que vocação!
Eu faria o diabo a quatro

Num dramalhão!
Mas às rédeas e ao chicote
Jungido estou!
Sou cocheiro de cocote!
Nada mais sou!
Cumprir o nosso destino
Nem eu quis nem você quis!
Fui ator desde menino
E você foi sempre atriz!

II

Quando eu era mais mocinho
(Posso afiançar!)
Fiz furor num teatrinho
Particular!
Talvez outro João Caetano
Se achasse em mim.
Mas o fado desumano
Não quis assim!
Cumprir o nosso destino, etc.

LOLA
Mas por que não acompanhaste o fazendeiro? Era mais seguro!

LOURENÇO
Pois eu lá me atrevia a andar por essas ruas de barbas postiças! Nada, que não queria dar com os ossos no xadrez!

LOLA
Tens agora que esperar aqui a pé firme!

LOURENÇO

Estou arrependido de ter perdoado os juros. (*batem à porta*)

LOLA

Quem será?

LOURENÇO
(*depois de espreitar*)
É o filho-família.

LOLA

Ah! o tal Duquinha? Tomaste as necessárias informações? Que me dizes desse petiz?

LOURENÇO
(*abanando a cabeça com ares de competência*)
Digo que, no seu gênero, não deixa de ser aproveitável... o pai é muito severo, mas a mãe, que é rica, satisfaz todos os seus caprichos... Não digo que você possa tirar dali mundos e fundos, mas é fácil obrigá-lo a contrair dívidas, se for preciso, para dar alguns presentes, e ouro é o que ouro vale.

LOLA

Manda-o entrar.

LOURENÇO

Não se demore muito, porque o fazendeiro foi a todo o vapor e não tarda aí.

LOLA
Temos tempo. A Rua de São Bento é longe. (*sai. Lourenço tira o sobretudo, a que junta as barbas, os óculos e o chapéu, e vai abrir a porta a Duquinha*)

Cena IV

DUQUINHA, LOURENÇO

(*Duquinha tem dezoito anos e é muito tímido.*)

DUQUINHA
A Senhora Dona Lola está em casa?

LOURENÇO
(*muito respeitoso*)
Sim, meu senhor... e pede a Vossa Excelência que tenha o obséquio de esperar alguns instantes.

DUQUINHA
Muito obrigado. (*à parte*) É o cocheiro... não sei se devo...

LOURENÇO
Como diz Vossa Excelência?

DUQUINHA
Se não fosse ofendê-lo, pedia-lhe que aceitasse... (*tira a carteira*)

LOURENÇO
Oh! não!... Perdoe Vossa Excelência... não é orgulho; mas que diria a patroa se soubesse que eu...

DUQUINHA
Ah! nesse caso... (*guarda a carteira*)

LOURENÇO
(*que ia sair, voltando*)
Se bem que eu estou certo que Vossa Excelência não diria nada à Senhora Dona Lola...

DUQUINHA
(*tirando de novo a carteira*)
Ela nunca o saberá. (*dá-lhe dinheiro*)

LOURENÇO
Beijo as mãos de Vossa Excelência. A Senhora Dona Lola é tão escrupulosa! (*à parte*) Uma de trinta! O franguinho promete... (*sai com muitas mesuras, levando o sobretudo e demais objetos*)

Cena V

[DUQUINHA, *só*]

DUQUINHA
(*só*)
Estou trêmulo e nervoso... É a primeira vez que entro em casa de uma destas mulheres... Não pude resistir!... A Lola é tão bonita, e o outro dia, no Braço de Ouro, me lançou uns olhares tão meigos, tão provocadores, que tenho sonhado todas as noites com ela! Até versos lhe fiz, e aqui lhos trago... Quis comprar-lhe uma jóia, mas receoso de ofendê-la, comprei apenas estas flores... Ai, Jesus! ela aí vem! Que lhe vou dizer?...

Cena VI

Duquinha e Lola

LOLA

Não me engano: é o meu namorado do Braço de Ouro! (*estendendo-lhe a mão*) Como tem passado?

DUQUINHA
Eu... sim... bem, obrigado; e a senhora?

LOLA
Como tem as mãos frias!

DUQUINHA
Estou muito impressionado. É uma coisa esquisita: todas as vezes que fico impressionado... fico também com as mãos frias...

LOLA
Mas não se impressione! Esteja à sua vontade! Parece que não lhe devo meter medo!

DUQUINHA
Pelo contrário!

LOLA
(*arremedando-o*)
Pelo contrário! (*outro tom*) São minhas essas flores?

DUQUINHA
Sim... eu não me atrevia... (*dá-lhe as flores*)

Lola
Ora essa! Por quê? (*depois de aspirá-las*) Que lindas são!

Duquinha
Trago-lhe também umas flores poéticas.

Lola
Umas quê?

Duquinha
Uns versos.

Lola
Versos? Bravo! Não sabia que era poeta!

Duquinha
Sou poeta, sim, senhora... mas poeta moderno, decadente...

Lola
Decadente? nessa idade?

Duquinha
Nós somos todos muito novos.

Lola
Nós quem?

Duquinha
Nós, os decadentes. E só podemos ser compreendidos por gente da nossa idade. As pessoas de mais de trinta anos não nos entendem.

Lola
Se o senhor se demorasse mais algum tempo, arriscava-se a não ser compreendido por mim.

Duquinha
Se dá licença, leio os meus versos. (*tirando um papel da algibeira*) Quer ouvi-los?

Lola
Com todo o prazer.

Duquinha
(*lendo*)
Ó flor das flores, linda espanhola!
Como eu te adoro, como eu te adoro!
Pelos teus olhos, ó Lola! ó Lola!
De dia canto, de noite choro,
Linda espanhola, linda espanhola!

Lola
Dir-se-ia que o trago de canto chorado!

Duquinha
Ouça a segunda estrofe:
És uma santa, das santas!
Como eu te adoro, como eu te adoro!
Meu peito enlevas, minha alma encantas!
Ouve o meu triste canto sonoro,
Santa das santas, santa das santas!

Lola
Santa? Eu!... Isto é que é liberdade poética!

DUQUINHA
(*lendo*)

Ó flor das flores! Bela andaluza!
Como eu te adoro, como eu te adoro!
Tu és a minha pálida musa!
Desses teus lábios um beijo imploro,
Bela andaluza, bela andaluza!

LOLA

Perdão, mas eu não sou da Andaluzia; sou de Valladolid.

DUQUINHA

Pois há espanholas bonitas que não sejam andaluzas?

LOLA

Pois não! O que não há são andaluzas bonitas que não sejam espanholas.

DUQUINHA

Hei de fazer uma emenda.

LOLA

E que mais?

DUQUINHA

Como?

LOLA

O senhor trouxe-me flores... trouxe-me versos... e não me trouxe mais nada?

DUQUINHA

Eu?

LOLA

Sim... Os versos são bonitos... as flores são cheirosas... mas há outras coisas de que as mulheres gostam muito.

DUQUINHA

Uma caixinha de *marrons glacés*?

LOLA

Sim, não digo que não... é uma boa gulodice... mas não é isso...

DUQUINHA

Então que é?

LOLA

Faça favor de me dizer para que se inventaram os ourives.

DUQUINHA

Ah! já percebo... Eu devia trazer-lhe uma jóia!

LOLA

Naturalmente. As jóias são o "Sésamo, abre-te" destas cavernas de amor.

DUQUINHA

Eu quis trazer-lhe uma jóia, quis; mas receei que a senhora se ofendesse...

Lola
Que me ofendesse?... Oh! santa ingenuidade!... Em que é que uma jóia me poderia ofender? Querem ver que o meu amiguinho me toma por uma respeitável mãe de família? Creia que um simples grampo de chapéu, com um bonito brilhante, produziria mais efeito que todo esse:

> Como te adoro, como te adoro,
> Linda espanhola, linda espanhola,
> Santa das santas, santa das santas!

Duquinha
Vejo que lhe não agrada a Escola Decadente...

Lola
Confesso que as jóias exercem sobre mim uma fascinação maior que a literatura, e demais, não sou mulher a quem se ofereçam versos... Vejo que o senhor não é da opinião de Bocage...

Duquinha
Oh! Não me fale em Bocage!

Lola
Que mania essa de não nos tomarem pelo que somos realmente! Guarde os seus versos para as donzelinhas sentimentais, e, ande, vá buscar o "Sésamo, abre-te" e volte amanhã. (*empurra-o para o lado da porta. Entra Lourenço*)

Duquinha
Mas...

LOLA
Vá, vá! Não me apareça aqui sem uma jóia. (*a Lourenço*) Lourenço, conduza este senhor até a porta. (*sai pela direita*)

DUQUINHA
Não, não é preciso, não se incomode. (*à parte*) Vou pedir dinheiro a mamãe. (*sai*)

Cena VII

[LOURENÇO, *só*]

LOURENÇO
(*só*)
Às ordens de Vossa Excelência. A Lola saiu-me uma artista de primeiríssima ordem! Bom! vou caracterizar-me de credor, que o fazendeiro não tarda por aí. Quatrocentos mil-réis cá para o degas! Que bom! Hão de grelar esta noite no Belódromo, onde conto organizar uma mala onça! (*sai cantarolando o tango*)

(*Mutação.*)

Quadro 9

(*No Belódromo Nacional.*)

Cena I

LEMOS, GUEDES, *um* FREQÜENTADOR DO BELÓDROMO, *pessoas do povo, depois* AMADORES, *depois* S'IL-VOUS-PLAÎT, *depois* LOURENÇO

(*Durante todo este ato, ouve-se a intervalos o som de uma sineta que chama os compradores à casa das pules, à esquerda, e uma voz grita: "Vai fechar!".*)

CORO

Não há nada como
Vir ao Belódromo!
São estas corridas
Muito divertidas!
Desgraçadamente
Muito raramente
O povo, coitado!
Não é cá roubado!
Mas o cabeçudo,
Apesar de tudo,
Pules vai comprando,
Sempre protestando!
Tipos aqui pisam,
Mestres em cabalas,
E elas organizam
As famosas malas!
E com artimanha
(Manha mais do que arte)
Quase sempre ganha
Pífio bacamarte!

(*Entrada dos amadores.*)

CORO DE AMADORES
Aqui estamos os melhores
Amadores
Da elegante bicicleta!
Nós corremos, prazenteiros,
Mais ligeiros,
Mais velozes
Que uma seta!
A todo o público
Dos belódromos
Muito simpáticos;
Se diz que somos.
O povo aplaude-nos
Quando vencemos,
Mas também vaia-nos
Quando perdemos!
Aqui estamos os melhores, etc.

O FREQÜENTADOR DO BELÓDROMO
(*a Lemos e Guedes*)
Parece impossível!... No páreo passado joguei no número 17 por ser a data em que minha mulher morreu, e, por causa das dúvidas, joguei também no número 18, por ser a data em que ela foi enterrada... e ganhou o número 19! Parece impossível!...

LEMOS
É verdade! Parece! (*a Guedes*) Você já viu velho mais cabuloso?

FREQÜENTADOR
Agora vou jogar no 25... Não pode falhar, porque a sepultura dela tem o número 525.

GUEDES
É... é isso... vá comprar, vá.

FREQÜENTADOR
Vou jogar uma em primeiro e duas em segundo. (*afasta-se para o lado da casa das pules*)

LEMOS
E que me dizes a esta, ó Guedes? O S'il-vous-plaît foi arranjar tudo, e do Lourenço nem novas nem mandados!

GUEDES
Quem sabe se ele teve de levar Lola de carro a algum teatro?...

LEMOS
Qual! Não creias! Pois se ele é um cocheiro que faz da patroa o que bem quer!...

GUEDES
Está só pelo diabo! Uma mala segura, e não há dinheiro para o jogo!... Olha, aqui está de volta o S'il-vous-plaît.

S'IL-VOUS-PLAÎT
(*aproximando-se, vestido de corredor*)
Venho da pista. Está tudo combinado.

Lemos
Sim, mas ainda não temos o melhor! O caixa da mala não aparece!

S'il-vous-plaît
Que diz você? Pois o Lourenço...

Guedes
O Lourenço até agora!

Lourenço
(*aparecendo entre eles*)
Que estão vocês aí a falar do Lourenço?

Os Três
Ora graças!...

Lourenço
Vocês sabem que eu sou de palavra... Quando digo que venho é porque venho!

Lemos
Estávamos sobre brasas!

Lourenço
Já estão vendendo?

Guedes
Há que tempos!

S'il-vous-plaît
Já se fez a segunda apregoação.

LOURENÇO
O que está combinado?

S'IL-VOUS-PLAÎT
Ganha o *Menelik*.

LOURENÇO
O *Félix Paure* não corre?

S'IL-VOUS-PLAÎT
Está combinado que ele cairá na quinta volta.

LOURENÇO
Quantas voltas são?

S'IL-VOUS-PLAÎT
Oito.

LOURENÇO
Quem mais corre?

S'IL-VOUS-PLAÎT
O *Garibaldi*, o *Carnot* e o *Colibri*.

LOURENÇO
Que *Colibri* é esse?

S'IL-VOUS-PLAÎT
É um pequenote... um bacamarte... não vale nada... nem eu o meti na combinação!

LOURENÇO
Os outros quatro quanto recebem?

S'IL-VOUS-PLAÎT
Quinze mil-réis cada um.

LOURENÇO
E dez por cento dos lucros para vocês três... Bom. (*dando dinheiro a Lemos*) Tome, seu Lemos: vá comprar dez pules... (*dando dinheiro a Guedes*) Tome, seu Guedes: compre outras dez... Vá cada um por sua vez, para disfarçar... Senão, o rateio não dá para o buraco de um dente! Eu compro três cheques. Vamos. (*afastam-se todos*)

Cena II

BENVINDA, FIGUEIREDO

BENVINDA
Me deixe! Já *le* disse que não quero mais *sabê* do *sinhô*!

FIGUEIREDO
Por quê, rapariga?

BENVINDA
O *sinhô* co'essa mania de *querê* me *lançá* é um cacete *insuportave*! *Tá* sempre me dando lição e *raiando* comigo! Pra isso eu não *percisava saí* de casa de *Sinhô* Eusébio!

FIGUEIREDO
Mas é para o teu bem que eu...

BENVINDA

Quais *pera* meu bem nem *pera nada*! Hei de encontrá quem me queira mesmo falando *cumo* se fala na roça!

FIGUEIREDO

Estás bem aviada!

BENVINDA

Eu mesmo posso me *lançá* sem *percisar* do *sinhô*!

FIGUEIREDO

Oh! mulher, olha que tu não tens nenhuma experiência do mundo. És uma tola... uma ignorantona... não sabes o que é a Capital Federal!

BENVINDA

Como o *sinhô* se engana! Eu já tou meia capitalista-federalista!

FIGUEIREDO

Bom; tua alma, tua palma! Estou com a minha consciência tranqüila. Mas vê lá: se algum dia precisares de mim, procura-me.

BENVINDA

Merci! (*vai se afastando*)

FIGUEIREDO

Adeus, Fredegonda!

BENVINDA
(*parando*)
Que Fredegonda! Assim é que o *sinhô* me *lançô*! Me deu logo um nome tão feio que toda a gente se ri quando ouve ele!

FIGUEIREDO
É porque não sabem a história! Fredegonda foi uma rainha... era casada com Chilperico...

BENVINDA
Pois eu por minha desgraça não sou casada nem com seu *Borge*. Ó *revoá*. (*afasta-se*)

FIGUEIREDO
(*só*)
No fundo, estou satisfeito, porque decididamente não havia meio de fazer dela alguma coisa... Parece que vai chover... mas já agora vou assistir à corrida. (*afasta-se*)

Cena III

LOURENÇO, LEMOS, GUEDES, *depois*
O FREQÜENTADOR DO BELÓDROMO

LOURENÇO
Bom! venham as pules. (*Lemos e Guedes entregaram as pules, que ele guarda*)

LEMOS
A mala não transpirou. *Félix Paure* é o favorito.

Guedes
Queira Deus que o S'il-vous-plaît não dê com a língua nos dentes!

Freqüentador
(*voltando*)
Comprei no 25... Mas agora me lembro... somando o número da sepultura dá a soma de 12. Cinco e dois, sete; e cinco, 12. Ora, 12 e 12 são 24.

Lemos
Vinte e quatro é o tal *Colibri*. Não deite o seu dinheiro fora!

Freqüentador
Aceito o conselho... Já cá tenho o 25... e não pode falhar! O diabo é que parece que vai chover. O tempo está muito entroviscado! (*afasta-se*)

Lourenço
(*que tem estado a calcular*)
Se o *Félix Faure* é o favorito, o *Menelik* não pode dar menos de sete mil-réis.

Guedes
Para cima!

Lourenço
Separemo-nos. Creio que a diretoria já nos traz de olho... No fim da corrida esperá-los-ei no lugar do costume para a divisão dos *lúcaros*. Até logo!

Lemos e Guedes
Até logo. (*afastam-se.* Benvinda *volta passeando*)

Cena IV

Lourenço e Benvinda

Lourenço
(*consigo*)
Estes malandretes ganham pela certa... não arriscam um nicolau... (*vendo Benvinda*) Não me engano: é a celeste Aída do sábado de aleluia... Reconhecerá ela na minha *filosostria* o cocheiro da Lola? Vejamos! (*passa e acotovela Benvinda*) Adeus, coração dos outros!

Benvinda
Vá passando seu caminho e não bula *ca* gente!

Lourenço
Tão zangada, meu Deus!

Benvinda
Que deseja o *sinhô*?

Lourenço
Pelo menos saber onde mora.

Benvinda
Moro na rua das *casa*.

LOURENÇO
Não seja má! Bem sei que é aqui mesmo na Rua do Lavradio.

BENVINDA
Quem *le* disse?

LOURENÇO
Ninguém. Fui eu que lhe vi na janela.

BENVINDA
Pois não vá lá, que não *lhe arrecebo*!

LOURENÇO
Por que não me *arrecebe, marvada*?

BENVINDA
Vou *sê* franca... Só *arrecebo* quem *quisé* me *tirá* desta vida. Não nasci pra isto. Quero *vivê* em família.

LOURENÇO
Ah, seu benzinho! Isso é que não pode ser! Hoje em dia não é possível viver em família!

BENVINDA
Por quê?

LOURENÇO
Por quê? Ainda me perguntas, amor?

Coplas

I

LOURENÇO
Já não se encontra casa decente,
Que custe apenas uns cem mil-réis,
E os senhorios constantemente
O preço aumentam dos aluguéis!
Anda o povinho muito inquieto,
E tem – pudera – toda a razão;
Não aparece nenhum projeto
Que nos arranque desta opressão!
    Um cidadão neste tempo
    Não pode andar amarrado
    A gente vê-se, e adeuzinho:
    Cada um vai pro seu lado!

II

Das algibeiras some-se o cobre,
Como levado por um tufão!
Carne de vaca não come o pobre,
E qualquer dia não come pão!
Fósforos, velas, couve, quiabos,
Vinho, aguardente, milho, feijão,
Frutas, conservas, cenouras, nabos,
Tudo se vende pr'um dinheirão!
    Um cidadão neste tempo, etc.

BENVINDA
Tenho sede, venha *pagá* um copo de cerveja.

LOURENÇO
Com muito gosto, mas da Babilônia, que as *alamoas* estão pela hora da morte!

BENVINDA
Vamo.

LOURENÇO
Como você se chama, *seo* benzinho?

BENVINDA
Artemisa.

LOURENÇO
Que bonito nome! Vamos ali no botequim do Lopes. (*saem*)

Cena V

EUSÉBIO, LOLA, MERCEDES, DOLORES, BLANCHETTE, *depois* FIGUEIREDO

(*Eusébio, entra no meio das mulheres; traz o chapéu atirado para a nuca, e um enorme charuto. Vêm todos alegres. Acabaram de jantar e lembraram-se de dar uma volta pelo Belódromo.*)

EUSÉBIO
Não, Lola! Tu hoje *há* de me *deixá i* pra casa! Dona Fortunata deve *está* furiosa!

LOLA
Que Dona Fortunata nem nada!

MERCEDES
Havemos de acabar a noite num gabinete do München!

DOLORES
Não o deixamos!

BLANCHETTE
Está preso!... E, demais, vamos ter chuva!

EUSÉBIO
Na chuva já *tou* eu, se não me engano. Aquele vinho é *bão*, mas é *veiaco*!

FIGUEIREDO
(*aproximando-se*)
Olá! viva a bela sociedade!

LOLA
Olha quem ele é! o Figueiredo!

MERCEDES
O Radamés!

DOLORES
Você no Belódromo!

FIGUEIREDO
Por mero acaso... Não gosto disto... No Rio de Janeiro não há divertimentos que prestem! Não temos nada, nada!

EUSÉBIO
(*num tom magoado*)
Como vai a Fredegonda, seu Figueiredo?

FIGUEIREDO
A Fredegonda já não é Fredegonda!

TODOS
Ah!...

FIGUEIREDO
Tornou a ser Benvinda, como antigamente. Deixou-me!

TODOS
Deixou-o?

FIGUEIREDO
Deixou-me, e anda à procura de alguém que saiba lançá-la melhor do que eu!

EUSÉBIO
Uê!

FIGUEIREDO
Deve estar aqui no Belódromo... Acompanhei-a até cá, para pedir-lhe que tivesse juízo, mas a sua resolução é inabalável... Pobre rapariga!...

EUSÉBIO
(*muito comovido, para o que concorre o vinho que bebeu*)
Coitada da Benvinda!... Podia *tá* casada e agora... anda atirada por aí como uma coisa à-toa... sem nin-

guém que tome conta dela... (*com lágrimas na voz*) Coitada!... não *façum* caso... Eu vi ela pequena... nasceu e cresceu lá em casa... (*chorando*) Minha *fia* mamou o leite da mãe dela!

Todos
Que é isso? Chorando?! Ora esta!...

Eusébio
(*com soluços*)
Que chorando que nada! Já passou!... Não foi nada!... Que *qué vacés*! Mineiro tem muito coração!...

Todos
Vamos lá! Que é isso? Então?...

Lola
Há de passar. São efeitos do *Chambertin*! Eusébio, onde... então?... vá comprar umas pules para tomar interesse pela corrida.

Eusébio
Eu não entendo disso!

Figueiredo
Escolha um nome daqueles. Olhe, ali, na pedra... *Ligúria*, *Carnot*, *Menelik*, *Colibri* e *Félix Paure*.

Eusébio
Colibri! Eu quero *Colibri*!

Figueiredo
Ouvi dizer que não vale nada... É o que aqui chamam um bacamarte... Não lhe sorri nenhum dos presidentes da República Francesa?

Eusébio
Não *sinhô*, não quero outro! *Colibri* é o nome de um jumento que tenho lá na fazenda.

Dolores, Mercedes e Blanchette
(*ao mesmo tempo*)
Não faça isso! Se é bacamarte, não presta! É dinheiro deitado fora!

Lola
Deixem-no lá! É um palpite! Vá comprar cinco pules naquele guichê.

Eusébio
Naquele quê?

Figueiredo
Naquele buraco.

Eusébio
Canto custa?

Figueiredo
Cinco pules são dez mil-réis.

Eusébio
Mas como se faz?

Figueiredo
Estenda o braço, meta o dinheiro dentro do buraco, abra a mão, e diga: "*Colibri*".

Eusébio
Sim, *sinhô*. (*afasta-se*)

Figueiredo
Pois é o que lhes conto: estou livre como o lindo amor!

Mercedes
Se me quiser tomar sob a sua valiosa proteção...

Dolores
Se quiser fazer a minha ventura...

Blanchette
Se me quiser lançar...

Lola
Vocês estão a ler! Ele só gosta de...

Figueiredo
(*atalhando*)
De trigueira! Eu digo trigueira, por ser menos rebarbativo... Acho que as brancas são encantadoras, apetitosas, adoráveis, lindíssimas, mas que querem? tenho cá o meu gênero...

Mercedes
Isso é um crime!

Dolores
Devia ser preso!

Blanchette
Deportado!

Lola
Sim, deportado... para a Costa da África!...

Quinteto

Lola
Ó Figueiredo, eu cá sou franca;
Estou com pena de você!

As Outras
Nós temos pena de você!

Figueiredo
Façam favor, digam por quê!

Lola
Por não gostar da mulher branca!

As Outras
Por não gostar da mulher branca!

Figueiredo
Meu Deus! Deveras!
Por isso só?

Todas
Somos sinceras!
Causa-nos dó!

FIGUEIREDO
Oh! oh! oh! oh!

TODAS
Oh! oh! oh! oh!

Coplas

I

LOLA
Pele cândida e rosada,
Cetinosa e delicada
Sempre teve algum valor!

FIGUEIREDO
Que tolice!

TODAS
Sim, senhor!

LOLA
A cor branca, pelo menos,
Era a cor da loura Vênus,
Deusa esplêndida do amor.

FIGUEIREDO
Quem lhe disse?

TODAS
Sim, senhor!

FIGUEIREDO
Se eu da Mitologia
Fosse o reformador,
Vênus transformaria
Numa mulata!

TODAS
Horror!...

II

FIGUEIREDO
A mimosa cor do jambo
Pede um meigo ditirambo
Cinzelado com primor!

LOLA
Que tolice!

TODAS
Não, senhor!

FIGUEIREDO
Eu com os ovos, por sistema
Deixo a clara e como a gema,
Porque tem melhor sabor.

LOLA
Quem lhe disse?

TODAS
Não, senhor!

FIGUEIREDO
Se eu da Mitologia
Fosse o reformador,
Vênus transformaria
Numa mulata!

TODAS
Horror!...

Juntos

FIGUEIREDO
Gosto do amarelo
Que prazer me dá!
Nada mais anelo,
Nem aspiro já!

AS COCOTES
Gosta do amarelo!
Maus exemplos dá!
Vara de marmelo
Merecia já!

EUSÉBIO
(*voltando*)
Aqui *está* cinco *papezinho* do *Colibri*. Custou! Toda a gente queria *comprá*! Eu meti o dinheiro no buraco, e o *home* lá de dentro perguntou: "Onde leva?". Eu respondi: "*Colibri*", e ele ficou muito espantado, e disse: "É o *premero* que compra nesse bacamarte."

FIGUEIREDO
Vamos ver a corrida lá de cima. Pedirei um camarote ao Cartaxo.

TODOS
Vamos! (*saem*)

Cena VI

BENVINDA, LOURENÇO *e pessoas do povo*

LOURENÇO
(*correndo*)
Correndo ainda apanho; mas olhe que o *Menelik*... (*desaparece*)

BENVINDA
Não, *sinhô*, não, *sinhô*! Não quero *Menelik*! Compre no que eu disse. (*só, no proscênio*) Não gosto deste *home*: tem cara de padre... é muito enjoado... Nem deste, nem de nenhum... Não gosto de ninguém... o que eu tenho a *fazê* de *mió* é *vortá* para casa e *pedi* perdão a *sinhá véia*. (*ouve-se o sinal do fechamento do jogo*)

PESSOAS DO POVO
Fechou! Fechou! Ora, e eu que não comprei! (*dirigem-se todos para o fundo: vão assistir à corrida*)

LOURENÇO
(*voltando*)
Sempre cheguei a tempo de comprar a pule! (*dando a pule a Benvinda*) Mas que lembrança a sua de jogar no *Colibri*!

BENVINDA
É porque é o nome de um burrinho que há numa fazenda onde eu fui *passá* uns *tempo*.

Lourenço

Ah! é cábula? (*ouve-se um toque de campainha elétrica*) Se ele vencesse, você levava a casa das pules! (*ouve-se um tiro de revólver e um pouco de música*) Começou a corrida! Vamos ver! (*afastam-se para o fundo*)

Cena VII

Gouveia, Fortunata e Quinota

Fortunata

(*entrando apressada à frente de Gouveia e Quinota*)
Não! não quero *vê* meu *fio corrê* na *tá* história!... E logo que *acabá* a corrida, levo *ele* pra casa, e aqui não *vorta*!... Que coisa!... Benvinda desaparece... seu Eusébio desaparece... Juquinha não sai do Belódromo... *Tou* vendo quando Quinota me deixa!...

Quinota

Oh! mamãe! não tenha esse receio!

Fortunata

Que terra! Eu bem não queria *vi no* Rio de Janeiro!

Quinota

Que vida tão diversa da vida da roça! (*a Gouveia*) Não ficaremos aqui depois de casados.

Gouveia

Por quê?

QUINOTA

A vida fluminense é cheia de sobressaltos para as verdadeiras mães de família!

FORTUNATA

Olhe seu Eusébio, um *home* de cinqüenta *ano*, que teve até agora tanto juízo! *Arrespirou* o *a* da *Capitá Federá*, e perdeu a cabeça!

GOUVEIA

Apanhou o micróbio da pândega!

QUINOTA

Aqui há muita liberdade e pouco escrúpulo... faz-se ostentação do vício... não se respeita ninguém... É uma sociedade mal constituída.

GOUVEIA

Não a supunha tão observadora...

QUINOTA

Eu sou roceira, mas não tola, que não veja o mal onde se acha.

FORTUNATA

Parece que já está chuviscando... Eu senti um pingo...

QUINOTA

O senhor, por exemplo, o senhor, se pensa que me engana, engana-se. Conheço perfeitamente os seus defeitos.

Fortunata
(*à parte*)

Aí!

Gouveia
Os meus defeitos?

Quinota
Oh! são muitíssimos e o menor deles não é querer aparentar uma fortuna que não existe. Desagradam-me esses visíveis esforços que o senhor faz para iludir os outros. O melhor partido que o senhor tem a tomar... e olhe que este é o conselho da sua noiva, isto é, da pessoa que mais o estima neste mundo... o melhor partido que o senhor tem a tomar é abrir-se com papai... confessar-lhe que é um jogador arrependido...

Gouveia
Oh! Quinota!...

Fortunata
Não tem ó Quinota nem nada! É a verdade!...

Quinota
Irá conosco para a fazenda, onde não lhe faltará ocupação.

Fortunata
Sim, *sinhô*; é *mió trabaiá* na roça que *fazê* vida de vagabundo na cidade! Outro pingo!

Quinota

Papai precisa muito associar-se a um moço inteligente, nas suas condições. Sacrifique à sua tranqüilidade os seus prazeres; case-se, faça-se agricultor, e sua esposa, que não será muito exigente e terá muito bom senso, todos os anos lhe dará licença para vir matar saudades daquilo a que o senhor chama o micróbio da pândega.

Gouveia
(*à parte*)

Sim, senhor, pregou-me uma lição de moral mesmo nas bochechas!

Fortunata

Seu Gouveia, é *mió* a gente *i* pro *lugá* por onde Juquinha tem de *saí*.

Gouveia

Deve sair por acolá... Vamos esperá-lo na passagem. (*estendendo o braço*) É verdade, já está chuviscando.

(*Saem. O final da corrida. Um toque de campainha elétrica. Pouco depois um pouco de música. Vozeria do povo, que vem todo ao proscênio.*)

Coro
Oh! Quem diria
Que ganharia
O *Colibri*
Ganhou à toa!

Pule tão boa
Eu nunca vi
Aqui!

Cena VIII

Lemos, Guedes, Lourenço, o Freqüentador do
Belódromo, *depois* Eusébio, Figueiredo, Lola,
Mercedes, Dolores, Blanchette, *depois*
S'il-vous-plaît, Juquinha, *depois* Fortunata, Quinota,
Gouveia, *depois* Benvinda, *depois* Lourenço

Lemos
Ganhou o *Colibri*! Quem diria!

Guedes
O *Colibri*!... que pulão!...

Lourenço
Que desgraça!... o *Félix Faure* caiu de propósito, mas por cima do *Félix Faure* caiu o *Menelik*, por cima do *Menelik* o *Ligúria*, por cima do *Ligúria* o *Carnot*, e o *Colibri*, que vinha na bagagem, não caiu por cima de ninguém e ganhou o páreo! Que palpite de mulata! Onde estará ela? Vou procurá-la. (*desaparece*)

Freqüentador
(*a Lemos e Guedes*)
Então? eu não dizia? ganhou o 24! Doze e doze, vinte e quatro. (*com uma idéia*) Ah!

Os Dois
Que é?

Freqüentador
Fui um asno! Vinte e quatro é a data da missa de sétimo dia de minha mulher! (*Lemos e Guedes afastam-se rindo*) Ora esta! ora esta!... E era um pulão! (*abre o guarda-chuva*) Chove... Naturalmente não há mais corridas hoje... (*afasta-se. Há na cena alguns guarda-chuvas abertos. Aparecem Eusébio, Figueiredo e as cocotes. Vêm todos de guarda-chuvas abertos*)

Figueiredo
Bravo! Foi um tiro, seu Eusébio, foi um tiro!... O *Colibri* vendeu apenas seis pules e o senhor tem cinco!

S'il-vous-plaît
(*metendo-se na conversa, e abrigando-se no guarda-chuva de Eusébio*)
Dá mais de cem mil-réis cada pule!...

Eusébio
Mais de cem mil-réis? Então? Eu não disse? Co'aquele nome o menino não podia *perdê*! O *Colibri é* um jumento de muita sorte! (*a S'il-vous-plaît*) O *sinhô* conhece ele?

S'il-vous-plaît
Quem? O *Colibri*? Sim senhor!

Eusébio
Vá *chamá* ele. Quero·*le dá* uma *lambuge*!

S'IL-VOUS-PLAÎT
Nem de propósito! Ele aí vem. (*chamando Juquinha, que aparece*) Ó *Colibri*! está aqui um senhor que jogou cinco pules em você e quer dar-lhe uma gratificação.

JUQUINHA
(*aproximando-se muito lampeiro*)
Aqui estou, *quê dê* o *home*?

EUSÉBIO
Era o Juquinha!

JUQUINHA
Papai! (*deita a correr e foge*)

EUSÉBIO
Ah! tratante! O *Colibri* era ele! *Alembrou-se* do jumento!... E foge do pai! Ora espera lá! (*corre atrás do Juquinha e desaparece. A chuva cresce. O povo corre todo e abandona a cena*)

LOLA
Onde vai? Espere! (*corre atrás de Eusébio e desaparece*)

AS MULHERES
Vamos também! Vamos também. (*correm atrás de Lola e desaparecem*)

FIGUEIREDO
Então, minhas filhas? Não corram! (*vai atrás delas e desaparece*)

FORTUNATA
(*entrando de guarda-chuva*)
É ele! É seu Eusébio! (*sai correndo pelo mesmo lado*)

QUINOTA
(*entrando, idem*)
Mamãe! Mamãe! (*corre acompanhando Fortunata*)

GOUVEIA
(*idem*)
Minhas senhoras!... Minhas senhoras! (*corre e desaparece*)

BENVINDA
(*entrando perseguida por Lourenço, ambos de guarda-chuva*)
Me deixe! Me deixe!... (*desaparece*)

LOURENÇO
(*só em cena*)
Dê cá a pule, seu benzinho, dê cá a pule, que eu vou receber! (*desaparece*)

(*Mutação.*)

Quadro 10

(*A Rua do Ouvidor.*)

Cena I

PRIMEIRO LITERATO, SEGUNDO LITERATO, *pessoas do povo, depois* FORTUNATO, QUINOTA, JUQUINHA

CORO
Não há rua como a Rua
Que se chama do Ouvidor!
Não há outra que possua
Certamente o seu valor!
Muita gente há que se mace
Quando, seja por que for,
Passe um dia sem que passe
Pela Rua do Ouvidor!

1º LITERATO
Tem visto o Duquinha?

2º LITERATO
Qual! Depois que se meteu com a Lola, ninguém mais lhe põe a vista em cima!

1º LITERATO
É pena! Um dos primeiros talentos desta geração...

2º LITERATO
Apaixonado por uma cocote!

1º LITERATO
Felizmente a arte lucra alguma coisa com isso... O Duquinha faz magníficos versos a Lola. Ainda ontem me deu uns que são puros Verlaine. Vou publicá-los no segundo número da minha revista.

2º LITERATO
Que está para sair há seis meses?

1º LITERATO
Oh! vê que linda rapariga ali vem!

2º LITERATO
Parece gente da roça. (*ficam de longe, a examinar Quinota, que entra com a mãe e o irmão. Vêm todos três carregados de embrulhos*)

FORTUNATA
Vamo, minha *fia*, *vamo tomá* o bonde no Largo de São Francisco. As *nossa compra está* feita. *Amenhã* de *menhã* vamos embora!

QUINOTA
Sem papai?

FORTUNATA
Ele que vá quando *quisé*. Hei de *mostrá* que lá em casa não se *percisa* de *home*!

QUINOTA
E... seu Gouveia?

FORTUNATA
Não me fale de seu Gouveia! Há oito *dia* não aparece! Fez *cumo* teu pai! Foi *mió* assim... Havia de *sê* muito mau marido!

JUQUINHA
Eu não quero *i* pra fazenda!

FORTUNATA

Eu te *amostro, si* tu *vai* ou não *vai*! Anda pra frente! (*vão saindo*)

1º LITERATO
(*a Quinota*)

Adeus, tetéia!

FORTUNATA

Quem é que é tetéia? *Arrepita* a gracinha, seu desavergonhado, e verá como *le* parto este *chapéu-de-só* no lombo!... (*risadas*) *Vamo! Vamo!*... Que terra!... Eu bem não queria *vi no* Rio de Janeiro! (*saem entre risadas*)

Cena II

PRIMEIRO LITERATO, SEGUNDO LITERATO, *pessoas do povo, depois* DUQUINHA

2º LITERATO
Tu ainda um dia te sais mal com esse maldito costume de bulir com as moças!

1º LITERATO
Nada disse que a ofendesse. "Adeus, tetéia" não é precisamente um insulto.

2º LITERATO
Pois sim, mas que farias tu, se dissessem o mesmo à tua irmã?

1º Literato
Não é a mesma coisa! Minha irmã é...

2º Literato
Não é melhor que as irmãs dos outros. (*entra Duquinha, vem pálido e com grandes olheiras*)

Duquinha
Ah! meus amigos! meus amigos! Se soubessem o que me aconteceu?

Os Dois
Que foi?

Duquinha
O fazendeiro... aquele fazendeiro de quem lhes falei?...

Os Dois
Sim!

Duquinha
Apanhou-me com a boca na botija!...

1º Literato
Mas que tem isso?

Duquinha
Como que tem isso? Aquele homem é rico! Dava tudo à Lola!

2º Literato
Eu também não lhe dava pouco!

DUQUINHA
(*vivamente*)
Dinheiro nunca lhe dei, nem ela o aceitaria...

1º LITERATO
Pois sim!

DUQUINHA
Jóias... vestidos... pares de luvas... leques... chapéus... Dinheiro nem vintém. Quem sempre me apanhava algum era o Lourenço, o cocheiro.

2º LITERATO
És um pateta! Mas conta-nos isso!

DUQUINHA
Estávamos – ela e eu – na saleta, e o bruto dormia na sala de jantar. Eu tinha levado à Lola umas pérolas com que ela sonhou... Vocês não imaginam como aquela rapariga sonha com coisas caras!

1º LITERATO
Imaginamos! Adiante!

DUQUINHA
Eu lia para ela ouvir os meus últimos versos... aqueles que te dei ontem para a revista...
Depois que te amo, depois que és minha,
Nado em delícia, nado em delícia...

1º LITERATO
Eu sei, Verlaine puro.

DUQUINHA

Obrigado. No fim de cada estrofe, eu dava-lhe um beijo... um beijo quente e apaixonado... um beijo de poeta!... Pois bem, depois da terceira estrofe:
Oh! se algum dia, destino fero
Nos separasse, nos separasse...

1º LITERATO

(*continuando*)
O que faria contar não quero...

DUQUINHA

Que se o contasse, que se o contasse...
No fim dessa estrofe, Lola, que esperava a deixa, estende-me a face, eu beijo-a, e o fazendeiro, de pé, na porta da saleta, com os olhos esbugalhados dá este grito: Ah! seu pelintreca!...

2º LITERATO

E tu?

DUQUINHA

Eu?... Eu... eu cá estou. Não sei o que mais aconteceu. Quando dei por mim estava dentro de um bonde elétrico, tocando a toda para a cidade!...

1º LITERATO

Fizeste uma bonita figura, não há dúvida! Podes limpar a mão à parede!

DUQUINHA

Por quê?

1º LITERATO
Essa mulher não te perdoará nunca tal covardia!

2º LITERATO
Olha, o melhor que tens a fazer é não voltares lá!

DUQUINHA
Ah! meu amigo! isso é bom de dizer, mas eu estou apaixonado...

2º LITERATO
Tu estás mas é fazendo asneiras! Onde vais tu buscar dinheiro para essas loucuras?

DUQUINHA
Mamãe tem me dado algum... mas confesso que contraí algumas dívidas, e não pequenas. Ora adeus! não pensemos em coisas tristes, e vamos tomar alguma coisa alegre!

OS DOIS
Vamos lá!

(Afastam-se pela direita, cumprimentando Mercedes, Dolores e Blanchette, que entram por esse lado e se encontram com Lola, que entra da esquerda, muito nervosa e agitada. Figueiredo entra da direita, observa as cocotes, pára, e, colocado por trás, ouve tudo quanto elas dizem.)

Cena III

Lola, Mercedes, Dolores, Blanchette, Figueiredo,
pessoas do povo, depois Duquinha

Lola

Ah! venham cá. Estou aflitíssima. Não calculam vocês que série de desgraças!

Rondó

Lola
Com o Duquinha há pouco eu estava
Na saleta a conversar,
E o Eusébio ressonava
Lá na sala de jantar.
O Duquinha uns versos lia,
Mas não lia sem parar,
Que a leitura interrompia
Para uns beijos me furtar;
Mas ao quarto ou quinto beijo,
Sem se fazer anunciar,
Entra o Eusébio, e o poeta vejo
Dar um grito e pôr-se a andar!
Pretendi novos enganos,
Novas tricas inventar,
Mas o Eusébio pôs-se a panos:
Não me quis acreditar!
Vendo a sorte assim fugir-me,
Vendo o Eusébio se escapar,
Fui ao quarto pra vestir-me
E sair para o apanhar.
Mas no quarto vi, de chofre,

– 'Stive quase a desmaiar! –
Vi as portas do meu cofre
Abertas de par em par!
O ladrão foi o cocheiro!
Nada ali me quis deixar!
Levou jóias e dinheiro!
Que nem posso avaliar!

BLANCHETTE
O cofre aberto!

DOLORES
Jóias e dinheiro!

MERCEDES
O cocheiro!

LOLA
Sim, o cocheiro, o Lourenço, que desapareceu!

BLANCHETTE
Mas como soubeste que foi ele?

LOLA
Por esta carta, a única coisa que encontrei no cofre! Ainda por cima escarneceu de mim! (*tem tirado a carta da algibeira*)

MERCEDES
Deixa ver.

LOLA
Depois! Agora vamos à polícia! Não! à polícia, não!

AS TRÊS
Por quê?

LOLA
Não convém. Logo saberão por quê. Vamos a um advogado! (*julga guardar a carta, mas está tão nervosa que deixa-a cair*) Vamos!

AS TRÊS
Vamos! (*vão saindo e encontram com Duquinha*)

AS OUTRAS
Que foi? que foi?

DUQUINHA
Lola!

LOLA
(*dando-lhe um empurrão*)
Vá para o diabo!

AS TRÊS
Vá para o diabo! (*saem as cocotes, Figueiredo disfarça e apanha a carta que Lola deixou cair*)

DUQUINHA
(*consigo*)
Estou desmoralizado! Ela não me perdoa o ter saído, deixando-a entregue à fúria do fazendeiro! Sou um desgraçado! Que hei de fazer?... Vou desabafar em verso... Não! vou tomar uma bebedeira!... (*sai*)

Cena IV

Figueiredo, *pessoas do povo*

Figueiredo
Ora aqui está como uma pessoa, sem querer, vem ao conhecimento de tanta coisa! Vejamos o que o cocheiro lhe deixou escrito. (*põe a luneta e lê*) "Lola. – Eu sou um pouco mais artista que tu. Saio da tua casa sem me despedir de ti, mas levo, como recordação da tua pessoa, as jóias e o dinheiro que pude apanhar no teu cofre. Cala-te; se fazes escândalo, ficas de mau partido, porque eu te digo: primeiro, que de combinação representamos uma comédia pra extorquir dinheiro ao Eusébio; segundo, que induziste um filho-família a contrair dívidas para presentear-te com jóias; terceiro, que nunca foste espanhola, e sim ilhota; quarto, que foste a amante do teu ex-cocheiro – Lourenço." Sim, senhor, é de muita força a tal senhora Dona Lola!... Não há, juro que não há mulata capaz de tanta pouca-vergonha! (*sai*)

Cena V

Gouveia, *pessoas do povo, depois* Pinheiro

(*Gouveia traz as botas rotas, a barba por fazer, um aspecto geral de miséria e desânimo.*)

Gouveia
Ninguém, que me visse ainda há tão pouco tão cheio de jóias, não acreditará que não tenho dinhei-

ro nem crédito para comprar um par de sapatos! Há oito dias não vou à casa de minha noiva, porque tenho vergonha de lhe aparecer neste estado!

PINHEIRO
(*aparecendo*)
Ó Gouveia! como vai isso?

GOUVEIA
Mal, meu amigo, muito mal...

PINHEIRO
Mas que quer isto dizer? Não me pareces o mesmo! Tens a barba crescida, a roupa no fio... Desapareceu do teu dedo aquele esplêndido e escandaloso farol, e tens umas botas que riem da tua esbodegação!

GOUVEIA
Fala à vontade. Eu mereço os teus remoques.

PINHEIRO
E dizer que já me quiseste pagar, com juros de cento por cento, dez mil-réis que eu te havia emprestado!

GOUVEIA
Por sinal que disseste, creio, que esses dez mil-réis ficavam ao meu dispor.

PINHEIRO
E ficaram. (*tirando dinheiro do bolso*) Cá estão eles. Mas, como um par de botinas não se compra

com dez mil-réis, aqui tens vinte... sem juros. Pagarás quando quiseres.

Gouveia

Obrigado, Pinheiro; bem se vê que tens uma alma grande e nunca jogaste a roleta.

Pinheiro

Nada! Sempre achei o jogo, seja ele qual for, não leva ninguém para diante. Adeus, Gouveia... aparece! Agora, que estás pobre, isso não te será difícil... (*sai*)

Cena VI

Gouveia, *depois* Eusébio

Gouveia

Como este tipo faz pagar caro os seus vinte mil-réis! Ah! Ele apanhou-me descalço! Enfim, vamos comprar os sapatos! (*vai saindo e encontra-se com Eusébio, que entra cabisbaixo*) Oh! o Senhor Eusébio!...

Eusébio

Ora! *inda* bem que *le* encontro!...

Gouveia
(*à parte*)
Naturalmente já voltou à casa... Como está sentido!... Vai falar-me de Quinota!...

Eusébio

Hoje de *menhã* encontrei ela beijando um mocinho!

Gouveia
Hein?

Eusébio
É levada do diabo! Não sei como o *sinhô* pôde *gostá* dela!

Gouveia
Ora essa! a ponto de querer casar-me!

Eusébio
Era uma burrice!

Gouveia
Custa-me crer que ela...

Eusébio
Pois creia! Beijando um mocinho, um pelintreca, seu Gouveia!... Veja o *sinhô* de que serviu *gastá* tanto dinheiro com ela!...

Gouveia
Sim, o senhor educou-a bem... ensinou-lhe muita coisa...

Eusébio
(*vivamente*)
Não, *sinhô*! não ensinei nada!... Ela já sabia tudo! O *sinhô*, sim! Se *arguém* ensinou foi o *sinhô*, e não eu! Beijando um pelintreca, seu Gouveia!...

Gouveia
Dona Fortunata não viu nada?

EUSÉBIO
Dona Fortunata?... Uê!... Como é que *havera de vê*?... Olhe, eu lá não *vorto*!

GOUVEIA
Não volta! ora esta!

EUSÉBIO
Não quero mais *sabê* dela.

GOUVEIA
Deve lembrar-se que é pai!

EUSÉBIO
Por isso mesmo! Ah! seu Gouveia, se *arrependimento sarvasse*... Bem; o *sinhô* vai me *apadrinhá*, como noutro tempo se fazia *cum* preto fugido... Não me *astrevo* a *entrá in* casa sozinho depois de tantos dias de *osença*!

GOUVEIA
Em casa? Pois o senhor não me acaba de dizer que lá não volta porque Dona Quinota...

EUSÉBIO
Quem *le* falou de Quinota?

GOUVEIA
Quem foi então que o senhor encontrou aos beijos com o pelintreca? Ah! agora percebo! A Lola!...

EUSÉBIO
Pois quem *havera* de *sê*?

GOUVEIA

E eu supus... Onde tinha a cabeça?... Perdoa, Quinota, perdoa! Vamos, senhor Eusébio... Eu apadrinharei, mas com uma condição... o senhor por sua vez me há de apadrinhar a mim, porque eu também não apareço à minha noiva há muitos dias!

EUSÉBIO

Por quê?

GOUVEIA

Em caminho tudo lhe direi. (*à parte*) Aceito o conselho de Quinota: vou abrir-me. (*alto*) Tenho ainda que comprar um par de sapatos e fazer a barba.

EUSÉBIO

Vamo, seu Gouveia! (*saem. Ao mesmo tempo aparece Lourenço perseguido por Lola, Mercedes, Dolores e Blanchette*)

Cena VII

LOURENÇO, LOLA, MERCEDES, DOLORES, BLANCHETTE, *pessoas do povo*

LOLA *e os outros*

Pega ladrão! (*Lourenço é agarrado por pessoas do povo e dois soldados que aparecem. Grande vozeria e confusão. Apitos*)

(*Mutação.*)

Quadro 11

(*O sótão ocupado pela família de Eusébio.*)

Cena I

JUQUINHA, *depois* FORTUNATA, *depois* QUINOTA

JUQUINHA
(*entrando a correr da esquerda*)
Mamãe! Mamãe!

FORTUNATA
(*entrando da direita*)
Que é, menino?

JUQUINHA
Papai *tá i*!

FORTUNATA
Tá i?

JUQUINHA
Eu encontrei ele ali no canto e ele me disse que viesse *vê* se *va'mercê tava* zangada; que se tivesse, ele não entrava.

FORTUNATA
Oh! aquele *home*, aquele *home* o que merecia! Vai, vai *dizê a* ele que não *tô* zangada!

JUQUINHA
Seu Gouveia *tá* junto *co* ele.

FORTUNATA

Bem! *venha* todos dois. (*Juca sai correndo*) Quinota, Quinota!

A VOZ DE QUINOTA

Senhora?

FORTUNATA

Vem cá, minha *fia*. Eu não ganho nada me consumindo. Já *tou véia*; não quero me *amofiná*. (*entra Quinota*) Quinota, teu pai vem aí... mas o que está *arresolvido* está: *amenhã* de *menhã vamo* embora.

QUINOTA

E seu Gouveia?

FORTUNATA

Também vem aí.

QUINOTA
(*contente*)

Ah!

FORTUNATA

Não quero mais *ficá* numa terra onde os *marido passa* dias e noite fora de casa...

Cena II

FORTUNATA, QUINOTA, JUQUINHA, EUSÉBIO,
depois GOUVEIA

JUQUINHA
(*entrando*)
Tá i papai!

EUSÉBIO
(*da porta*)
Posso *entrá*? Não *temo* briga?

QUINOTA
Estando eu aqui, não há disso!

FORTUNATA
Sim, minha *fia*, tu é o anjo da paz.

QUINOTA
(*tomando o pai pela mão*)
Venha cá. (*tomando Fortunata pela mão*) Vamos! Abracem-se!...

FORTUNATA
(*abraçando-o*)
Diabo de *home véio* sem juízo!

EUSÉBIO
Foi uma maluquice que me deu! *Raie, raie*, Dona Fortunata!

FORTUNATA
Pai de *fia* casadeira!

EUSÉBIO
Tá bom! *tá* bom! juro que nunca mais! mas deixe *le dizê*...

FORTUNATA
Não! não diga nada! Não se defenda! É *mió* que as *coisas fique* como está.

JUQUINHA
Seu Gouveia *tá* no *corredô*.

QUINOTA
Ah! (*vai buscar Gouveia pela mão. Gouveia entra manquejando*)

EUSÉBIO
Assim é que o *sinhô* me apadrinhou?

GOUVEIA
Deixe-me! Estes sapatos novos fazem-me ver estrelas.

FORTUNATA
Seu Gouveia, *le* participo que *amenhã* de *menhã tamo* de *viage*.

EUSÉBIO
Já conversei *co* ele.

GOUVEIA
(*a Quinota*)
Eu abri-me.

EUSÉBIO
Ele vai *coa* gente. Não tem que *fazê* aqui. *Tá* na pindaíba, mas é o *memo*. Casa com Quinota e fica sendo meu sócio na fazenda.

QUINOTA
Ah! papai! quanto lhe agradeço!

JUQUINHA
A Benvinda *tá i*.

TODOS
A Benvinda!

FORTUNATA
Não quero *vê* ela! não quero *vê* ela!

(*Quinota vai buscar Benvinda, que entra a chorar, vestida como no primeiro quadro, e ajoelha-se aos pés de Fortunata.*)

Cena III

Os mesmos, BENVINDA

BENVINDA
Tô muito arrependida! Não valeu a pena!

FORTUNATA
Rua, sua desavergonhada!

EUSÉBIO
Tenha pena da mulata.

FORTUNATA
Rua!

QUINOTA
Mamãe, lembre-se de que eu mamei o mesmo leite que ela.

FORTUNATA
Este diabo não tem *descurpa*! Rua!

GOUVEIA
Não seja má, Dona Fortunata. Ela também apanhou o micróbio da pândega.

FORTUNATA
Pois bem, mas se não se *comportá dereto*... (*Benvinda vai para perto de Juquinha*)

EUSÉBIO
(*baixo a Fortunata*)
Ela há de *casá com* seu *Borge*... Eu dou o dote...

FORTUNATA
Mas seu *Borge*...

EUSÉBIO
Quem não sabe é como quem não vê. (*alto*) A vida da *Capitá* não se fez para nós... E que tem isso?... É na roça, é no campo, é no sertão, é na lavoura que está a vida e o progresso da nossa querida pátria.

(*Mutação.*)

Quadro 12

(*Apoteose à vida rural.*)

(*Cai o pano.*)*

---

* Ao final o autor assinala que a maior parte da música da peça foi composta pelo Sr. Nicolino Milano. Mas assinala também algumas contribuições do Sr. Pacheco e do Sr. Luís Moreira.

O MIOLO DESTE LIVRO FOI IMPRESSO EM
PAPEL CHAMOIS FINE DUNAS 80 G/M²,
PRODUZIDO PELA
RIPASA S/A CELULOSE E PAPEL
A PARTIR DE EUCALIPTOS PLANTADOS
EM SEUS PARQUES FLORESTAIS.

Cromosete
Gráfica e editora ltda.

Impressão e acabamento.
Rua Uhland, 307 - Vila Ema
03283-000 - São Paulo - SP
Tel./Fax: (011) 6104-1176
Email: cromosete@uol.com.br